LES MISÉRABLES

后浪插图珍藏版

悲惨世界

II

［法］维克多·雨果 著
［法］古斯塔夫·布里翁 绘
潘丽珍 译

江苏凤凰文艺出版社
JIANGSU PHOENIX LITERATURE AND ART PUBLISHING

CONTENTS · 目录

第二部　珂赛特

第一卷　滑铁卢
- 一　从尼维尔来时途中所见　363
- 二　乌戈蒙　365
- 三　一八一五年六月十八日　372
- 四　A　374
- 五　战役的"风云莫测"　377
- 六　下午四点　380
- 七　拿破仑心情愉快　384
- 八　皇帝问向导　390
- 九　不虞之灾　393
- 十　圣约翰山高地　397
- 十一　拿破仑遇到坏向导，比洛遇到好向导　403
- 十二　帝国近卫军　404
- 十三　灾　难　406
- 十四　最后一个方阵　410
- 十五　康布罗纳　411
- 十六　将领的分量有多重　413

十七　怎样看滑铁卢战役？　*418*
　　十八　神权东山再起　*420*
　　十九　战场夜景　*423*

第二卷　猎户座号战舰
　　一　24601号变成9430号　*431*
　　二　可能是魔鬼写的两句诗　*434*
　　三　脚镣一锤砸断，肯定早有准备　*439*

第三卷　履行对死者的承诺
　　一　蒙费梅的用水问题　*447*
　　二　两个恶人的全面描绘　*451*
　　三　人要喝酒，马要喝水　*456*
　　四　玩具娃娃登场　*458*
　　五　孤苦无助的孩子　*461*
　　六　那人也许能证明布拉特吕埃尔不是傻瓜　*465*
　　七　珂赛特和陌生人并肩走在黑暗中　*471*
　　八　接待一个可能是富人的穷人烦恼无穷　*474*
　　九　泰纳迪埃耍花招　*495*
　　十　弄巧成拙　*504*
　　十一　9430号重新露面，珂赛特时来运转　*508*

第四卷　戈博旧宅
　　一　戈博老爷　*511*
　　二　猫头鹰和莺的巢　*517*
　　三　两种不幸合在一起便是幸福　*518*
　　四　二房东的发现　*522*
　　五　五法郎银币落地发出响声　*524*

第五卷　猎犬在暗中默默追捕

　　一　迂回策略　527

　　二　幸好奥斯特里茨桥上有车经过　530

　　三　看一看一七二七年的巴黎地图　532

　　四　探寻逃路　535

　　五　幸亏不是煤气路灯　537

　　六　谜的开始　540

　　七　谜在继续　544

　　八　谜上加谜　547

　　九　系铃铛的人　549

　　十　雅韦尔为何扑空　553

第六卷　小皮克皮斯区

　　一　小皮克皮斯街六十二号　563

　　二　马丁·维尔加修会　568

　　三　严　格　575

　　四　快　乐　576

　　五　消　遣　580

　　六　小修院　586

　　七　黑暗中的几个身影　588

　　八　心在前，石在后　591

　　九　百岁修女　592

　　十　圣体永敬会溯源　594

　　十一　小皮克皮斯女修院的结局　595

第七卷　题外话

　　一　修道院——一个抽象的概念　599

　　二　修道院——一个历史事实　600

　　三　尊重过去的条件　603

四　修道院的原则　*605*

　　五　祈　祷　*606*

　　六　祈祷绝对是善　*608*

　　七　指责当谨慎　*610*

　　八　信仰，戒律　*611*

第八卷　墓地来者不拒

　　一　入修院的门路　*614*

　　二　福施勒旺遇到难题　*621*

　　三　纯洁嬷嬷　*625*

　　四　让·瓦让好像读过奥斯丁·卡斯蒂约的作品　*637*

　　五　酒鬼照样会死　*644*

　　六　在四块木板中间　*651*

　　七　"别丢失证件"的由来　*653*

　　八　顺利通过盘问　*664*

　　九　隐　修　*668*

第二部　珂赛特

第一卷　　滑铁卢

一　从尼维尔来时途中所见

去年（一八六一年）五月的一个上午，天朗气清，有个行人，本故事的叙述者，从尼维尔前往拉于普。他一路步行。他沿着一条宽阔的铺石路前进，两旁绿树成荫，山丘连绵不断，道路高低起伏，恰似巨浪翻滚。他走过了利卢瓦和以撒树林。他望见西边有一个钟楼，那是布兰-拉勒的青石钟楼，有如倒立的花盆。他刚经过一个山岗的一片树林，来到一条岔路口，看见一根蛀孔累累的T形支架，上面写着：四号关卡旧址，旁边有一家小咖啡馆，铺面有一个招牌，上面写着：埃夏波独家咖啡馆，欢迎四方来客。

从这家咖啡馆往前走半公里，便到了一个小山谷，一条小溪从路堤的涵洞下流过。稀稀疏疏，但郁郁苍苍的树丛，布满了道路一侧的山谷，散布在另一侧的草地上，优雅而又杂乱无章地向布兰-拉勒延伸。

路的右边，有一家旅店，门口停着一辆四轮大车，竖着一捆蛇麻草，放着一把铁犁，绿篱旁，有一堆干枯的荆棘，在一个方坑里，石灰正在冒烟，沿着一个旧棚的麦秸墙，横放着一张梯子。一个年轻姑娘在一块地里锄草，一张黄色大广告，可能是游艺会之类的海报，被风吹得在地里飞舞。旅店墙角旁有一个池塘，一群鸭子在里面戏嬉。池塘旁，有条路面状况不好的石径，隐没在荆棘丛中。那行人上了这条小路。

他向前走了百来步，沿着一道高耸着花砖尖脊的十五世纪院墙走了一会儿，便来到一扇巨大的拱形石门前。拱墩笔直，两侧饰有圆形浮雕，具有路易十四时代的雄浑风格。大门上方，露出房屋庄严肃穆的正面；一堵与正面垂直的墙几乎挨着大门，在它的一侧突然形成一个直角。门前草地上，放着三把钉耙，耙齿中间，乱蓬蓬地长着五月的各种野花。大门紧闭。两扇门破破烂烂，门环也生了锈。

阳光明媚。树枝微微颤动。这是五月的颤动，与其说是风的作用，毋宁说是鸟窝在颤动。一只勇敢的小鸟，也许是情窦初开，正在一棵大树上拼命练唱。

在门左边的侧柱下端的石头上，有一个圆坑，恰似一个球槽。行人弯腰细看。这时，两扇门打开，走出一个村妇。

她看见了行人，发现他正在看那个圆坑。

"是一颗法国炮弹打的。"她说。

她接着又说：

"您再往门上看，那颗钉子旁还有一个洞，那是火铳枪弹打的。枪弹没穿透木头。"

"这地方叫什么？"

"乌戈蒙。"村妇说。

行人站起来。他朝前走了几步，越过篱笆眺望远处。透过树木，他看见天际有一个小山包，那上面像是有什么东西，远远望去像头狮子。

他所在的地方，正是滑铁卢战场。

二 乌戈蒙

乌戈蒙是个阴森凄惨的地方,是那位叫拿破仑的欧洲大樵夫在滑铁卢遇到的第一道障碍,碰到的第一个阻力;是斧子劈下时遇到的第一个节疤。

原先这是个城堡,现在只是所农舍了。对考古学家来说,乌戈蒙应是"于戈蒙"。这小城堡是于戈·德·索默雷老爷建造的,他是维莱修道院第六小教堂的资助人。

那行人推开门。门廊下停着一辆破旧的四轮轻便马车,他从马车身旁挤过去,走进院子。

在这个院子里,首先引起他注意的,是一扇十六世纪的仿拱孔门,四周已经倒塌。宏伟的气派往往产生于废墟中。在拱孔门旁边的墙上,还有一扇门,其拱石是亨利四世时代的,从门里可以望见果园的树木。在这扇门旁,有一个肥料坑、几把十字镐和铁锹、几辆手推车、一口老井及其石板井台和铁辘轳,一匹马驹正在蹦跳,一只火鸡正在开屏,一座小教堂上面矗立着一个小钟楼,一棵花满枝头的梨树贴在小钟楼的墙上。这就是当年拿破仑做梦也想攻占的院子。这一隅之地,假如当年他占领了,也许就成为世界的霸主了。一群母鸡在地上到处啄食,弄得尘土飞扬。忽然听到一阵吠叫声,一只大狗在张牙舞爪,代替了当年的英国人。

当年,英国人在这里的表现可敬可佩。库克的四个近卫军连,面对一支军队的猛烈进攻,坚守了七个钟头。

从实测的平面图看,把建筑物和园子算在里面,乌戈蒙是一个不规则长方形,其中一个角像是砍掉了似的。南门就在这个角上,一堵墙死死地盯着它,守着它。乌戈蒙有两个门:南门和北门,南门是城堡的门,北门是农舍的门。拿破仑派他的兄弟热罗姆攻打乌戈蒙,吉耶米诺、富瓦和巴舍吕三个师在这堵墙上撞得头破血流,雷耶几乎动用了兵团的全部兵力,却惨遭失败,克勒曼在这堵英勇的墙上耗尽了全部炮弹。博杜安旅从北面强攻乌戈蒙并不是多余,索瓦旅从南面强攻,只能突破个缺口,却未能占领。

农舍位于院子的南边。北门被法国人打破,一块破木板至今仍挂在墙上。那门由四块木板组成,钉在两个横档上,被攻击的痕迹依然可见。

北门一度被法国人攻破,后来换了块门板,代替挂在墙上的那一块。那道门在院子尽头,半掩半开,方方正正,开在一堵墙上,把院子的北面封住。墙的下半截是石头,上半截是砖头。和所有的农舍一样,这是一道能过马车的普通大门,两扇宽阔的门扉,由粗木板做成。门那边是草地。当年争夺这个入口的战斗异常激烈。门框上印满了血手印,久久不褪。博杜安就是在这里阵亡的。

院子里仍残留着当年鏖战的景象,惨状依然可见,群雄角逐的混战场面仿佛已经化成石头;生死存亡,恍若昨日。墙垣奄奄一息,石头纷纷下落,缺口大喊大叫;弹孔便是伤口;树木弯腰曲背,颤颤巍巍,仿佛在竭力逃跑。

一八一五年,这院子里的建筑物可比现在多得多,一个个工事、凸角堡和拐角,后来全都拆毁了。

英国人在这院里构筑防御工事,法国人攻入院子,未能站住。小教堂旁,矗立着城堡的一个侧翼,那是乌戈蒙城堡的唯一遗迹,已经倒塌,像是被开了膛破了肚。当年,城堡曾充作主堡,小教堂充作碉堡。双方互相残杀。法国人遭到火枪的猛烈射击,从墙后面,从阁楼顶上,从地窖里,从所有的窗口,从所有的通风口,从所有的石头缝里,到处射出子弹;他们则抱来柴禾,放火烧毁墙壁,烧死敌人,以火攻来对付枪林弹雨。

在这坍塌的侧翼，通过窗口的铁栏空隙，可以望见砖砌正屋那些拆毁的房间，英国警卫队曾埋伏在这些房间里。一道旋梯从下到上裂缝累累，有如一只破贝壳的内壁。那旋梯有两层，英军受到围困，集中在楼梯的上层，拆毁了楼梯的下层。大块的青石板，在荨麻丛中堆成了山。还有十来个梯级仍然附在墙上，在第一个梯级上，刻着一个三叉戟。这些高不可攀的梯级，牢固地嵌在墙壁里。其余部分宛若一个缺牙少齿的颌骨。那里有两棵老树，一棵已枯死，另一棵下端受了伤，但每年四月仍会变绿。一八一五年以来，它的枝叶穿透楼梯，长到里面来了。

小教堂里也发生过大屠杀。现在一片寂静，但景象奇异。那次大屠杀后，这里再没做过弥撒。但祭坛还在。这个粗木祭坛，靠在里面的粗石壁上。四壁粉刷了石灰浆，门对着祭坛，有两扇拱形窗，门上有一个巨大的带耶稣受难像的木头十字架，十字架上方，有一个方气窗，塞了一捆干草，在一个墙角的地上，有一个玻璃全部破碎了的旧窗框。这就是小教堂。在祭坛旁，钉着圣安娜的木刻像，那是十五世纪的产物；少年耶稣的脑袋已被火铳枪弹打飞了。法国人一度占领了小教堂，后又被赶走，走时放了一把火。破屋子里满是烈火，宛若火炉，门烧着了，地板烧着了，基督木雕像却没烧着。火烧坏了他的脚，但没向上蔓延，现在可见两个焦黑的残肢。照当地人的说法，这是奇迹。少年耶稣不如耶稣幸运，被子弹削去了脑袋。

墙上刻满了名字。在基督的脚旁可以看到：亨基内。还有其他一些名字：里奥·马约伯爵、阿马格罗（哈巴纳）侯爵及侯爵夫人。还有一些法国人的名字，并且加了感叹号，那是愤怒的表示。一八四九年，墙又重新粉刷过。各国的人都在上面互相侮辱。

当年，就在小教堂门口，发现一具手拿斧子的尸体。那是勒格罗少尉的遗骸。

从小教堂出来，在左边，便见一口井。院子里有两口井。有人会问：

为什么这口井没有吊桶和滑轮？因为不再在里面汲水了。为什么不在里面汲水呢？因为里面堆满了骸骨。

最后一个在这井里汲水的人，叫纪尧姆·冯·基松。是乌戈蒙的一个农民，是那里的园丁。一八一五年六月十八日那天，他家里的人都逃到树林里躲起来了。

当时，维莱修道院周围的树林，为四下逃跑的不幸居民提供了藏身之地，他们在里面藏了几天几夜。直到今天，有些痕迹仍清晰可辨。例如一些烧焦的树干，就表明那些吓得索索发抖的可怜人在荆棘丛中露宿过。

纪尧姆·冯·基松留在乌戈蒙"看守城堡"。他躲在地窖里。英国人发现了他，把他从躲藏处拉出来，士兵们用刀面砍他，让这个吓破了胆的人侍候他们。他们渴了，就让纪尧姆给他们送水喝。他就是从这口井里打的水。许多人死前在井里喝了最后几口水。这口井，多少死人在里面喝过水，它也该死去。

打完仗后，人们匆匆掩埋尸体。死神自有骚扰胜利的方法，荣耀过后，接踵而至的是瘟疫。伤寒是胜利的从属品。这口井很深，便成了墓穴。扔进了三百具尸体。可能做得太匆忙。是不是所有的人都死了呢？据传并非如此。在埋尸的当天夜里，有人听见井里传出微弱的呼救声。

这口井孤零零地独处院子中央。三堵半石半砖的墙，有如屏风的三个隔扇，从三面围住院子，形似一个小方塔。第四面没有墙。那是汲水的地方。里面那堵墙上有一个形状怪异的洞，像是牛眼窗，可能是炮弹打的窟窿。那小方塔原先有顶板，如今只剩木架了。右墙的铁支架呈十字形。俯身望井，只见一个砖砌的圆柱体，漆黑一团，深不见底。井的周围，荨麻丛生，遮住了墙脚。

在比利时，所有的井，前面都有一块大青石板，但这口井却没有。代替青石板的，是一条横木，五六根奇形怪状、疙里疙瘩、形似硕大骸

骨的木头支撑着它。既没有水桶，也没有铁链和滑车，但排水的石槽还在，里面积满了雨水，常有鸟儿从附近林中飞来喝水，喝完水又飞走。

在这断井颓垣中，有一座房屋，那是农舍，现在还住着人。大门对着院子。门上有一个漂亮的哥特式锁板，旁边，斜装着一个梅花形铁门把。当汉诺威①的维达中尉抓住这门把，想逃进庄园的时候，一个法国工兵一斧头砍掉了他的手。

住在这房子里的一家人，祖父便是当年的园丁冯·基松，早已去世。一个头发花白的妇人对你说："当年我住在这里。我三岁。比我大的姐姐吓得直哭。我们被带到树林里。我母亲抱着我。人们把耳朵贴在地上听。我呢，就模仿大炮，发出'嘣！嘣！'的声音。"

左边那道门，刚才说了，对着果园。

果园满目凄凉。

它分三个部分，也可以说分三幕。第一部分是花园，第二部分是果园，第三部分是树林。这三个部分共有一道围墙，入口处是城堡和农舍，左边是一道篱，右边是一道墙，靠里又是一道墙。右边的是砖墙，里面的是石墙。进门便是花园。花园低于屋基，里面种了醋栗，遍地都是野草，尽头有一个方石堆成的高台，栏杆的石柱呈葫芦形。这是一个领主花园，为法国早期风格，比勒诺特尔②式的风格还要早。现在一片荒芜，荆棘丛生。栏杆的石柱顶为球状，宛若石头圆炮弹。现在还有四十三根石柱矗立在柱座上，其余的都躺在草丛里。几乎所有的石柱上都有弹痕。有一根断柱，恰似一条断腿，竖在高台前端。

花园比果园低。第一轻步兵连的六名士兵闯进这个花园，就没能再出去，有如狗熊落入陷阱，遭到围捕，只好同两连汉诺威士兵短兵相接，其中一个汉诺威连装备了卡宾枪。汉诺威士兵沿着栏杆，居高临下，

---

① 汉诺威，德国旧邦名。
② 勒诺特尔（1613—1700），法国建筑师和园林设计师。

向他们射击。这六个轻步兵，从下面反击，面对二百名敌兵，不屈不挠，只能以醋栗树为掩护，坚持了一刻钟，最后全部牺牲。

爬上几个石级，就从花园到了果园。那是名副其实的果园。就在这十来米见方的地方，不到一小时，一千五百个人全部阵亡。那堵墙似乎还在准备战斗。上面还留着英国人挖凿的三十八个高度不等的枪眼。在第十六个枪眼前面，有两座花岗岩坟墓，里面躺着英国人。只有南面这堵墙上有枪眼，主要是从这里发出攻击的。墙外有一道高大的绿篱，法国人来了，以为只有一道篱笆，越过篱笆后，才发现还有一道墙挡住去路，英兵埋伏在墙后，三十八个枪眼一齐开火，暴雨般的子弹落在他们身上。索瓦旅全军覆没。滑铁卢战役就这样拉开了序幕。

果园还是攻下来了。没有梯子，法国人就用指甲抓住墙往上爬。双方在树下展开肉搏战。草地上洒满了鲜血。纳索的一个营七百名官兵全部丧生。克勒曼的两个炮兵中队从外面轰击，墙上弹痕累累。

这个果园，和别的果园一样，对五月非常敏感。到处是毛茛和雏菊，青草茂盛，耕马在里面吃草。树与树之间，拉着一根根晾衣服的马鬃绳，行人得低头而过。走在这荒地上，脚常常会陷进鼹鼠洞里。杂草丛中，横着一棵连根拔起的树干，正在披上新绿。当年，布拉克曼少校就是靠在这棵树上断气的。德国将军迪普拉则倒在旁边一棵大树下，他家祖上是法国人，南特敕令废止①时，才举家迁移德国。旁边有一棵老苹果树，弯腰曲背，病病恹恹，缠着麦秸，涂着胶泥。几乎所有的苹果树都已老了。没有一棵树没挨过子弹。这果园里枯树俯拾皆是。乌鸦在枝头飞来飞去。果园深处，有一片树林，满眼皆是蝴蝶花。

博杜安阵亡，富瓦受伤，烈火、屠杀、屠戮，英国人的血、德国人的血、法国人的血，汇成一条汹涌的小河，一口井里堆满尸体，纳索和

---

① 一五九八年，法王亨利四世在南特颁发敕令，允许新教存在。一六八五年，路易十四废除该令，迫使许多新教徒逃亡国外。

不伦瑞克的两个团被歼灭,迪普拉阵亡,布拉克曼阵亡,英国近卫队受到重创,法国雷耶兵团的四十个营中,损失了二十个营,就在这乌戈蒙破城堡里,三千人被砍死劈伤,被手扼死,被子弹射死,被火烧死;所有这一切,只为今天一个农民对一个旅客说:"先生,给我三法郎,您乐意的话,我给您讲讲滑铁卢的事。"

三 一八一五年六月十八日

我们来回顾一下过去,这是讲故事人的一个权利。让我们回到一八一五年,甚至比本书第一部分叙述的事更早一些。

假如一八一五年六月十七日的夜里没有下雨,欧洲的前途就改变了。多下几滴雨或少下几滴雨,拿破仑的决策就会完全不同。上苍只需要一点儿雨,就使滑铁卢成为奥斯特里茨的终结。一片违背季节的乌云穿过天空,便导致一个世界的崩溃。

滑铁卢战役只得到十一点半才打响,这使勃吕歇有时间赶到滑铁卢。为什么?因为地面潮湿。要等到地面坚实一些,炮兵部队才能行动。

拿破仑是炮兵军官,这对他的影响根深蒂固。这个天才将领,在给督政府关于阿布基尔战况的报告中说:"我们的一颗炮弹杀死了六个敌人。"从根本上讲,他就是这样一个人。他的作战计划全都建立在炮击上。将炮兵集中到一个确定的点上,这是他克敌制胜的秘诀。他把敌军将领的战略视作堡垒,把它轰出一个缺口。他用霰弹攻其弱点,战役开始和结束都用炮火。他天生就具有炮击的才能。突破方阵,粉碎敌军,冲破防线,摧毁和驱散密集的部队,这一切,对他而言,就是攻打,攻打,不停地攻打,而攻打靠的就是炮弹。这个可怕的方法,加上他的天才,便使这个性格沉郁的战争拳斗师十五年一直所向无敌。

一八一五年六月十八日,他更是寄希望于炮兵,因为他在数量上占优势。威灵顿只有一百五十九门大炮,拿破仑却有二百四十门。

假如地面是干的,炮兵便可行动,战斗于早晨六点便可开始。下午两点,这一仗便可打赢并且结束,比从天而降的普鲁士军队早到三个小时。

滑铁卢战役惨败,拿破仑要负多少责任呢?船沉了,是舵手的错吗?

那时候,拿破仑的身体明显衰弱,是不是他的心智也衰弱了呢?二十年戎马倥偬,难道既磨损了剑鞘,也磨损了剑刃,既消耗了体力,也消耗了心智?在这将领身上遗憾地有了老兵的感觉?总之,难道真像许多举足轻重的历史学家认为的那样,这个天才才尽智穷了吗?他是为了向自己掩饰自己的衰弱,才这样狂热的吗?他进行这场冒险行动,难道是一时的精神错乱?他犯了为将者的大忌,变得不知危险了?在那些可谓大活动家的伟人中,难道真有才华退化的年龄吗?衰老对文学艺术天才是没有影响的,比如,但丁和米开朗琪罗们越老越才华横溢,难道对于汉尼拔①和拿破仑这些军事家,随着年事增高,才华会衰退吗?拿破仑对胜利已丧失感觉了吗?他已不再能识别暗礁,猜出陷阱,明辨深渊的峭壁已摇摇欲坠?他对灾难已失去了嗅觉?从前,他熟悉通往胜利的条条道路,站在他的闪电战车上指挥若定,难道他现在已昏聩到把他乱哄哄的部队拉到悬崖峭壁吗?他四十六岁,就神经错乱到极点了吗?这个驾驭命运的巨人,难道只是个大冒失鬼吗?

我们绝不这样认为。

大家一致公认,他的作战计划是个杰作。直逼联军防线中心,在敌人身上穿个窟窿,把它截成两半,将英军那一半赶到阿尔,普军那一半

---

① 汉尼拔(前247—前183),迦太基杰出的统帅。

逐到通格尔，将威灵顿和勃吕歇变成两截，夺取圣约翰山，攻占布鲁塞尔，将德国人扔进莱茵河，英国人投进大海。这一切，都在拿破仑这场战役的计划中。以后的事再说。

当然，我们不想在这里叙述滑铁卢战役史。在我们叙述的这个悲剧中，有一幕与这场战役有关系；不过，这段历史并非我们的主题；再说，它已作了结论，而且是权威性的结论，一个是拿破仑的观点，另一个是一批历史学家①的观点。至于我们，就让历史学家们去争论不休吧，我们不过是事后的证人，是原野上的过客，一个弯着腰在血肉揉成的这片土地上搜索的人，也许会把表象视作真实。我们无权以科学的名义而无视一系列事实，尽管明知里面会有虚幻的成分。我们既没有军事实践，亦不会运筹帷幄，因此不能自成体系。我们认为，在滑铁卢战役中，双方将领都受到一系列偶然事件的支配。至于命运，对这个神秘的被告，我们和天真的法官——人民的判决是一样的。

四　Ａ

想清楚了解滑铁卢战役的人，只须把大写 A 放倒在地，便可想象出来了。A 的左边一画是尼维尔公路，右边一画是热纳普公路，中间一横是连接奥安和布兰－拉勒的凹路。A 的顶端是圣约翰山，威灵顿所在的地方；左下端是乌戈蒙，雷耶和热罗姆·波拿巴所在的地方；右下端是佳盟，拿破仑所在的地方。A 的横线和右边一画交叉的点是圣海牙。在

---

① 即瓦尔特·司各特、拉马丁、沃拉贝尔、夏拉、基内、梯也尔。——原注

这条横线中央，是这场战役说最后那句话①的地方。那头狮子就安放在这里，无意中成了帝国近卫军最高英雄主义的象征。

横线上面的三角形，是圣约翰山高地。整个战役就是争夺这一高地。

两军的侧翼在热纳普和尼维尔两条公路的左右侧展开。代尔隆对皮克通，雷耶对希尔。

在A的顶端后面，在圣约翰山高地后面，是索瓦涅森林。

至于那片平原，可以想象成一片辽阔而起伏的土地。一浪高于一浪，一齐涌向圣约翰山，直达森林。

战场上敌对的两支军队，犹如两个角斗士。双方紧紧抱住，都想把另一方摔倒。遇到什么，就紧抓不放。一丛灌木就是一个支点，一个墙角就是一个护墙。一支部队若无东西作依傍，就会站不住脚。一片洼地，一个土包，一条斜插的捷径，一片树林，一个沟壑，都可以撑住称作军队的这个巨人的脚后跟，使它不往后退。谁退出战场，谁就失败。因此，负主要责任的将领，对最细小的树丛，最细微的地形起伏，都要勘察得一清二楚。

两军将领对圣约翰山平原都作了仔细的研究。圣约翰山平原如今叫滑铁卢平原。威灵顿一年前就有远见地研究了这个地方，为可能有的大战作准备。六月十八日决战那天，威灵顿在地理上占优势，拿破仑处于劣势。英军在高处，法军在低处。

一八一五年六月十八日，天蒙蒙亮，拿破仑骑着马、手拿望远镜矗立在罗索姆高地上的形象，似乎没有必要在此描绘。因为我们描绘之前，大家都想象到了。头戴布里埃纳军校的小帽子，侧影显得镇静自若，身穿绿军装，白翻领遮住勋章，灰大衣遮住肩章，背心下面露出绶带的一个角，皮短裤，白骏马，紫鞍褥，鞍褥的角上绣着N和鹰，N上面绣着

---

① 指法国康布罗纳将军在拒绝投降时，对英国人说的"去你妈的"。

皇冠，丝长袜，马靴，银马刺，在意大利马伦戈作战时用过的剑，末代恺撒的这个形象屹立在每个人的想象中，有些人热烈欢呼，另一些人侧目而视。

这一形象很长时间一直光辉灿烂，因为英雄大都被传说歪曲，真相久久被掩盖。然而今天，历史和真相已大白于天下。

历史这个真相是无情的。它之奇特和神圣，在于尽管它光辉灿烂，也正因为它光辉灿烂，大凡在看到光明的地方，常常会出现阴影。同一个人，可以有两个幽灵，互相攻击，互相驳斥，暴君的黑暗同将领的光明进行搏斗。因此，人民的最终评价显得更加真实。巴比伦遭到践踏，使得亚历山大威信大减；罗马受到奴役，使得恺撒声望大降；耶鲁撒冷惨遭杀戮，使得提图斯①名誉扫地。有暴君，必有暴政。一个人若在身后留下自己的阴影，那是莫大的不幸。

五　战役的"风云莫测"

大家都知道这场战役最初阶段的情况。对于双方军队，前景都是模糊的，未知的，不定的，危险的，只是英军比法军更无把握。

下了一整夜雨。瓢泼大雨将地面冲得坑坑洼洼；原野上的低洼处像面盆似的积满了水；有些地方，辎重车一直陷到车轴，马肚带上滴着泥浆。幸亏车队行进中杂乱无章，踩倒了麦子，填满了车辙，给车轮充当垫草，否则是无法行进的，尤其在帕珀洛特一带的山谷里。

战斗很晚才开始。正如前面讲过的那样，拿破仑习惯把整个炮兵

---

① 提图斯（40—81），罗马皇帝（79—81），公元七十年攻占耶鲁撒冷，大肆杀戮当地百姓。

握在自己手中，就像握住一支手枪，时而瞄准战役的一个点，时而瞄准另一个点。他想等到炮队能够自由奔驰时才行动，这样，就必须等到太阳出来，将地面晒干。可太阳就是迟迟不露面，不像在奥斯特里茨时那样守约。当第一炮打响时，英国将领科维尔看了看表，正是十一点三十五分。

战斗一开始，就非常激烈，法军左翼攻打乌戈蒙，其激烈程度，也许超过了拿破仑皇帝的预想。与此同时，拿破仑攻击中部，命基约旅速向圣海牙推进，而内伊则率法军右翼向据守在帕珀洛特的英军左翼进逼。

攻打乌戈蒙从某种程度上说是佯攻，旨在把威灵顿引到那里，迫使他向左倾斜。这是拿破仑的如意算盘。假如英国近卫军的四个连和佩蓬谢师的比利时勇士没有固守阵地，这个计划就能成功。可是，威灵顿并没有把部队聚集到乌戈蒙，只是另派了四个近卫军连和不伦瑞克的一个营去增援。

法军右翼攻打帕珀洛特才是根本性的。显而易见，是为了击溃英军右翼，切断布鲁塞尔的通路，不让普鲁士军队前来增援，强占圣约翰山，将威灵顿撵到乌戈蒙，然后是布兰-拉勒，一直撵到哈勒。这次强攻虽出了些意外，但总体上讲是成功的。占领了帕珀洛特，攻克了圣海牙。

有一个细节要在这里提一提。在英国步兵里，尤其在肯普特旅中，有许多新兵。这些年轻的士兵，面对我们令人畏惧的步兵，表现得非常英勇，虽缺乏经验，但勇敢顽强，尤其是出色地发挥了狙击兵的作用。狙击兵一般是单独行动，因此可以说，他们是自己的将军。这些新兵颇有点创造精神，像法国兵那样勇猛狂热。这些乳臭未干的步兵过于冲动，威灵顿不喜欢。

圣海牙攻占后，战斗僵持不下。

那天，从中午到下午四点之间，战局很不明朗。这场战役的中间阶段若明若暗，双方处于混战状态。黄昏降临。在暮霭中，只见千军万马，波涌涛起，胜似海市蜃楼，令人目眩眼花。当年一个士兵的装备，今天的人是不大熟悉的：饰有流苏的火焰形高顶帽，挂在马刀旁的晃晃荡荡的扁皮袋，交叉在身上的皮武装带，手榴弹袋，轻骑兵的盘花纽上衣，有无数褶儿的红靴，饰带累累的筒状军帽。不伦瑞克的步兵几乎一身黑，混杂在一身红的英国步兵中间，英国士兵的袖窝处饰有白色大圆环，以代替肩章，汉诺威轻骑兵头戴椭圆形皮盔，盔上有铜带和饰毛，苏格兰人露着膝盖，斜披着格子花呢长巾，我们的近卫军腿上缠着白绑带。这哪里是战线，简直是一幅幅图画，是萨尔瓦多·罗扎①而不是格里博瓦尔②所需要的。

每一场战役总有风风雨雨。**风云莫测，不可思议。**③每个史学家都随心所欲地把这种混乱的景象描上几笔。不管将军们如何运筹帷幄，两军交锋，有难以预料的起伏变幻。在实战中，双方将领制定的计划，会互相渗透，互相牵制。战场上，某个地方吞噬的战士要比另一个地方多，正如有些土地吸水性强，吸水也就更快。因此，就不得不违心地在那里投入更多的兵力。这种兵力消耗是始料未及的。战线犹如一根线，波动着，蜿蜒着，一条条血河毫无逻辑地流淌，两军的阵线如波涛起伏，部队或进或出，形成一个个海角或海湾，所有这些暗礁互相对峙，波动不止。哪里有步兵，炮兵就追到哪里；哪里有炮兵，骑兵就奔到哪里；队伍宛若滚滚浓烟。那里明明有什么东西，当你寻找时，却又不见了。林中的空地游移不定，黑糊糊的山丘忽而前进，忽而后退，来自坟墓的阴风吹得这些血肉横飞的人流时进时退，时聚时散。混战是什么？是变化

---

① 萨尔瓦多·罗扎（1615—1673），意大利诗人、画家、雕刻家。
② 格里博瓦尔（1715—1789），法国炮兵军官。
③ 原文为拉丁语。

不定。精密的平面图只能静止一分钟，而不能一整天。只有才气横溢、画笔恣肆的画家，才能描绘一场战役。伦勃朗①比默伦②略胜一筹。默伦描写中午非常真实，但画三点钟就不真实了。几何学般精确是骗人的，唯有狂风暴雨才是真实。这就使得福拉尔③有理由驳斥波利比乌斯④。此外，有时候，战役会转为战斗，各自为战，分散成几个细部。这些细部，照拿破仑的说法，"更是各个团的传奇，而不是一个军的历史"。在这种情况下，历史学家显然有权进行概括。他只能抓住战斗大的轮廓。再认真的叙述者，也不可能把称作战役的这个可怕云彩的形态逼真地描绘下来。

所有大的军事冲突都是这样，而滑铁卢战役更是如此。

然而，到了下午的某一时刻，战局变得明朗了。

六 下午四点

下午将近四点，英军形势非常严峻。奥兰治亲王⑤统率中央，希尔指挥右翼，皮克通指挥左翼。勇猛的奥兰治亲王已到了发狂的程度，他向比荷联军大叫大嚷："纳索！不伦瑞克！不准后退！"希尔溃不成军，向威灵顿靠拢，皮克通战死疆场。当英国人拔掉法国一〇五团军旗的时候，法国人的一颗子弹打穿皮克通的脑袋，皮克通一命呜呼。对威灵顿来说，这场战役有两个支点，乌戈蒙和圣海牙；乌戈蒙仍在坚

---

① 伦勃朗（1606—1669），荷兰画家。
② 默伦（1634—1690），佛兰德斯画家。
③ 福拉尔（1669—1752），法国军事家。
④ 波利比乌斯（约前201—约前120），古希腊历史学家。
⑤ 奥兰治亲王，即英军统帅威灵顿。

持，但已遍体大火，圣海牙已失守。防守圣海牙的一个德国营，只剩下四十二人，所有的军官不是战死，便是被俘，只有五人幸免。三千名战士在这个"谷仓"里惨遭杀戮。英国近卫军的一个中士，被战友们誉为坚不可摧的英国头号拳击手，却被法国一个小小的鼓手杀死。巴林弃甲而逃，阿尔滕做了刀下鬼。好几面军旗被夺走，其中有阿尔滕师的，吕内堡营的，后者是由双桥家族的一个亲王扛着的。苏格兰灰衣部队全军覆没，庞松比的重龙骑兵被砍得七零八落。这支骁勇顽强的龙骑兵，在布罗的枪骑兵和特拉韦的胸甲骑兵的冲击下，连连退却，一千二百匹战马只剩下六百匹，三位中校两个倒地，汉密尔负伤，马泰被杀。庞松比身上挨了七刀，落马而死。戈登阵亡，马什战死。第五、第六两个师惨遭歼灭。

乌戈蒙被突破，圣海牙已失守。只剩下中央据点这个结了。它始终坚持着。威灵顿调来增援部队。他从梅伯－布兰调来了希尔，从布兰－拉勒调来了夏塞。

英军的中央据点兵力密集，地势微微下凹，地形十分有利。他们占据着圣约翰山高地，背后是村庄，前面是斜坡，那斜坡当时相当陡峭。他们背靠着坚固的石头房屋，那时是尼维尔的公有财产，是公路的交叉点。这座建于十六世纪的石头房屋固若金汤，炮弹打上去就弹回来，它却毫发无损。英国人在高地周围到处设置藩篱，在山楂林里布下伏兵，在树枝之间安放炮口，将灌木丛当作雉堞。他们的炮兵部队就埋伏在荆棘丛中。兵不厌诈，英国人将这一狡诈的伎俩做得天衣无缝，以至于拿破仑皇帝早晨九点派去侦察敌军炮位的阿克索什么也没发现，回来对皇帝说，除了在尼维尔和热纳普两条公路上有两个工事外，其他一无障碍。那个季节，田里的庄稼长得很高，肯普特旅的一个营，配有卡宾枪的第九十五营，就埋伏在高地四周的大片麦田里。

英荷联军组成的中央据点，凭借着这些掩护和支撑，处境极其有利。

这一阵地的危险,在索瓦涅森林。它与战场毗连,中间隔着格罗南代和布瓦茨福沼泽。一个军撤进森林,便会土崩瓦解,几个团立即会四分五裂。炮兵会陷进泥沼。有些行家说,撤退到那里,将是四散溃逃。当然也有人持不同看法。

为了加强中央,威灵顿从右翼调来夏塞的一个旅,从左翼调来温克的一个旅,还有克林顿师。他又将不伦瑞克的步兵、纳索的部队、基尔曼塞克的汉诺威兵和奥姆普特达的德国兵,调来增援和加强他的英国部队,即霍尔凯特各团、米切尔旅和梅特兰的近卫军。这样,他手下就有了二十六个营。正如夏拉所说,右翼被逼到了中路的后面。在今天叫作"滑铁卢博物馆"的地方,当年就有一个巨大的炮台隐蔽在沙袋后面。此外,威灵顿还把索墨塞的龙骑兵卫队,即一千四百名骑兵,部署在一个洼地里。这是举世闻名的英国骑兵部队的另外一半。庞松比已遭歼灭,只剩下索墨塞了。

那个炮台设在一个园子的矮墙后面,匆匆叠了些沙袋,筑了一道宽宽的土坡。如果工事完成的话,就可成为一个棱堡。但它没有完成,未来得及设置绿篱。

威灵顿忧心忡忡,但神色镇定。他骑着马,整整一天都是这个姿势,待在一棵榆树下,稍后一点是圣约翰山的老磨坊;如今磨坊尚在,但那棵榆树却被一个热衷于破坏文物的英国人花了二百法郎买下,锯断后运走了。威灵顿英勇而镇静。炮弹雨滴般落下。他的副官戈登刚刚在他身边倒下。希尔勋爵指着一颗正在爆炸的炮弹,对他说:"老爷,万一您遭不测,您有什么指示和命令留给我们?"威灵顿回答:"像我这样做。"当克林顿问他时,他简洁地说:"坚守阵地,直到最后一个人。"白天的形势显然对他越来越不利。威灵顿对曾和他一起在塔拉韦拉、维多利亚和萨拉曼卡并肩战斗过的朋友们大声喊道:"小伙子们!难道能考虑退却吗?想一想古老的英国吧!"

将近四点钟,英国的阵线后退。山脊上,突然只剩下炮兵和狙击兵,其余的全都消失不见。在法军炮弹的驱逐下,英军向圣约翰山深处撤退;今天,圣约翰山农庄的那条便道仍穿过那里。后撤开始了,英军的前锋退缩了,威灵顿退却了。拿破仑喊道:"他们开始撤退了!"

七　拿破仑心情愉快

那天,拿破仑正生着病,身上局部疼痛,坐在马上很不舒服,但他的心情却从未这样愉快过。他从来喜怒不形于色,但那天从早晨起,他的脸上便露出了笑容。这个高深莫测、冷漠无情的人,在一八一五年六月十八日那天,却盲目地喜形于色。在奥斯特里茨,他是那样愁眉不展,但在滑铁卢却满面春风。大凡有奇特命运的人,常常做出不合情理的事。我们的欢乐是忧愁的组成部分。最后的微笑属于上帝。

古罗马菲米纳特里军团的士兵说:"**恺撒笑,庞培哭。**[①]"这一次,庞培大概不一定会哭,但恺撒肯定笑了。

头天深夜一点钟,拿破仑和贝特朗一起,骑着马,冒着狂风暴雨,察看罗索姆附近的山丘,望见英军的营火照亮了天边,火光从弗里舍蒙一直延伸到布兰-拉勒,不禁心满意足,沾沾自喜,他感到命运果然不负他所望,按照他确定的日期,准时来到了滑铁卢这个战场上。他勒住马,望着闪电,听着雷声,一动不动地待了一会儿,这个宿命论者在黑暗中说了一句神秘莫测的话:"我们是一致的。"拿破仑错了。他们并不一致。

---

① 原文为拉丁语。庞培是公元前一世纪罗马大帝恺撒的政敌,后被恺撒击败。

那一夜，他一分钟都未曾合眼，每时每刻对他都是快乐。他走遍了前哨阵地，常常停下来同哨兵说几句话。半夜两点半，在乌戈蒙树林附近，他听见队伍行进的脚步声，一度以为是威灵顿在撤退。他对贝特朗说："英军后卫部队在撤营了。我要把刚到达奥斯坦德的六千名英国人全部俘虏。"他说话时，情绪十分高涨，恢复了三月一日在茹安湾登陆时的高昂兴致。那天，他指着一位兴高采烈的农民，对贝特朗大元帅高声说："瞧，贝特朗，有人来支援了！"六月十七日夜里，他对威灵顿冷嘲热讽。"得教训教训这个小英国人。"拿破仑如是说。雨下得更大了，皇帝说话时，雷声大作。

凌晨三点半，他的一个幻想破灭了。他派去侦察的军官回来向他报告，敌人没有任何动静。一切都原地不动，没有一处营火熄灭。英军在酣睡。大地万籁俱寂，唯有天空中雷声隆隆。四点钟，巡逻兵给他带来一个农民，那农民曾给英军的一个骑兵旅带过路，可能是维维安骑兵旅，要去占领最左边的奥安村。五点钟，两个比利时逃兵对他说，他们刚离开部队，英军在等待战斗。"太好了！"拿破仑喊道，"我不是要把他们击退，而是要击垮。"

早晨，他在普朗斯诺瓦公路拐弯处的斜坡上下了马，站在烂泥中，从罗索姆庄园搬来一张饭桌和一张农家椅子，在地上铺一捆麦秸作地毯，他坐到椅子上，将作战图摊在桌子上，对苏尔特①说："多漂亮的棋盘！"

下了一夜大雨，道路被冲得坑坑洼洼，辎重车队陷进泥坑，早晨未能赶到，士兵彻夜未眠，人人衣服湿透，个个饥肠辘辘。尽管如此，拿破仑仍喜不自胜地对内伊大声说："我们有百分之九十的把握。"八点，有人端来皇帝的早餐。他邀请好几位将军一起用餐。餐桌上，有人谈到

---

① 苏尔特（1769—1851），法国元帅。

前天晚上，威灵顿在布鲁塞尔参加了里施蒙公爵夫人的舞会，苏尔特，这个长着大主教面孔的粗鲁武夫说："舞会在今天。"内伊说："威灵顿不至于天真到恭候陛下光临吧。"皇帝听后取笑了他一番。这是他的习惯。弗勒里·德·夏布隆说："他爱开玩笑。"古尔戈说："他生性幽默快乐。"邦雅曼·康斯坦说："他常开玩笑，不过，他那些玩笑怪诞多于幽默。"伟人的戏谑是值得强调的。他把他的近卫军称作"牢骚兵"，他揪他们的耳朵，扯他们的胡子。他们中有个人说："皇上老爱戏弄我们。"二月二十七日，他从厄尔巴岛神秘地返回法国，在浩瀚的大海上，法国的和风号战船与偷载拿破仑的无常号帆船相遇，和风号向无常号打听拿破仑的消息；那时，皇帝的帽子上还饰有白红两色、散布着蜜蜂的帽徽，那是他在厄尔巴岛亲自选定的图案；他笑着拿起传声筒，亲自回答："皇帝龙体安康。"像这样善开玩笑的人，是遇事不惊的。在滑铁卢的那顿早餐上，拿破仑开了好几次玩笑。用罢早餐，他沉思了一刻钟，然后，两个将军坐到麦秸上，拿着笔，膝上摊着纸，皇帝向他们口授作战命令。

九点钟，法军排成五个梯队，向前挺进，各师展开两条战线，炮兵居中，左右是步兵和骑兵旅。乐队开道，鸣鼓致敬，鼓声隆隆，号角呜呜，气势磅礴，浩浩荡荡，一片欢腾，钢盔、马刀和刺刀汇成一望无际的海洋，皇帝看到此番情景，无比激动，连喊两声："壮观！壮观！"

令人难以置信的是，从九点到十点半，全军已进入阵地，排成六条战线，按照皇帝的说法，排成"六个V形"。部队已排好作战阵势，混战即将开始，暴风雨即将来临，四周一片寂静。根据皇帝的命令，从代尔隆、雷耶和洛博各部调来了三个各装备十二门大炮的炮兵中队，为攻打位于尼维尔和热纳普两条公路交会处的圣约翰山作前奏。皇帝看到这三个炮兵中队鱼贯而行，拍拍阿克索的肩膀说："将军，那是二十四个美女。①"

他对胜利确信无疑。当第一军的工兵连从他面前经过时,他用微笑鼓励他们。工兵连奉他之命,等攻克那个村庄后,将在圣约翰山上构筑堡垒,坚守阵地。只听见一个高傲而悲悯的声音穿透这一片宁静:当他看见左边如今有座巨大坟墓的地方,骑着骏马令人赞叹的苏格兰灰衣骑兵中队正在集结的时候,他大声喊出一句"太可惜了"。

然后,他跨上战马,跑到罗索姆的前沿,在热纳普到布鲁塞尔公路的右侧,选了一个长满青草的小山包作瞭望台。这是他在滑铁卢战役中第二次驻足观测的地方。晚上七点,他第三次停下来,那是在佳盟和圣海牙之间。这第三个瞭望点非常危险。那是个相当高的小山丘,至今尚在,山丘后面,有块平原,近卫军就集中在这平原的一个斜坡上。炮弹从四面八方射向山丘,落到大道的铺石上又弹回来,一直弹到拿破仑的身边。像在布里埃纳一样,子弹从他头顶上呼啸而过。后来,差不多就在他的战马驻足的地方,有人捡到了一些腐烂的炮弹、破旧的马刀和锈迹斑斑变了形的枪弹。**锈迹斑斑**②。几年前,在那里发掘了一枚重达六十磅③的炮弹,里面还有炸药,信管在挨炮弹的地方断裂了。就在这最后一个观测地,他的向导拉科斯特,一个有敌对情绪的农民,被绑在一个轻骑兵的马背上,每次炮弹飞来,便吓得转过身去,甚至躲到那骑兵的身后,皇帝见了便对他说:"笨蛋!多丢人,你这样会从背后被打死的。"写这几句话的人,也曾在这个山丘的松土里,挖掘出一个炮弹头的残片,四十年的氧化作用,已使它腐烂不堪,还有几段破铁片,就像接骨木一样,手指一捏就碎。

拿破仑和威灵顿交战的平原,地势起伏不平,但众所皆知,现在起

---

① 应该是三十六个美女,而不是二十四个。
② 原文为拉丁语。
③ 六十磅相当于三十千克。

伏的情形和一八一五年六月十八日相比已大不一样了。为建造滑铁卢纪念碑，从这凄怆悲凉的战场上取走了许多土方，削平了原来的高地。历史不胜困惑，它已认不出自己了。为了颂扬历史，却把它变得面目全非。两年后，威灵顿重返滑铁卢，见它变成这般模样，便喊道："我的战场变成这样了。"如今是一个大金字塔土墩，顶着一个铁狮的地方，当年是一个山脊，朝尼维尔公路方向，是一个并不难走的斜坡，朝热纳普公路方向，几乎是一道峭壁。今天，可从两个并立在热纳普到布鲁塞尔公路两旁的大坟墩的高度，推算出那道峭壁的高度；左侧是英国人的坟墓，右侧是德国人的坟墓。法国人没有墓地。整个平原都是法国人的坟墓。多亏从圣约翰山高地挖走了成千上万车泥土，堆成高一百五十英尺、方圆半英里的土墩，圣约翰山才变成现在这样可通行的缓坡；可打仗的那天，尤其在圣海牙那边，地势陡峭，崎岖不平。因为山坡峻峭，英国大炮都瞄不到谷底的农庄，而那里是战斗的中心。一八一五年六月十八日，瓢泼大雨又把这个陡坡冲出一道道沟壑，泥泞不堪，更难攀登，不仅要上坡，而且常常陷入泥坑。沿着山脊，有条深沟，远远看去，很难猜出是什么。

　　这深沟究竟是什么？我们来谈一谈。布兰-拉勒是比利时的一个村庄，奥安也是个村庄。它们都隐没在洼地里，相距一里半，一条路将它们连接。那条路穿过起伏不平的原野，常像一条犁沟深入山丘之间，因此，许多地方形成了细谷。一八一五年，和今天一样，那条路连接热纳普和尼维尔两条公路，从圣约翰山脊上穿过去。不过，今天和两旁的地面拉平了，当年却是条凹路。它两旁的斜壁已被挖走，用来堆纪念墩了。不管是从前还是现在，那条路大部分是沟壑，有时深达十二英尺，两壁太陡，常会塌方，尤其冬天下大雨的时候。因此，经常发生事故。在布兰-拉勒村口，路面变得狭窄，曾有个行人被马车碾死，竖在墓地旁的石十字架可以作证，上面写着死者的姓名和出事的日期：贝尔纳·德·布里先生，布鲁塞尔商人，一六三七年二月①。那条路在圣约翰山高地那段往下凹得很深，一七八三年，斜壁塌方，压死了一个名叫马蒂厄·尼凯兹的农民，这也有一个石十字架作证；从圣海牙到圣约翰山农庄的路上，在左边绿草如茵的斜坡上，今天仍可看见那十字架的底座，它已翻倒在地，上半截埋在开垦的田里了。

那条匍匐在圣约翰山脊背上的不露形迹的凹路，那个峭壁顶上的深沟，那条隐没在泥土中的车辙，在开战的那天是看不见的，也就是说非常险恶。

八　皇帝问向导

因此，滑铁卢开战的那天上午，拿破仑心情非常愉快。

他高兴是有道理的，我们已看到，他制定的作战计划的确令人钦佩。

可是战斗一开始，就出现了诸多意想不到的情况：乌戈蒙负隅顽抗，圣海牙顽强抵抗；博杜安牺牲战场，富瓦丧失战斗力；索瓦旅始料未及，遇到铜墙铁壁，全旅覆灭；吉耶米诺弹药断绝，却轻举妄动，后果惨重；炮兵陷入泥坑，无人护卫的十五门大炮被尤克斯布里奇击溃在一条凹路上；炮轰英军阵地效果甚微，地面被雨水浸透，炮弹钻进地里，形成一

---

① 碑文如下：

布鲁塞尔商人
贝尔纳·德·布里
不幸在此
被马车轧死
一六三七年二月（日期看不清）——原注

个个泥火山，以致炮弹爆裂变成了四射的泥浆；皮雷攻击布兰－拉勒劳而无功，这支由十一个骑兵连组成的骑兵队几乎全军覆灭；英军右翼几乎安然无忧，左翼没受什么损失；内伊出乎意外地误解了命令，没有把第一军的四个师分成梯队，而是集中起来，排成二十七行，每行二百人，齐头并进，迎击霰弹，炮弹在人堆里到处开花，进攻的队列被打得七零八落，侧翼的炮位突然暴露无遗，布热瓦、东泽洛、迪吕特受连累，基约被击退，毕业于巴黎综合工科学校的大力士维耶中尉，不顾堵在热纳普－布鲁塞尔公路拐弯处的英军炮火的猛烈射击，正抡起斧子砍圣海牙城门的时候，被炮弹击中而受了伤；马科涅师受到步兵和骑兵的两面夹攻，在麦田里遭贝斯特和派克的枪弹横扫，又被庞松比的骑兵乱砍乱杀，七门大炮的火门全被钉住；尽管代尔隆伯爵猛烈进攻，萨克森－魏玛亲王依然坚守住弗里舍蒙和斯莫安；一〇五团的军旗被夺走，四十五团的军旗被夺走；三百名轻骑兵在瓦弗尔和普朗斯诺瓦一带侦察，抓获了一名普鲁士黑衣轻骑兵，该俘虏说的话令人忧心忡忡；格鲁希耽误了时间；在乌戈蒙果园里，一千五百人不到一小时全部战死，在圣海牙周围，一千八百人在更短的时间内全部丧生：所有这些暴风雨般的意外，犹如一片片战云，在拿破仑眼前掠过，但几乎未能扰乱他的目光，他依然神色开朗，坚信胜利一定属于自己。拿破仑习惯正视战争，从不斤斤计较惨痛的细账。在他看来，死些人微不足道，只要最终能获得胜利。开始受些损失，他毫不在意，他认为最后的主人一定是自己。他善于等待，怀着必胜的信念，平等地与命运较量。他仿佛在对命运说："你敢同我较量吗？"

拿破仑一半光明，一半黑暗，感到自己做好事时受到庇护，干坏事时能得到宽容。重大事件与他有一种默契，或者说他自认为有一种默契，或者说是他的同谋，就像古时候说的，刀枪不入。

可是，经历了别列津纳、莱比锡和枫丹白露①的人，似乎不该对滑铁卢掉以轻心。上天已神秘地皱起了眉头。

当威灵顿后撤时，拿破仑高兴得浑身打颤。他突然看见圣约翰山高地撤得空无一人，英军的前线消失不见。英军在重新集结，却是为了逃跑。皇帝在马镫上半立起身子，双眸闪过胜利的光芒。

将威灵顿逼到索瓦涅森林，一举歼灭，这就意味着法国最终击败了英国。也就报了在克雷西②、普瓦捷③、马尔普拉凯④和拉米伊⑤所受的耻辱。在马伦戈⑥获胜的人，将为阿赞库尔⑦的失败报仇雪耻。

拿破仑思索着这些令人心悸的突变，一面用望远镜最后一次扫视战场的角角落落。他的卫队站在他身后，武器靠在他脚边，虔敬地仰视他。他思索着。他观察山坡，注意斜坡，细看树丛、麦地、小道，似乎每一个荆棘丛都不放过。他凝视英军设在两条公路上的工事，那是两大堆伐下的树木，一个在圣海牙上面的热纳普公路上，那里有两门大炮，英国炮队只有这两门大炮能望见战场腹地；另一个在尼维尔公路上，那里刀光剑影，是夏塞旅的荷兰兵。在这个工事旁，他看见了圣尼古拉小教堂，这座年代悠久、刷成白色的小教堂，坐落在去布兰-拉勒那条岔路的拐弯处。他俯下身子，低声地同向导拉科斯特说了句话。向导摇了摇头，很可能在骗他。

皇帝直起腰，又陷入沉思。

---

① 别列津纳为俄国河流，一八一二年十一月二十九日，拿破仑为抢渡这条河，造成一万二千人淹死。莱比锡为德国城市，一八一三年，拿破仑在这里与联盟军打仗，法军大败。枫丹白露为法国王宫，位于巴黎郊区，一八一四年，拿破仑在这里被迫逊位。
② 克雷西，法国地名。一三四六年，英军在此击败法军。
③ 普瓦捷，法国地名。一三五六年，英军在此击败法军。
④ 马尔普拉凯，法国地名。一七〇九年，以英军为主的联军在此击败法军。
⑤ 拉米伊，法国地名。一七〇六年，以英军为主的联军在此击败法军。
⑥ 马伦戈，意大利地名。拿破仑在此击败奥地利军队。
⑦ 阿赞库尔，法国地名。一四一五年，英军在此击败法军。

威灵顿撤退了。这撤退必将以全军覆灭而告终。

蓦然,拿破仑转过身子,派一名信使火速赶往巴黎报捷。

拿破仑是个会发出响雷的天才。

刚才,他又发出了一个响雷。

他命令米约的重骑兵去攻占圣约翰山高地。

九　不虞之灾

他们有三千五百人,排成四分之一里的阵线。他们身材魁伟,骑着高大的战马。他们有二十六个骑兵连,另有勒费弗尔-德努埃特师、一百零六名精锐骑兵、近卫军的一千一百九十七名轻骑兵和八百八十名枪骑兵给他们作后盾。他们头戴无缨铁盔,身穿护胸铁甲,挂着长马刀,马鞍两旁的皮套里藏着手枪。早晨九点,军号吹响,乐队齐奏《拯救帝国歌》,全军将士看见他们密密匝匝的队伍开过来,不禁赞叹不已。侧翼是他们的一个炮兵中队,中间是另一个炮兵中队,他们在热纳普公路和弗里舍蒙之间展开成两行,进入他们在第二道防线的阵地。这第二道强大的骑兵防线,是拿破仑的精心设计,最左边是克勒曼的铁甲骑兵,最右边是米约的铁甲骑兵,可以说安上了两个铁翅膀。

拿破仑的副官贝尔纳向他们传达了皇帝的命令。内伊拔出剑,一马当先。骑兵队浩浩荡荡出发了。

于是,一幅波澜壮阔的画面呈现在眼前。

整个骑兵队伍高举马刀,旌旗飘扬,军号嘹亮,一个师组成一个方阵,从佳盟山上冲下来,像一个人那样步调一致,如破城槌那样动作准确,冲进遍地横尸的可怕山谷,消失在滚滚硝烟之中,继而冲出烟雾,出现在山谷的彼端，仍然密密层层，冒着枪林弹雨，飞快冲上圣约翰山高地泥泞不堪令人望而生畏的陡坡。他们往上冲着，神情严肃，气势汹汹，冷静沉着。在枪炮声间歇的时候，可以听到战马震耳欲聋的疾驰声。他们是两个师，也就是两个方阵，瓦蒂埃师居左，德洛尔居右。远远望去，宛若两条钢铁巨龙，向山顶爬去。这是滑铁卢战役的一个奇观。

当年，缪拉①的大队骑兵强夺莫斯科河上的大棱堡时，场面也是十分壮观，自那以后，再没有见过这样的奇观。这次没有缪拉，但有内伊。这支队伍仿佛变成了巨妖，而且只有一个灵魂。每个骑兵连起伏伸缩，犹如珊瑚虫的一个环节。烟雾撕裂成一块一块，队伍时隐时现。铁盔如海，吼声震耳，马刀狂舞，炮声隆隆，号角呜呜，战马奔腾，尽管乱哄哄的，却秩序井然，令人望而生畏，而那些胸甲，恰似七头蛇妖身上的鳞片。

这仿佛是在讲另一个时代的故事。在古老的俄耳甫斯②史诗中，肯定有类似的景象，那些马人，古代的半马半人，人面马身的巨人，奔驰在奥林匹斯山上，可怕，高尚，所向披靡，既是神，又是兽。

无巧不成书，法军的二十六个骑兵连，恰好面对英军二十六个步兵营。在圣约翰山高地背后，英军步兵在隐蔽的炮兵的掩护下，组成十三个方阵，每个方阵由两个营组成，排成两个阵线，第一线七个方阵，第二线六个方阵，枪托抵着肩膀，瞄准着就要冲上来的敌人，沉着冷静，不说话，不动弹，静静地等待着。他们看不见法国骑兵，法国骑兵也看不见他们。他们听着这股人浪涌上来。他们听见三千战马疾驰而来，声音越来越大，他们听见马蹄有节奏的奔跑声、胸甲的磨擦声、马刀的叮当声和粗重急促的喘息声。一阵令人恐怖的沉寂，接着，突然出现一长排挥舞马刀的胳膊、铁盔、军号和旌旗，三千名蓄灰髭的脑袋高吼：

---

① 缪拉（1767—1815），法国元帅。
② 俄耳甫斯，希腊神话中的诗人和歌手。

"皇帝万岁！"整个骑兵部队冲上高地，仿佛是天崩地裂。

突然，发生了一场悲剧。在英国人的左侧，我们的右侧，只见骑兵队伍的前锋兀立不前，发出可怕的惊叫声。骑兵们气势汹汹地冲上了最高点，直奔英国的步兵方阵和炮队，准备把他们彻底消灭，不料发现他们和英国人之间横着一条裂谷，一个深沟。那便是通往奥安的凹路。

那真是极端可怖的一刻。裂谷突如其来地出现。它张着血盆大嘴，陡峭地悬在马蹄下，两壁间深达四米，第二排推着第一排，第三排推着第二排，战马兀立后仰，跌倒在地上，四脚朝天往下滑，把骑兵翻倒在地。队伍无法后退，整个纵队成了一个抛射物。本来是用来摧毁英国人的冲力，反倒把法国人粉碎了。无情的裂谷不填满尸体决不罢休。骑兵和战马乱作一团，滚下山沟，互相踩死碾碎，深谷里填满了尸体。当这裂谷填满后，余下的人就踩着他们冲过去。杜布瓦旅近三分之一人马在这沟谷里丧命。

法国在这场战役中从此开始失利。

当地流传说，两千匹马和一千五百名骑士葬身在这条凹路里，这显然是夸大其词了。这个数字，可能把第二天扔进裂谷的其他尸体也算进去了。

顺便说一句，就是这个损失惨重的杜布瓦旅，一个小时前，还孤军作战，夺取了吕内布尔营的军旗。

拿破仑在命令米约的骑兵冲锋之前，也曾勘察过地形，但没发现这条凹路，因为它在这高地上连皱褶也未形成。然而，那座白色小教堂却表明尼维尔公路上有一个拐弯，拿破仑有所警觉，怕那里会有障碍，很可能问过向导拉科斯特。向导摇了摇头。几乎可以说，拿破仑的灾难，是一个农民摇头造成的。

其他一系列灾难将接踵而至。拿破仑有可能打赢这一仗吗？我们的回答是否定的。为什么？是因为威灵顿？是因为布吕歇？都不是。是因

为上帝。如果拿破仑在滑铁卢取胜,那就违背了十九世纪的法则。其他一系列事件正在酝酿中,却不再有拿破仑的位置。时势早已对他心怀恶意。这个巨人坠落的时刻到了。

这个人分量太重,使人类的命运失去了平衡。他一个人的重量比全人类的还要大。人类过于旺盛的活力如果都集中到一个人的头脑中,世界如果全装进一个人的脑袋里,这种状况若是延续下去,文明必遭灭顶之灾。现在是至高无上、铁面无私的公理考虑行动的时候了。也许,决定物质和精神正常运转的种种原则和因素也怨声载道了。鲜血冒着热气,公墓人满为患,母亲们痛哭流涕,这都是有力的控诉。当大地负荷过重,冥冥中会发出神秘的怨艾,上帝能够听见。

拿破仑在无限面前受到告发,他的毁灭已成定局。他成了上帝的绊脚石。

滑铁卢绝非一场战役,而是宇宙改变阵线。

十　圣约翰山高地

在出现裂谷的同时,英国炮队也揭去了伪装。

六十门大炮和十三个步兵方阵,对着法国铁甲骑兵猛烈开火。无畏的德洛尔将军向英国炮队行了个军礼。

英国骑马的炮兵全都飞速返回方阵。法国铁甲骑兵一刻也没停足。凹路造成了惨重伤亡,给他们带来了灾难,但他们毫不气馁。他们这种人,伤亡越多,就越勇敢。

只有瓦蒂埃纵队惨遭灾祸,德洛尔纵队没伤一兵一卒,顺利到达了目的地,因为内伊似乎预感到有埋伏,让他们从左边斜插过去。

法国骑兵冲向英军方阵。肚腹贴地,缰绳松开,嘴衔军刀,手握短枪,这就是当时冲杀的情景。在战斗中,有时精神会使躯体变硬,以致士兵会变成石雕,肉体会变成花岗石。英军在法军的疯狂攻击下岿然不动。那场面令人胆战心惊。

英军各方阵四面受到攻击。法骑兵似一股狂暴的旋风,将他们团团包围。英步兵沉着镇定,无动于衷。第一排单膝跪地,用刺刀迎击敌骑兵,第二排用枪向他们射击。第二排后面的炮兵给大炮装上炮弹,方阵正面闪开,让炮弹射出,随即又合拢。法骑兵则报之以横冲直撞。高大的战马用后腿立起,从人头上跳过去,从枪尖上越过去,巨大的身躯落在四堵肉墙中间。炮弹在骑兵中间炸出一个个窟窿,骑兵在方阵中间冲出了一个个缺口。一排排人被马蹄践踏,倒在地上。刺刀戳进神骑手的腹部。伤口奇形怪状,史无前例。在骑兵猛烈的冲击下,英军方阵越来越小,但依然不急不躁。他们不停地射击,炮弹在进攻的敌人中间爆炸。战斗的场面可怕之极。那些方阵不再是一营营士兵,而是一个个火山口;那些骑兵不再是骑兵队,而是暴风骤雨。每个方阵都是受到乌云袭击的火山,熔岩在和霹雳交战。

最右边的方阵没有遮掩,最为暴露,冲突刚开始,就几乎被全歼了。那是由苏格兰高地兵七十五团组成的方阵。方阵中央有一个吹风笛的士兵,周围敌我双方正在厮杀,他却坐在一面鼓上,风笛夹在腋下,对周围发生的事毫不注意,低垂着那双发出森林湖泊反光的忧郁的眼睛,吹着山地歌曲。这些苏格兰人临死还想着洛锡安山峰①,正如希腊人死时想着阿耳戈斯②。一个骑兵一刀砍下了风笛和夹着风笛的胳膊,歌手死了,歌曲也停了。

法国骑兵相对来说人数处于劣势,加之在裂谷里遭受重创,而面对

---

① 洛锡安山,苏格兰山脉名。
② 阿耳戈斯,希腊地名。

的几乎是整个英国军队，但他们一个顶十个，数量反而增加了。这时，那几个汉诺威营顶不住了。威灵顿见状，便想到了他的骑兵。如果拿破仑此时能想到他的步兵，他可能会打赢这一仗。这一疏忽铸成了致命的大错。

进攻的法国骑兵突然觉得自己受到了袭击。英国骑兵队已来到他们背后。他们前有步兵方阵，后有索墨塞。索墨塞有一千四百名英国近卫龙骑兵。索墨塞的右侧是多恩贝格尔的德国轻骑兵，左侧是特里普的比利时枪骑兵，法国的铁甲骑兵前后左右受到步兵和骑兵的攻击，得应付四面八方的敌人。这有什么？他们是旋风。他们变得英勇无比。

此外，英国炮队在他们身后不停地咆哮。不如此，就伤不了他们的背部。在所谓的滑铁卢陈列馆里，收藏着他们的一个胸甲，左肩被一颗霰弹穿了个窟窿。对于这样的法国人，就得需要这样的英国人。

这不再是一场混战，而是一种幻影，一种疯狂，是心灵和勇气令人眩晕的迸发，是刀光剑影的风暴。刹那间，一千四百名近卫龙骑兵只剩下八百了，他们的富勒上校落马而死。内伊带领勒费弗尔-德努埃特的枪骑兵和轻骑兵赶来增援。圣约翰山高地占领了又失去，然后再占领。法国铁甲骑兵丢开敌骑兵，转而攻击步兵，更确切地说，那群乱作一团的人马互相扭打，谁也不肯松开。英国步兵方阵坚持着。先后有十二次猛攻。内伊骑的马死了四匹。铁甲骑兵有一半留在了圣约翰山高地。战斗持续了两小时。

英军深受震撼。毫无疑问，假如铁甲骑兵最初没在凹路上受重创，恐怕早已捣毁了敌军的中路防线，胜利也就在握了。克林顿经历过塔拉韦拉①和巴达霍斯②两大战役，见到如此神勇的骑兵队，也惊得不知所措。威灵顿获胜的希望不大，但仍不失英雄气概地表示钦佩，低声说了

---

① 塔拉韦拉，西班牙地名。一八〇九年，威灵顿在此大败法军。
② 巴达霍斯，西班牙地名。一八一一年被法国攻占。

句:"了不起!"

铁甲骑兵歼灭了十三个英国方阵中的七个方阵,夺取或钉塞火门共六十门大炮,夺得了六个团的军旗,由三名铁甲骑兵和近卫军的三名轻骑兵前往佳盟农庄,将那些军旗送给拿破仑。

威灵顿的情况非常糟糕。这场奇特的战役,就像是两个伤员之间的激烈搏斗,双方都坚持战斗,流血不止。两人中谁先倒下呢?

高地的争夺战仍在继续。

铁甲骑兵究竟打到了什么地方呢?谁也说不清楚。但有一点可以肯定,战斗的第二天,在圣约翰山给车辆过秤的磅秤架上,即在尼维尔、热纳普、拉于普和布鲁塞尔四条公路的交会处,发现了一个铁甲骑兵和一匹马的尸体。这个骑兵穿越了英国的一道道防线。在抬他尸体的人中,有一个至今还生活在圣约翰山。他叫德阿兹。当时他十八岁。

威灵顿感到坚持不住了。危机即在眼前。

英军中部防线没有攻破,从这个意义上说,铁甲骑兵并没有成功。双方都占领了高地,但也可说谁都没有占领。总而言之,大部分高地在英国人手里。威灵顿占据着村庄和最高的平地,内伊只占据山顶和斜坡。双方似乎都在这满目疮痍的土地上扎了根。

但是,英军的虚弱似乎是无可挽回了。这支军队伤亡极其惨重。左翼的肯普特请求增援。"派不出来了,"威灵顿说,"让他死吧!"几乎就在同时,——这一巧合说明双方都已筋疲力竭——,内伊要求拿破仑派步兵增援,拿破仑嚷道:"步兵!叫我到哪里去弄步兵?要我变出来吗?"

然而,伤得最厉害的是英军。那些钢胸铁甲的骑兵队,凶猛地向前推进,把英国步兵打得落花流水。一面军旗围着几个人,表明那里是一个团的阵地;某个营只剩下一个上尉或中尉当指挥;阿尔滕师在圣海牙就已损失惨重,现在几乎全军覆灭;范克鲁兹旅勇猛的比利时人，全部倒在尼维尔公路旁的黑麦田里；荷兰近卫军几乎全部被歼灭，一八一一年，在西班牙战场上，他们曾和我军一起同威灵顿打过仗，而在一八一五年，却归附英国人，同拿破仑作战。军官伤亡惨重。尤克斯布里奇膝骨炸断，第二天叫人埋葬了那条断腿。在这场战斗中，如果说法国方面的德洛尔、莱里蒂埃、科贝尔、德诺普、特拉韦和布朗卡等人丧失了战斗力，那么在英国方面，则是阿尔滕受伤，巴恩受伤，德朗塞阵亡，范默兰阵亡，奥姆普特拉阵亡，威灵顿的参谋部伤亡惨重。在这血淋淋的平衡中，英军的损失更大。近卫军第二步兵团损失了五名中校、四名上尉和三名旗手，第三十步兵团的第一营损失了二十四名军官，一千二百名士兵。第七十九山地团二十四名军官负伤，十八名军官阵亡，四百五十名士兵牺牲。坎伯兰团的汉诺威骑兵，在他们的团长哈克率领下，面对激烈的混战，竟然掉头逃向索瓦涅森林，致使布鲁塞尔人心惶惶，哈克上校后来因此受到了审判，被罢免了职务。那些运输车、行李车、辎重车和满载伤员的篷车，看到法国人步步向前推进，逼近森林，便赶紧冲进森林。荷兰人被法国骑兵砍得落花流水，高喊"救命！"据今天还活着的证人说，从绿杜鹃到格罗南代，在通往布鲁塞尔的公路上，将近两里长的路上挤满了逃兵。人们恐惧万状，连在梅赫林的孔代亲王和在根特的路易十八也惊惶失措起来。除了圣约翰山农庄战地医院后面还有少量排成梯队的后备骑兵，左翼还有维维安和旺德勒两个骑兵旅，可以说，威灵顿已经没有骑兵了。到处是残缺不全的大炮。西博恩对这些事实供认不讳，普林格尔则夸大其词，甚至说英荷联军仅剩三万四千人。那位铁公爵①依然神色镇定，但嘴唇却变白了。在英军指挥部里观战的奥地利特派员樊尚、西班牙特派员阿拉瓦，都以为威灵顿公爵完蛋了。五点钟，威灵顿掏出怀表，凄然地低声说："布吕歇不

---

① "铁公爵"是威灵顿的绰号。

来就完了!"

差不多就在这个时候,远远看见在费里舍蒙那边的高地上,有一队刺刀在闪烁。

从此,这场鏖战发生了戏剧性的变化。

十一　拿破仑遇到坏向导,比洛遇到好向导

大家都知道拿破仑令人心酸的错误估计:他盼望格鲁希,不料来了布吕歇;希望得救,却来了死神。

命运常会像这样急转直下;他期待统治天下,却望见了圣赫勒拿岛①。

假如给布吕歇的副将比洛当向导的那个牧童,建议他从费里舍蒙上面,而不是从普朗斯诺瓦下面走出森林,那么,十九世纪的面貌也许就不一样了。拿破仑便会打赢滑铁卢这场战役。普鲁士军队如果不走普朗斯诺瓦下面那条路,就会进入一个山谷,炮兵过不去,比洛也就来不了。

然而,据普鲁士将军米富林说,布吕歇晚到一小时,就见不到站着的威灵顿了,"这一仗也就输定了"。

可见比洛来得正是时候。再说,他还耽搁了许多时间。他在狄翁山宿营,天蒙蒙亮便出发。但路很难走,部队在烂泥中行进。炮车陷进泥里直达轮毂。此外,过迪尔河,必须经过狭窄的瓦弗尔桥,况且,法国人在通往那座桥的街上放了火,两旁的房屋火势正旺,炮队的弹药车和辎重车要等火熄了之后才能通过。已是中午了,比洛的先头部队尚未抵

---

① 圣赫勒拿岛,拿破仑在滑铁卢战败后的囚禁地。

达圣朗贝小教堂。

假如这场战役早两个小时开始,四点就能结束,布吕歇到达时,拿破仑已经获胜。总之,人世间的机缘巧合无穷无尽,就像是无边无际的宇宙,高深莫测。

中午刚过,拿破仑皇帝用望远镜眺望,第一个看到天边有什么东西,引起了他的注意。他说:"我看见那里有团黑云,好像是军队。"接着,他问达尔马蒂公爵:"苏尔特,您看圣朗贝小教堂附近有什么?"苏尔特元帅举起望远镜,朝那边看了看,回答说:"有四五千人,陛下。肯定是格鲁希。"可那团东西在轻雾中静止不动。参谋部所有人都举起望远镜,研究皇帝指出的那团"黑云"。有些人说:"那是队伍,中途休息。"大部分人说:"那是树林。"事实上,那团黑云静止不动。拿破仑派多蒙的轻骑兵师去那里侦察。

比洛确实没有前进。他的先头部队力量太弱,杯水车薪,无济于事。必须等候主力部队到来。他接到命令,在进入阵地前,部队先集中起来。可是,到了五点钟,布吕歇见威灵顿处境危急,便命令比洛进攻,他说了一句非同凡响的话:"得给英军送些空气。"

不一会儿,洛斯坦、希勒、哈克和里塞尔各师人马,在洛博兵团面前摆开阵势,纪尧姆·德·普鲁士亲王的骑兵从巴黎树林里冲出来,普朗斯诺瓦火光冲天,普鲁士军的炮弹雨滴般射来,甚至落到拿破仑身后近卫军的队伍中。

十二　帝国近卫军

后来的情况大家都知道:第三支军队突然降临,战局出现了变化,九十六门大炮骤然齐声轰鸣，皮尔希第一团在比洛带领下突然出现，齐坦骑兵队在布吕歇亲率下突然降临，法国人被击退，马科涅被扫出奥安高地，迪吕特被逐出帕珀洛特，东泽洛和基约向后撤退，洛博侧面受攻击，夜幕降临时，一场新的攻势扑向我们支离破碎的队伍，英军全线发起进攻，猛烈向前推进，在法军阵线中冲出了一个大缺口，英普两军的炮火相互配合，造成大量伤亡，法军正面惨败，侧翼惨败，在这全线崩溃的可怕形势下，近卫军加入战斗。

他们感到必死无疑，于是高呼："皇帝万岁！"预感到死亡来临，却爆发出惊天动地的欢呼，历史上从没有过如此动人的场面。

那天，天空中一直乌云密布。傍晚八点，天际突然云开雾散，血红凄恻的夕晖，透过尼维尔公路边的榆树射出来。在奥斯特里茨看到的却是旭日东升。

近卫军各营都由一个将军率领，去迎接这悲壮的结局。弗里昂、米歇尔、罗盖、阿尔莱、马莱、波雷·德·莫旺全都上阵迎战。当头戴大鹰徽高帽的近卫军战士整齐、从容、威武地出现在混战的烟雾中时，连敌人都对法兰西肃然起敬，以为看见了二十个胜利女神展翅飞临战场，胜者反以为自己是败者，纷纷后退，可是，威灵顿大吼一声："卫士们，起立，瞄准！"伏在绿篱后面的英国红衣近卫团站起来，一阵密集的射击，将在我们雄鹰周围微微颤动的三色旗打得千疮百孔。双方一齐冲杀，最后的屠杀开始了。在黑暗中，帝国近卫军感到周围的军队正在放弃阵线，大规模溃逃，他们听见"逃命"的喊声代替了"皇帝万岁"的呼声。尽管身后的军队四处溃逃，他们却继续前进，每前进一步，伤亡越惨重。没有一个人犹豫，没有一个人胆怯。在这支部队中，士兵和将军一样英勇。明知自取灭亡，但都勇往直前。

内伊视死如归，奋不顾身，迎着枪林弹雨，拼力厮杀。他的第五匹坐骑也被砍死了。他浑身汗水淋淋，双眸射出怒火，嘴唇满是白沫，衣扣全部解开，一只肩章被英国近卫骑兵砍掉了一半，大鹰帽徽被一颗子弹打出了窟窿。他满身是血，满身是泥，英勇绝伦，手举断剑高喊："你们来看看一个法国元帅怎样战死疆场吧！"可他想死却没有死成。他气愤之极，脸上露出凶狠的神态。他气势汹汹地问德鲁埃·代尔隆："你不想死吗，你？"面对以多克少的英国炮队的猛烈扫射，他大吼大叫："怎么就打不中我？啊！我希望英国人的炮弹全都打进我的肚子里！"倒霉的人啊，还是留下来吃法国人的子弹吧①！

十三 灾 难

帝国近卫军身后的溃逃景象惨不忍睹。

法军突然全线后撤，从乌戈蒙，从圣海牙，从帕珀洛特，从普朗斯诺瓦。"叛徒！"和"逃命！"的喊声此起彼伏。军队溃逃，犹如江河解冻。一切都在退却，破裂、爆裂、漂浮、滚动、坠落、碰撞、加速、狂奔。如此溃乱的场面闻所未闻。内伊借了匹马，一跃而上，没了帽子，没了领带，没了宝剑，堵在通往布鲁塞尔的公路上，不让英国人也不让法国人过去。他竭力留住部队，喊他们回来，破口大骂，想力挽狂澜，阻止溃逃。他不知所措。士兵们喊着"内伊元帅万岁！"躲开他。迪吕特的两团人马惊慌失措，逃过来逃过去，一边是普鲁士枪骑兵大砍大杀，另一边是英国肯普特、贝斯特、派克和赖兰特等旅猛烈射击，他们夹在中间，就像船在颠簸。最可怕的混战莫过于逃跑。为了争夺逃路，朋友之间互相残杀，骑兵部队和步兵部队互相踩踏，互相挤撞，犹如大海白

---

① 内伊在一八一五年十二月七日第二次王朝复辟时期被元老院处死。

浪翻滚。洛博和雷耶各为左右两翼，也被卷进了浪涛中。拿破仑让残余的近卫军组成人墙，但无济于事。他命令残余的骑兵队作最后挣扎，也于事无补。各部队都在敌人面前退却：基约在维维安面前，克勒曼在旺德勒面前，洛博在比洛面前，莫朗在皮尔希面前，多蒙和絮贝维克在纪尧姆·德·普鲁士亲王面前。曾率领拿破仑的骑兵队发起冲锋的居约，跌落在英国龙骑兵的铁蹄下。拿破仑策马追赶逃兵，训斥他们，敦促和威胁他们，苦苦哀求他们。上午，那些人还在高呼皇帝万岁，现在却一个个目瞪口呆，好像不认识他了。普鲁士骑兵队刚来到战场，向前猛冲，向前飞奔，挥动着军刀乱砍、乱劈、乱斩、乱杀，把敌军斩尽杀绝。马车蜂拥奔跑，大炮拼命逃跑，辎重兵解开辎重车，夺过马就逃命，辎重车四脚朝天，阻塞了道路，提供了屠杀的机会。大家互相挤轧，互相践踏，从死人和活人身上走过去。胳膊乱挥乱舞。四万人被打得四处逃遁，大路、小路、桥梁、平原、山丘、山谷、树林，到处都挤满了逃兵。人们乱叫乱嚷，陷入绝望之中，背囊和枪支扔进黑麦田里，用刀剑劈出一条通路，不再有战友，不再有长官，不再有将军，惊骇恐惧之状非笔墨所能形容。齐坦把法兰西杀了个痛快。雄狮变成了狍子。这就是大溃逃的情景。

在热纳普，法军试图转身抵抗，将敌人堵住。洛博集合了三百人，在村口设置障碍，但是，普鲁士人刚开始射击，他们就又逃跑，洛博也被敌人抓住。今天，在道路的右侧，离热纳普几分钟路的一座破砖房山墙上，还可以看到当年扫射留下的弹痕。普鲁士人冲进热纳普，显然，他们狂怒不已，因为胜利来之太易。他们穷追不舍。布吕歇下令将敌人斩尽杀绝。这曾有过恶劣的先例：罗盖不许法国精锐部队的士兵给他带回普鲁士俘虏，违者格杀勿论。比起罗盖来，布吕歇有过之而无不及。法国青年近卫军的将军迪埃斯默被逼到了热纳普一家旅店的门口，向一个普鲁士骑兵缴剑投降，可那死神的骑兵接过剑，把俘虏杀死了。胜利以屠杀战败者告终。既然我们代表历史,让我们惩罚吧:老布吕歇这样做,毁了自己的名声。疯狂的屠杀使溃逃中的法国人雪上加霜。走投无路的溃军穿过热纳普,穿过四臂村,穿过戈斯利,穿过弗拉斯内,穿过夏勒鲁瓦,穿过蒂安,到了边境才停下来。唉!是谁这样落荒而逃?是法兰西伟大的军队。

这支军队曾以英勇善战震惊历史,现在却晕头转向,惊恐万状,彻底崩溃,这难道是无缘无故的吗?不是的。一只巨大的右手在滑铁卢投下了阴影。那是命运作威作福的一天。是超人的力量造就了那一天。因此,千军万马才会惊惶逃遁;因此,俊杰英华才会缴械投降。征服过欧洲的人,现在被打得落花流水,无话可说,无事可做,感到冥冥之中,有一个可怕的人存在。**他们命该如此**①。那一天,人类的前景发生了变化。滑铁卢是十九世纪的铰链。那位伟人必须消失,历史才会进入伟大的世纪。有个至高无上的人主动完成了这件事。那些英雄们为何如此恐慌,也就得到了解释。在滑铁卢战役中,不只是有乌云,还有流星。上帝曾经过这里。

夜幕降临,在热纳普附近的一块田里,贝尔纳和贝特朗抓住一个人的衣襟想拦住他。那人神色惊慌,若有所思,脸色阴沉,他被溃逃的人流裹卷到这里,刚刚下马,用胳膊夹住缰绳,眼神恍惚迷离,孤身一人回滑铁卢去。这是拿破仑,这个伟大的梦游人,尽管梦幻已经破灭,仍硬撑着往前走。

---

① 原文为拉丁语。

十四 最后一个方阵

法国近卫军的几个方阵一直坚持到天黑,在溃逃的急流中岿然不动,犹如岩石在流水中一动不动。黑夜降临,死神也降临,他们等待这双重黑暗,不屈不挠,任凭它们包围过来。每个团都是孤军奋战,与四面被击溃的军队不再有联系,甘愿等待死亡。他们占领阵地,准备决一死战,有的占领罗索姆高地,有的占领圣约翰山的平原。这些黑糊糊的方阵,孤立无援,虽已战败,却令人生畏,坚强不屈地进行垂死挣扎。乌尔姆、瓦格拉姆、耶拿、弗里德兰①也随他们一起死去。

将近晚上九点,圣约翰山高地脚下,还剩下一个方阵。他们还在这阴森森的山谷里浴血奋战,铁甲骑兵爬过的那面山坡,如今布满英国军队,胜利的敌炮兵集中火力向他们射击,炮弹似雨滴般密集。那方阵的指挥是个不见经传的军官,叫康布罗纳。敌军每次轰击,方阵总要缩小一些,但仍然反击。他们用步枪对抗大炮,方阵的四个面越来越缩短。逃跑的法国人有时停下来喘口气,在黑暗中,远远地听见那凄厉的枪声渐渐减少。

当这支部队只剩下几个人,当他们的军旗成了一块破布,当他们子弹打尽、步枪成了棍子、尸体堆积如山、活人所剩无几时,那些胜利者,面对这些临死不屈、心灵高尚的人,产生了一种神圣的恐惧感,英国炮队便停下来歇口气。那是暂时的缓解。在战士们周围,一个个骑马的人影,一门门大炮的黑影,犹如一个个幽灵鬼怪,透过炮轮和炮架,他们看见白茫茫的天空。在硝烟弥漫的战场深处,英雄们始终隐约望见死神的大骷髅在逼近他们,逼视他们。在暮色中,他们听得见敌人装炮

---

① 这些都是拿破仑打胜仗的地方。

弹的声音，点燃的信管，宛若夜间猛虎的眼睛，在他们脑袋周围形成一个圈子，英国炮队的点火棒一齐凑近大炮，这时，英国的一位将军，有人说是科维尔，还有人说是梅特兰，逮住这最后一分钟，激动地向英雄们高喊："勇敢的法国人，投降吧！"康布罗纳回击："去你妈的！"

十五　康布罗纳

这可能是法国人说过的最美的一句话，可法国读者特爱面子，听不得人向他们重复这句话，禁止将这妙语写进历史。

我们却要冒一冒风险，破一破这个禁令。

因此，在这些巨人中间，有一个提坦巨神，那就是康布罗纳。

说完这句话，然后死去。还有什么比这更伟大的呢？因为只求一死，也是死。如果说他在枪林弹雨中侥幸活了下来，那不是他的错。

滑铁卢战役的获胜者，既不是溃不成军的拿破仑，也不是在四点钟后退、五点钟绝望的威灵顿，更不是不打即胜的布吕歇，而是康布罗纳。

用这样一句话，回击向你杀来的霹雳，这才是胜利。

用这个词来回击灾难，说这句话来反驳命运，给未来的狮子①放上这块基石，对头天夜里的大雨，对乌戈蒙险恶的高墙，对奥安那条凹路，对格鲁希的姗姗来迟，对布吕歇的从天而降，进行这样的还击，身在坟墓还不忘嘲讽，倒下了还依然挺立，将欧洲联盟军淹没在这两个音节中，把恺撒们领教过的茅坑献给国王们，将最粗俗的一个词，掺进法国式的闪电，变成最美的一个词，以狂欢节最后一天的嬉笑怒骂，来结束滑铁

---

① 指滑铁卢纪念墩上的铁狮。

卢战役,用拉伯雷①来补充莱奥尼达斯②,用一句难以启齿的妙语来总结胜利,虽丧失地盘却垂名史册,虽遭杀戮却使敌人成为取笑对象,这是多么伟大的事。

这是对雷电的辱骂。可与埃斯库罗斯③的伟大相提并论。

康布罗纳的这句话,产生一种崩裂的效果。那是蔑视冲破胸腔引起的崩裂,是临死前的极度愤懑引起的爆裂。谁获得了胜利?是威灵顿吗?不是。没有布吕歇,他必败无疑。是布吕歇吗?不是。没有威灵顿的开始,哪有布吕歇的结束!这个康布罗纳,这个最后一刻的过路客,这个无名小卒,这个战争中最不引人注目的小人物,感到那里面有假象,一场灾难中的假象,更令人痛心疾首,正当他愤怒得要发作时,有人却来嘲弄他,要他缴械投降,苟且偷生。他怎能不暴跳如雷?

他们全在这里,欧洲的君王们,幸运的将军们,打着响雷的朱庇特们,他们有十万胜利的大军,在这十万后面,还有一百万,他们的大炮张开大嘴,信管已经点燃,他们脚下踩着帝国近卫军和法兰西军队,他们刚刚压垮了拿破仑,现在只剩下康布罗纳了,只剩下这条蚯蚓可以抗议了。他要抗议。于是,他寻找一个词,如同寻找一把利剑。他愤怒得口吐白沫,而那白沫,便是那个词。面对这非凡而又平凡的胜利,面对这没有胜利者的胜利,这个绝望的人挺直腰杆;他感受到这胜利的重力,但也看到了它的虚无;他感到啐一口还不足以解恨;既然在数量、力量和物质上处于劣势,他从心底里找到了一个词,那就是"去你妈的"。我们重复这个词。这样说、这样做、找到这样一个词的人,才是真正的胜者。

在这决定命运的时刻,伟大时代的精神启发了这个无名小卒。康布

---

① 拉伯雷(1494—1533),文艺复兴时期法国作家,擅长讽刺。
② 莱奥尼达斯(?—前480),斯巴达国王,在与波斯作战中阵亡。
③ 埃斯库罗斯(前525—前456),希腊悲剧之父。

罗纳找到滑铁卢的这个词，正如鲁日·德·李尔①创作《马赛曲》一样，受到了上天的启示。一股神圣的飓风从天吹来，从这两个人身上穿过，他们颤抖了一下，于是，一个唱起了至高无上的战歌，另一个则发出了惊天动地的怒吼。这句提坦巨人表示蔑视的话，康布罗纳不只是以帝国的名义冲着欧洲说的，那样太微不足道了；而是以革命的名义对过去说的。人们听到了这句话，人们在康布罗纳身上看到了巨人们古老的灵魂。仿佛是丹东②在演说，或是克莱贝尔③在吼叫。

康布罗纳说了这句话后，那英国人回答："开火！"英国大炮喷出火焰，一时山摇地动，最后的炮火从所有的铜嘴里喷出，惊天动地，硝烟滚滚，初升的月亮将那硝烟微微映白，等烟雾消散后，就什么也不存在了。最后剩下的英雄们，全被歼灭了，近卫军覆没了。那座活堡垒的四堵墙，全都倒在地上。在尸体中间，这里那里，间或可以看到有人在抽搐。就这样，比罗马军团还要强大的法兰西军团，在圣约翰山上全军覆没了，他们躺在浸满了雨水和血水的土地上，躺在阴森凄凉的麦田里。今天，那是约瑟夫每天凌晨四点的必经之地，他愉快地吹着口哨，鞭打着马，到尼维尔去送邮件。

十六　将领的分量有多重④

滑铁卢战役是个谜。无论胜者，还是败者，都搞不清楚。拿破仑看

---

① 鲁日·德·李尔（1760—1836），法国军官和作曲家。所作《马赛曲》为法国国歌。
② 丹东（1759—1794），法国大革命时期的政治家。
③ 克莱贝尔（1753—1800），法国将军。
④ 原文为拉丁语。

到的是恐惧①，布吕歇看到的是炮火，威灵顿则莫名其妙。看看那些报告吧。战报含糊其词，评论不能自圆其说。这些人结结巴巴，那些人期期艾艾。约米尼把滑铁卢战役分成四个阶段，米富林分成三个突变，惟有夏拉别具只眼，除了在某几个问题上我们不敢苟同外，从总体上说，他抓住了那位伟人同天意交战而造成的这场灾难的主要特点。其他所有的历史学家都有些头晕目眩，只好在这眩晕中摸索。那是令人震惊的一天，军人专制政体土崩瓦解（令国王们惊讶的是，这波及到所有的王国），武力覆灭，战争溃败。

在这个事件中，必然有上天干预的痕迹，人的作用微乎其微。

假如将滑铁卢从威灵顿和布吕歇手中收回，英国和德国会失去什么吗？不会。无论是赫赫有名的英国，还是令人敬畏的德国，都与滑铁卢的问题没有关系。感谢上苍，人民的伟大不取决于用武力冒险。德国、英国、法国不是剑鞘能容纳得了的。在这个时代，滑铁卢充其量不过是刀剑的一声撞击，德国歌德的声名超过布吕歇，英国拜伦的声名超过威灵顿。我们这个世纪，是光辉的思想广泛升起的时代，在这曙光中，英国和德国都有自身的灿烂光辉。他们的思想使他们绚烂壮丽。他们文明程度的提高是内在的，源自他们自身，而非某个意外事件。他们在十九世纪变得强盛，与滑铁卢毫无关系。只有野蛮民族才会凭一次胜利，突然强盛起来。那是昙花一现的虚荣，犹如暴雨涨满的河水，转瞬即逝。文明的民族，尤其在我们这个时代，不会因为一个将领的运气好坏而起落升降。他们在人类中间的重量，不取决于一场战争，而是其他。他们的荣誉，感谢上帝，他们的尊严，他们的光辉，他们的才华，不是那些英雄和征服者在玩战争赌博时所能下注的筹码。常常是战争失败了，社会却获得了进步。少一些光荣，就会多一些自由。战鼓停了，理智就会

---

① "只因一时恐慌，一场战役未能善始善终，一天未能有好的结束，错误的措施未能得到弥补，以后也就不可能取得更大的胜利。"（拿破仑：《圣赫勒拿岛口述》）——原注

说话。那是败者获胜的游戏。因此,让我们心平气和地从交战双方谈谈滑铁卢。把属于运气的归于运气,属于上帝的归于上帝。滑铁卢是什么?是一次胜利吗?不是。是一次赌博。欧洲赢了,法国输了。实无很大必要在那里立一头狮子。

此外,滑铁卢是有史以来最奇特的一次交锋。拿破仑和威灵顿。他们不是敌人,而是两个截然相反的人。上帝向来钟爱对照反衬,但他从没创造出比这更强烈的对照,更奇特的反衬。他们一个准确,有远见,缜密,谨慎,退则有路,留有余地,沉着冷静,井井有条,战略上因地制宜,战术上讲求平衡,杀人有度,攻守有时,从不盲目,有传统的勇气,绝对彬彬有礼;另一个凭直觉,爱预见,用兵奇特,有超人的本能,目光如炬,似鹰般犀利,如雷般有力,恃才傲世,高深莫测,善于利用命运、河川、平原、森林、山丘,责令甚至强迫它们俯首听命,专横跋扈,甚至对战场也施暴虐,相信星相,但也相信战略,常把二者结合起来,增加了信心,但也扰乱了信心。威灵顿是军事上的巴雷姆①,拿破仑是军事上的米开朗琪罗。这一次,谋算战胜了天才。

双方都在等待一个人。善计算的人成功了。拿破仑等待格鲁希,他迟迟不来。威灵顿等待布吕歇,他来了。

威灵顿是代表古典式战争前来报仇雪恨的。波拿巴崭露头角之时,在意大利与古典式战争相遇,把它打得一败涂地。老枭在雏鹰面前落荒而逃。古老战术被打个落花流水,且愤愤不平。这个二十六岁的科西嘉人是谁?这个毛头小伙子,势单力薄,两手空空,没有粮食,没有弹药,没有大炮,没有鞋子,几乎没有军队,以寡敌众,向结盟的欧洲猛扑过来,竟然荒唐地取得了一个个令人难以置信的胜利!这是从哪里钻出来的可怕疯子?竟能不歇一口气,始终斗志昂扬,接连粉碎了德皇的五个

---

① 巴雷姆(1640—1703),法国数学家。

军,将博利厄摔到阿文齐身上,乌姆塞摔到博利厄身上,梅拉摔到乌姆塞身上,马克摔到梅拉身上!这个新来的胆大妄为的战争狂人是谁?学院派军事家大败亏输,把他视作异端。因此,老恺撒主义对新恺撒主义、正规的刀法对神速的剑法、正规的编队对天才的编队,有着不可调和的仇恨。一八一五年六月十五日,这仇恨终于胜利了,它在洛迪、蒙特贝洛、蒙特诺特、曼图、马伦戈、阿科尔①下面,写上了滑铁卢。庸人得胜,多数人高兴。对于这一讽刺,命运欣然同意。拿破仑衰败时,又遇见了年轻的乌姆塞。

的确,要有乌姆塞,只须使威灵顿头发变白。

滑铁卢是一场一流的战役,却是一位二流的将领获胜。

在滑铁卢战役中,值得钦佩的是英国,是英国的坚定,英国的决心,英国的儿女。英国值得骄傲的,恕我直言,是她自己。不是她的将领,而是她的军队。

奇怪的是,威灵顿竟然忘恩负义,他在给巴瑟斯特勋爵的一封信中宣称,他的军队,一八一五年六月十五日奋战过的军队,是一支"糟糕的军队"。那些胡乱埋在滑铁卢耕田下面的英国士兵的白骨,听到他这样讲,会作何感想?

英国在威灵顿面前过于谦虚了。把威灵顿捧得那样高,就是在贬低英国。威灵顿和别的英雄没有两样。那穿灰色制服的苏格兰人,那近卫骑兵,那梅特兰和米切尔团的士兵,那派克和肯普特的步兵,那庞松比和索墨塞的骑兵,那冒着枪林弹雨吹风笛的苏格兰士兵,那赖兰特营的士兵,那刚刚入伍几乎不会使枪却敢于同身经埃斯林和里沃利②战役的老兵抗衡的新兵,这些人才算得上伟大。威灵顿表现得很顽强,这是他的优点,我们绝不否认,但是,他的步兵和骑兵中即使是最卑微的人也和

---

① 以上都是拿破仑打胜仗的地方。
② 埃斯林和里沃利,拿破仑打胜仗的地方。

他一样顽强。铁士兵和铁公爵一样有价值。至于我们，我们只歌颂英国士兵、英国军队和英国人民。如果说有胜利，那也得归于英国。滑铁卢的纪念圆柱，如果不是顶着一个人头像，而是让一个国家的人民高耸入云，那就更公正了。

但是，伟大的英国听到我们这番话，一定会恼火的。她虽然经历了他们的一六八八年和我们的一七八九年，却对封建制度仍抱有幻想。她仍相信世袭和等级。英国人民论强大和光荣，无人可与之匹敌，但他们只把自己当作民族，而不是人民。他们心甘情愿服从别人，让一个贵族作为自己的首领。工人任人蔑视，士兵任人鞭笞。大家还记得，在因克尔曼①战役中，据说，一个中士救了军队，但是，拉格伦勋爵在战报中未敢提及，因为按照英国军队的等级制度，军官以下的英雄是不能在战报上出现的。

在滑铁卢这样的交战中，我们最赞美的是那神奇的巧合。一夜大雨，乌戈蒙的高墙，奥安的凹路，格鲁希充耳不闻炮声，拿破仑的向导错误引导拿破仑，比洛的向导正确引导比洛，所有这些灾难，都是命运的巧妙安排。

总之，说实话，在滑铁卢与其说是打仗，不如说是屠杀。

在所有的对阵战中，就其参战的兵力而言，滑铁卢是战线最短的一次战役。拿破仑三公里，威灵顿两公里。双方均投入七万两千名战士。兵力这样密集，自然就成了屠杀。

有人作过统计，列出了如下的阵亡人数比例：在奥斯特里茨，法国百分之十四，俄国百分之三十，奥地利百分之四十四；在瓦格拉姆，法国百分之十三，奥地利百分之十四；在莫斯科河，法国百分之三十七，俄国百分之四十四；在包岑，法国百分之十三，俄国和普鲁士百分之

---

① 因克尔曼，阿尔及利亚地名。

十四；在滑铁卢，法国百分之五十六，联盟军百分之三十一。滑铁卢阵亡人数总计百分之四十一。参战十四万四千人，阵亡六万人。

如今，滑铁卢的田野恢复了大地——人类不动声色的支柱——特有的宁静，和其他所有的平原没有两样了。

然而，每到夜里，就会升起一种幻象般的迷雾。若有旅行者经过那里，边走边看边听，像维吉尔①在惨淡的菲利皮平原上那样沉思默想，他眼前就会出现当年那场灾难的可怕幻象，惊心动魄的六月十八日便会复活，纪念墩的假山岗就会隐没，平淡无奇的狮子就会消失，战场便会恢复原貌，一排排步兵波浪起伏在原野上，狂奔的战马在天际驰骋。沉思的旅行者惊恐万状，他看见军刀烁烁，刺刀霍霍，炮弹闪着火光，雷声此起彼伏；他隐隐听见幽灵交战的呐喊声，有如坟墓里传来的呻吟；那些幽灵，是近卫兵，那些朦胧的闪光，是铁甲骑兵，那骷髅，是拿破仑，另一副骷髅，是威灵顿；所有这一切已不复存在，但仍在相撞，仍在战斗；山谷染红，树木战栗，杀气直达云霄，黑暗中，在圣约翰山、乌戈蒙、费里舍蒙、帕珀洛特、普朗斯诺瓦所有这些荒凉的高地上，似乎隐隐可见一群群幽灵在互相厮杀。

十七　怎样看滑铁卢战役？

有一个非常可敬的自由派对滑铁卢毫无恨意。我们不属于这一派。在我们看来，滑铁卢是自由瞠目结舌的日子。这样一个卵，竟会孵出这样一只鹰，肯定是意想不到的。

---

① 维吉尔（前71—前19），罗马最伟大的诗人之一。

若站在高处来看问题，滑铁卢是一次有预谋的反革命的胜利。是欧洲打击法国，彼得堡、柏林和维也纳打击巴黎，墨守成规打击勇于创新，是通过打击一八一五年三月二十日①来打击一七八九年七月十四日②，是那些君主国为对付不可制服的法国骚乱而作的战斗准备。他们的梦想就是扑灭似火山喷发了二十六年的伟大民族。不伦瑞克王室、拿骚王室、罗曼诺夫王室、霍亨索伦王室、哈布斯堡王室，与波旁王室③沆瀣一气，狼狈为奸。滑铁卢驮着神权。的确，既然帝国是专制的，按照事物的自然反应，王国就必然是自由的了，同样，令那些胜者万分懊恼的是，滑铁卢事与愿违地产生了立宪体制。因为革命不可能真正被挫败，革命乃是天意，绝对不可避免，总会重新出现，在滑铁卢之前，波拿巴推翻了旧王朝，滑铁卢之后，路易十八签署并接受了宪章。波拿巴让一个驿站车夫④当了那不勒斯王，一个中士⑤做了瑞典王，用不平等来显示平等；路易十八在圣旺签署了《人权宣言》。你想知道革命是什么吗？就叫它进步吧。你想知道进步是什么吗？就叫它明天吧。明天不可抗拒地做着自己的事业，并从今天就开始。奇怪的是，它总能达到目的。它利用威灵顿让不过是个士兵的富瓦⑥当了演说家。富瓦在滑铁卢倒下了，但在论坛上又站了起来。进步便是这样工作的。对这个工匠来说，任何工具都是好的。它泰然自若地让跨过阿尔卑斯山的那个人⑦和爱丽舍神

---

① 一八一五年三月二十日，拿破仑从流放地厄尔巴岛回来，进入巴黎。
② 一七八九年七月十四日，巴黎人民攻打巴士底狱。
③ 不伦瑞克，英国王室；拿骚，荷兰王室；罗曼诺夫，俄国王室；霍亨索伦，德国王室；哈布斯堡，奥地利王室；波旁，法国王室。
④ "驿站车夫"指缪拉（1767—1815），其父为旅馆主，一八〇八年封为那不勒斯王时，已是元帅。
⑤ "中士"指贝纳多特（1764—1844），十七岁从军，从最低军职逐渐升到最高职级。一七八九年为上士。拿破仑指定他为某个王位的继承人，他在一八一八年当瑞典国王时，拿破仑已垮台。
⑥ 富瓦（1775—1825），法国将军。滑铁卢战役中第十七次负伤。一八一九年进入议会，成为自由派的主要发言人。
⑦ "跨过阿尔卑斯山的人"指拿破仑。

甫那位走路蹒跚的老病夫①来完成它神圣的事业。它既利用征服者，也利用患足痛风的病人；利用征服者对外，利用病人对内。滑铁卢使得用武力捣毁欧洲王权的事业骤然停止，但另一方面，却使革命事业得以继续。刀斧手的时代业已结束，该让思想家来干了。滑铁卢想阻挡时代前进，但时代却从它身上越过，继续走自己的路。这场可悲的胜利，已被自由战胜。

总之，而且不容置疑，在滑铁卢获胜的人，在威灵顿背后微笑的人，将欧洲所有的元帅权杖，据说也将法兰西元帅权杖送到威灵顿手中的人，兴高采烈地将一车车夹带着枯骨的泥土推去构筑狮子墩的人，得意洋洋地在底座上写一八一五年六月十六日这个日期的人，鼓励布吕歇大砍大杀溃军的人，从圣约翰高地像窥视猎物那样窥视法兰西的人，都是反革命。那些反革命低声说着"肢解革命"这个卑鄙的词。他们来到巴黎，从近处看见了火山口，感到灰烬烫脚，于是改变了主意。他们回过头来，结结巴巴地谈论宪章。

对滑铁卢，要实事求是地看。绝无所追求的自由可言。反革命无意中成了自由主义者，正如无独有偶，拿破仑无意中成了革命者。一八一五年六月十八日，盛气凌人的罗伯斯庇尔变得哑口无言。

十八　神权东山再起

专制统治结束了。欧洲的一整套体制土崩瓦解。

法兰西帝国沉入黑暗，可与罗马帝国崩溃时的景象相比拟，仿佛回

---

① "老病夫"指路易十八，他患有足痛风。"爱丽舍神甫"是他的外科医生的绰号。

到了蛮族时代，又生活在黑暗的深渊中。不过，一八一五年的蛮族——应该直呼其小名反革命——持续的时间不长，很快便气喘吁吁，不知所措了。应当承认，法兰西帝国受到了哀悼，那是英雄们在落泪。如果说光荣在于用战争建立专制统治，那么，法兰西帝国便是光荣。它把专制可能散发的光芒，全部洒在大地上。那是阴暗的光。甚至可说是黑暗的光。与阳光相比，它就是黑夜。这黑夜的消失，犹如日食，是暂时的隐没。

路易十八回到巴黎。七月八日①的狂欢，使人忘记了三月二十日的狂热。那个科西嘉人和那个贝亚恩人②成了相反的两个人。杜伊勒利宫的圆顶换上了白旗。流亡的君主登上了宝座。那张哈特韦尔杉木桌，放到了路易十四的百合花宝座前。人们谈论布汶③和丰特努瓦④，就像在谈论昨天的事，而奥斯特里茨却已成为过去。祭坛和宝座亲如手足，威风凛凛。十九世纪拯救社会最无争议的一种形式，在法国和在欧洲大陆上确立起来。欧洲戴上了白帽徽。特雷斯塔翁⑤名噪一时。在奥尔赛沿河马路兵营的正面，**高于一切**⑥的箴言又出现在太阳图案的石拱门上。凡是驻扎过帝国近卫军的地方，房子都刷成了红色。骑兵竞技场凯旋门上，堆满了摇摇欲坠的胜利女神，它顶着这些新玩意，感到很不自在，想起马伦戈和阿科尔战役，也许有点羞愧，为了摆脱窘境，便竖起了昂古莱姆公爵⑦的塑像。马德莱娜公墓，那个九三年的万人冢，令人毛骨悚然的地方，铺上了大理石和碧玉，因为路易十六和玛丽-安托瓦内特的遗

---

① 一八一五年七月八日，路易十八第二次返回巴黎。下文三月二十日是指一八一五年三月二十日，拿破仑从厄尔巴岛重返巴黎。
② "科西嘉人"指拿破仑，"贝亚恩人"指路易十八。
③ 布汶，法国地名。一二一四年，法国王室军队在此打败神圣罗马帝国军队。
④ 丰特努瓦，比利时地名。一七四五年，法国王室军队在此战胜英荷联军。
⑤ 特雷斯塔翁，曾在尼姆制造白色恐怖，进行血腥镇压。
⑥ 原文为拉丁语。出自法国太阳王路易十四（1638—1715）。
⑦ 昂古莱姆公爵（1775—1844），法国最后一个王太子。他参加过威灵顿的军队，与拿破仑对抗。

骸也在那些乱骨中间。在樊尚公墓，有一块墓碑立在地上，提醒人想起，昂吉安公爵①死在拿破仑加冕的那个月。昂吉安公爵死后不久，庇护七世教皇为拿破仑举行了加冕仪式，现在又坦然地为他的坠落而祝福，正如当初为他的上升祝福一样。在申布伦，有一个四岁的小幽灵②，谁要是称他为罗马王，谁就是在煽动叛乱。这些事都已做了，国王们重新登上了宝座，欧洲的霸主关进了牢笼，旧制度又成了新制度，地球上的光明和黑暗互换了位置，只因夏天的某个下午，在一个树林里，一个牧童对一个普鲁士人说："走这边，不要走那边。"

这一八一五年就像是阴沉的四月。各种有害和有毒的旧事物都穿上了新外衣。谎言也拥护起一七八九年，神权戴上了宪章的面具，小说也言必称宪章，各种成见、迷信和私欲，只要记住宪章第十四条，也就披上了自由主义的外衣。其实那不过是蛇蜕皮。

拿破仑既使人变得伟大，又使人变得渺小了。在这物质灿烂的时代，理想也得了个怪名称，叫：意识形态。嘲笑未来，是一个伟人不应该犯的严重疏忽。可是，人民，这个无限热爱炮手③的炮灰，却在用眼睛寻找他。他在哪里？他在做什么？"拿破仑死了。"一个行人对一个在马伦戈和滑铁卢战役中受伤的战士如是说。"他死了！"那战士嚷了起来，"您太不了解他了！"想象将这个败将神化了。滑铁卢之后，欧洲陷入了黑暗。某种宏大非凡的东西因拿破仑的陨落而长时间人去楼空。

国王们乘虚而入。古老的欧洲乘机重新组织。于是出现了神圣同盟，而"佳盟"这个词事先已在倒霉的滑铁卢战场上出现过。

面对重新组织的古老欧洲，一个新法兰西的蓝图正在酝酿之中。拿

---

① 昂吉安公爵（1772—1804），孔代家族成员。拿破仑怀疑他策划一场反对他的阴谋，于一八〇四年三月十五日夜里，在樊尚把他枪毙了。
② 拿破仑和玛丽·路易丝所生的儿子。
③ 这里炮手指拿破仑。

破仑皇帝嘲笑过的未来，已破门而入。在它的额头上有颗星星，那就是自由。年轻人向它投去炽热的目光。奇怪的是，人们在热爱未来——自由的同时，竟也热爱起过去——拿破仑来了。失败反使败者的威望更高了。倒下的波拿巴似乎比站立的拿破仑更高大。获胜者却胆战心惊。英国派了赫德森·洛去看守他，法国则让蒙施尼去监视他。尽管他双臂交叉，无所事事，但那些君王们仍然坐卧不宁。亚历山大称他为"让我失眠的人"。人们之所以恐惧，是因为他身上蓄集着革命的力量。波拿巴分子的自由主义可从这里得到解释和谅解。这个幽灵使旧世界索索发抖。君王们身坐王位心里发虚。因为天边还有圣赫勒拿岛那块岩石①。

当拿破仑在朗伍德濒临死亡时，在滑铁卢战场上阵亡的六万人正在静静地腐烂，他们的宁静传给了世界。维也纳会议因此签订了一八一五年条约，欧洲把这叫作王朝复辟。

这就是滑铁卢战役。

这对无限来说有什么关系？那场风暴，那片乌云，那场战争，以及接踵而来的和平，那种黑暗，一刻也没能惊扰无限的目光，在它的眼里，在草丛里跳来跳去的蚜虫，和在圣母院钟楼之间飞来飞去的雄鹰没什么两样。

十九　战场夜景

让我们回到那凄惨的战场上，这对本书极有必要。

---

① 滑铁卢战败后，拿破仑回到巴黎，迫于议会的压力，于一八一五年六月二十二日退位，流放圣赫勒拿岛，直至病死。

一八一五年六月十八日是个月圆的日子。明亮的月光有利于布吕歇穷追猛打,将逃兵的踪迹暴露无遗,把不幸的溃军交给疯狂的普鲁士骑兵,为屠杀助一臂之力。夜色常会给灾难推波助澜。

大炮停止射击后,圣约翰山原野上冷冷清清。

英国人占领了法国人的营地,在失败者的床上睡觉,这是确认胜利的惯常做法。他们越过罗索姆,然后安营露宿。普鲁士人继续前进,追击溃军。威灵顿则到滑铁卢村去给巴塞斯特写捷报。

如果说**要你们做,但不给报酬**①这句话曾适用过一次,那肯定是用在滑铁卢村上。滑铁卢村什么也没做,离战场有半里路。圣约翰山遭到炮轰,乌戈蒙、帕珀洛特、普朗斯诺瓦被大火烧成灰烬,圣海牙受到攻击,佳盟目睹两个胜利者拥抱,但它们的名字却几乎无人知晓;滑铁卢在这场战役中毫无功劳,却誉满天下。

我们不是颂扬战争的人,遇到机会,我们就要数说一下它的真相。战争有其可怕的美,我们从没隐瞒过。但也要承认,它在有些方面是很丑的。最令人发指的,莫过于胜利后,立即搜索死者身上的财物。战斗结束后的第二天,晨曦总是在赤身露体的尸体上升起。

这是谁干的?是谁这样玷污胜利?是谁将丑恶的手偷偷伸进胜利的口袋里?是谁躲在光荣后面干起了扒手干的勾当?有几个哲学家,其中有伏尔泰,他们断言这样干的人恰恰是那些获胜的人。他们说,只会是同一些人,不会有别人,站着的人抢劫倒下的人。白天是英雄,夜里便成了吸血鬼。既然杀了人,总有权利在尸体上搜些什么吧。我们却不这样看。我们认为,摘取桂冠的和扒死人鞋子的,不可能是同一只手。

可以肯定的是,一般胜利者前脚走,小偷便后脚到。不要把士兵,尤其是当代士兵,牵扯到这里头。

---

① 原文为拉丁语。出自维吉尔的一首讽刺诗。

任何军队都有尾巴，要指责的是他们。他们是一些蝙蝠般的人，半是强盗半是仆役的人，由被叫作战争这个黄昏孕育的种种飞鼠，穿军装却不打仗的人，假病号，心黑的轻伤员，有时携带妻子坐着板车贩卖私货卖出又偷进的火头军，自荐给军官们当向导的乞丐，随军仆役，偷庄稼的人，从前——不指现在——军队开拔时，都拖着这一帮人，以至于在军队的行话中，把他们叫作"尾巴"。任何军队，任何国家，对这些人都不负有责任。他们讲意大利语，却跟着德国人，讲法语，却跟着英国人。费瓦克侯爵就是在切里索勒①战役胜利的那天夜里，被这样一个无赖背信弃义地杀死在战场上，并且被抢劫一空。那人是西班牙人，讲法语，侯爵听他讲北方方言，以为是自己人。有偷便有贼。"靠敌人吃饭"这条可憎的格言，是产生这一恶习的根源，只有严肃纪律，才能根治。有些人声名显赫，其实是欺世盗名；有些将领，而且是一些大将领，深受部下的爱戴，可他们深得人心的缘由却无人知道。蒂雷纳②深受部下爱戴，是因为容忍士兵抢劫。纵恶是仁慈的组成部分。蒂雷纳竟仁慈到放任部队在莱茵伯爵领地烧杀抢掠。军队尾随的小偷多少，与长官的严明程度有关。奥什和马尔索③的军队没有"尾巴"。威灵顿的"尾巴"也很少，这一点，我们要为他说句公道话。

然而，六月十八日的那天夜里，却有人抢劫尸体。威灵顿是严厉的，他下令凡被当场抓获者，格杀勿论。但抢劫是个顽症。在这个角落里，正在枪毙抢劫者，在另一个角落里，却仍有人在偷窃。

惨淡的月光照着原野。

半夜时分，在奥安凹路上，有个人在游荡，更确切地说，在地上爬行。从外表看，他就是刚才描绘过的那种人，既非英国人，亦非法国人，

---

① 切里索勒，意大利地名。一五四四年四月，法国人在此获得胜利。
② 蒂雷纳（1611—1675），法国元帅。
③ 奥什（1768—1797）和马尔索（1769—1796）都是法国大革命时期的将领。

既非农民，亦非士兵，三分像人，七分像鬼，他嗅到了死人的味道，以偷盗作为胜利，前来抢劫滑铁卢。他穿着一件斗篷式大衣，心里发虚，却胆大包天，他向前走，却又不住地往后看。这个人是谁？黑夜也许比白昼更了解他。他没带包，但大衣下面肯定有几个大口袋。他走走停停，四下张望，仿佛怕被人看见，突然弯下腰，把一动不动静静卧躺在地上的什么东西翻个底朝天，然后站起来，悄悄溜走了。他那飘忽的脚步、鬼鬼祟祟的姿态、敏捷而神秘的动作，很像黄昏来临时，出没于废墟的恶鬼，诺曼古代传说把他们叫作野鬼。

在沼泽地里，有些夜间出没的涉禽就是这个样子。

假如用目光仔细探察朦胧的夜雾，就会发现不远处，在尼维尔公路从圣约翰山拐到布兰-拉勒的路旁有一所房屋，房屋后面停着或者说藏着一辆随军小杂货车，车篷是柳条做的，涂了层沥青，驾着一匹瘦马，那马饿得戴着嚼子在吃荨麻，车子里头，堆着箱子和包袱，一个妇人坐在上面。这辆杂货车同这个游荡的人也许有某种联系。

夜色清朗。天空中没有一片云彩。尽管血染大地，那有什么关系，照样明月皓皓。这是苍天的冷漠。在草原上，有些树枝被炮火打断，却没掉下来，连皮挂在树上，在夜风下轻轻摇曳。轻如气息的微风摇动着灌木丛。草丛簌簌，犹如灵魂归去。

远处，隐隐传来英军营地的巡逻队来回走动的声音。

乌戈蒙和圣海牙仍在燃烧，一西一东，形成两个巨大的火柱；而在天边的山丘上，英国露营地的灯火，排成巨大的半圆形，宛若一串展开的红宝石项链，连接在这两个火柱上，仿佛两端各镶有一颗深红色的宝石。

奥安凹路的那场灾难，前面已叙述过了。多少勇士在那里壮烈牺牲，让人想起来就胆战心惊。

假如世上有种东西可怕得连梦中都不可能出现，莫过于这样的情

形：你好端端地活着，沐浴着阳光，身强力壮，身体健康，心情愉快，笑声朗朗，奔向眩目的荣光，感到胸腔里有个肺在呼吸，有颗心在搏动，有个意愿在说理，你说着话，思考着，希望着，恋爱着，有母亲，有妻儿，满目光明，突然，你简直来不及发出惊叫，刹那间便坠入深渊，跌落着，滚动着，遇什么压倒什么，也被别人压倒，看见麦穗、花草、树叶、树枝，却什么也抓不住，觉得马刀已失去作用，你压着别人，马压着你，你徒然挣扎，黑暗中被马蹄践踏，骨头折断，感到一只脚后跟踹得你眼珠飞出眼眶，你狂怒地咬住马蹄铁，你喘不过气来，大喊大叫，蜷曲着身子，被压在下面，心里在想：刚才我还是个活人。

那场惨剧发生的地方，现在万籁无声。凹路的陡壁之间，横七竖八堆满了战马和骑兵。混乱的场面触目惊心。斜壁不再存在。尸体堆满凹路，与两旁平地相齐，犹如一只斗里装满了谷子。上部一堆尸体，下部一条血河，这就是一八一五年六月十八日傍晚那条凹路的真实写照。血河一直流到尼维尔公路上，在砍下来拦路的那堆树木前，积成一个大血塘，直到今天，还可以指出那个地方。大家记得，法兰西铁甲骑兵崩溃的地方就在对面，靠热纳普公路那边。尸堆的厚度，与凹路的深度成正比。中间那段路凹度浅一些，尸堆的厚度就薄一些。那是德洛尔师经过的地方。

刚才我们向读者提到的那个夜游人，正向那边走去。他在这巨大的坟墓里到处搜索。他东张西望。他在检阅死人，真是可恶之极。他走在血泊中。

蓦然，他停了下来。

在那条凹路上，离他几步路的地方，有一堆死人死马，从这堆尸体的边上伸出一只手，那手张着，被月光照亮。

这只手的指头上，有个东西在闪光。是一只金戒指。

那人弯下腰，蹲了一会儿，当他站起来时，那只手上的戒指不见了。

确切地说，他并没有站起来，就像受了惊吓的野兽，背朝着那堆尸体，跪在地上，仔细观察远处，上身支在两个撑着地面的食指上，脑袋伸出路边四下张望。豺狼的四个爪子正适合做某些动作。

然后，他下了决心，站了起来。

正在这时候，他吓了一跳。他感到背后有人拉他。

他回过头。原来那张开的手已合上，抓住他大衣的下摆。

换了个老实人，一定会吓坏的。可他却大笑起来。

"哇！"他说，"不过是个死人呀。我宁愿撞上鬼，也不要碰上宪兵。"

可是，那手没有力气而松开了。在坟墓中，动一下，就会耗尽力气。

"啊！"那人又说，"这个死人还活着吗？我们来看看。"

他又弯下腰，在尸堆里搜索，搬开压在上面的尸体，抓住那只手，抓住胳膊，将脑袋周围清理干净，把身子拉出来，不一会儿，他就把一个没有生命的，至少是失去知觉的人拖到凹路的黑暗处。那是个铁甲骑兵，一个军官，还是个有相当地位的军官，胸甲下面露出一个很大的金肩章。这军官已没有头盔了。他脸上被狠狠地砍了一刀，只见满是鲜血。此外，他的四肢似乎没有压断，那完全是侥幸，假如这里可以用这个词的话，他上面的尸体互相支撑着，才没有把他压坏。他闭着眼睛。

他的胸甲上，挂着荣誉勋位的银十字勋章。

那小偷扯下勋章，塞进大衣下面的一个大口袋里。

然后，他摸摸军官的裤腰，感到小口袋里有一块表，就掏了出来。接着，他又搜索背心，摸到一个钱包，也塞进了口袋里。

他对这个垂死者的"抢救"正进行到这个阶段，那军官睁开眼睛了。

"谢谢。"他微弱地说。

那人在翻找时动作粗暴，加之夜间凉爽，又能自由呼吸，那军官从昏迷中清醒过来了。

那夜游人不回答。他抬起头。原野上有脚步声。可能有个巡逻队过来了。

那军官仍奄奄一息，所以仍用极其微弱的声音问道：

"谁胜利了？"

"英国人。"夜游人回答。

军官又说：

"在我的口袋里找找。有一块表和一个钱包。拿去吧。"

这早已做过了。

那夜游人装着搜了搜口袋，说：

"什么也没有。"

"被偷走了。"军官说，"很遗憾。那本该给您的。"

巡逻队的脚步声越来越清晰。

"有人来了。"夜游人说，像是要走的样子。

军官费力地伸出胳膊抓住他：

"您救了我的命。您是谁？"

夜游人忙低声回答：

"我和您一样，也是法国军队的。我得离开了。如果我被抓住，会被枪毙的。我救了您。现在您自己想办法吧。"

"您什么军衔？"

"中士。"

"叫什么名字？"

"泰纳迪埃。"

"我会记住这个名字的。"军官说。"也请您记住我的名字。我叫蓬梅西。"

第二卷　　猎户座号战舰

一　24601号变成9430号

让·瓦让又被抓住了。

有些痛苦的细节，我们略过不谈，想来读者会感谢的。我们只想把滨海蒙特勒伊那件震惊远近的事件发生几个月后，当时报界刊登的两则短新闻转录下来。

这两则新闻比较简单。大家记得，那时还没有《法院公报》。

首先转录《白旗报》的文章。是一八二三年七月二十五日刊载的：

> 加来海峡省某县不久前发生了一件非同寻常的事。一个名叫马德兰先生的非本地人，几年前，采用新的工艺，振兴了一项地方传统工业，即煤玉和黑玻璃制造业。他发了财，应该说，那个县也富裕了。为了感谢他的业绩，他被任命为市长。警方发现，该马德兰先生原来是一个擅离监视地点的前苦役犯，一七九六年因偷窃而判刑，真名叫让·瓦让。该让·瓦让已重新入狱。据说，他在被捕前，曾从拉斐特银行

成功地提取了五十万存款。这笔款子,据说是他在生意中合法赚来的。让·瓦让重入土伦监狱后,那笔款子藏在哪里,就无从知道了。

第二篇文章比较详细,是从同一天的《巴黎日报》上摘录的。

一个叫让·瓦让的苦役刑满释放犯,最近在瓦尔省的刑事法庭受审,案情引人注目。该歹徒蒙过警方的注意,改名换姓,在北方某个小城混上了市长。他在该城开了个相当规模的工厂。经过检察署的不懈努力,终于戳穿伪装,将他捉拿归案。他与一个妓女姘居,该妓女在他被捕时受了惊吓而死了。该歹徒力大无穷,曾越狱潜逃,三四天后又被警方抓获,而且是在巴黎,他正要上一辆由巴黎开往蒙费梅村(塞纳-瓦兹省)的小马车。据说,他利用这三四天的自由,在我们一家大银行里提取了一笔巨额存款,据估计,高达六七十万法郎。又据起诉书称,这笔钱藏匿的地点除他之外无人知道,故而未能查获。不管怎样,该让·瓦让最近已押送到瓦尔省刑事法庭受审,被指控为八年前手执武器拦路抢劫一个老实的孩子。关于这个孩子,德·费尔内主教曾写下了不朽的诗句:

……
年年来自萨瓦,
用手轻轻扫去,
烟囱里的煤烟。

该强盗放弃申辩。经过检察署巧妙而雄辩的审问,现已证实,让·瓦让拦路抢劫有同谋,他是南方某一盗窃集团的成员。因此,让·瓦让被宣布有罪,判处死刑。该犯拒绝上诉。国王宽大无边,将他改判为终身苦役。让·瓦让立即被押到了土伦监狱。

大家记得,让·瓦让在滨海蒙特勒伊时一贯遵守教规。有几家报纸,特别是《立宪报》,把这次减刑说成是教士派的一次胜利。

在监狱里,让·瓦让换了代号。他叫9430。

此外,有件事这里交代一下,以后不再提了。马德兰先生走后,滨海蒙特勒伊便一蹶不振。那天夜里,他在焦虑和犹豫中预料到的,全都应验了。没有了他,的确也就没有了灵魂。他坠落后,就像伟人倒台后那样,滨海蒙特勒伊出现了利欲熏心的瓜分现象。人类社会中,这种将繁荣的东西瓜分干净的事,每天都在偷偷地发生,历史却只注意到一次,因为那事发生在亚历山大死后①。正如将领们自封为国王那样,那些工头们临时当上了业主。于是,你争我夺开始了。马德兰先生的车间全都关闭,厂房坍塌,工人四散。有的人离乡背井,有的人改行转业。一切都变成了小作坊,而不是大工厂;一切都为了获利,而不是造福于人。不再有中心,到处是竞争,争得你死我活。从前,马德兰先生控制一切,领导一切。他一倒,人人争权夺利,斗争精神取代了组织精神,冷酷取代了真诚,互相仇恨取代了创始人的与人为善;马德兰先生结好的线,全都弄乱了,拉断了;粗制滥造,产品质量下降,信誉丧失殆尽;市场缩小,订单减少;工资降低,车间停工,破产来临。穷人一无所有。一切都没有了。

连政府也注意到什么地方有个人被搞垮了。自刑事法庭确认马德兰

---

① 亚历山大(前356—前323),马其顿国王,以征服世界垂名史册。他死后,他所征服的领土被他的将领们瓜分殆尽。

先生就是让·瓦让而将他投进苦役牢不到四年的时间，滨海蒙特勒伊用于征税的费用增加了一倍，一八二七年二月，德·维莱尔先生在议会上对此提出了批评。

二　可能是魔鬼写的两句诗

在往下讲之前，有一件奇怪的事要详细说一说。这件事发生在蒙费梅，和上述事件差不多时候，与检察署的某些推测可能有某种巧合。

在蒙费梅一带，有一种极其古老的迷信。在巴黎附近流传一种迷信，这就如同在西伯利亚发现芦荟，显得更稀奇，更珍贵。我们对一切奇葩异卉情有独钟。因此，我们来谈一谈在蒙费梅流传的迷信。那里的人认为，从远古时代起，魔鬼就选择森林作为藏宝之地。老婆婆们肯定地说，天黑的时候，在树林僻静的地方，常常能遇到一个黑衣人，模样像车夫或樵夫，脚穿木鞋，身穿粗布长裤和罩衫，不戴帽子，从他头上的两只巨角，一眼便可把他认出来。的确，这使他与众不同，容易辨认。此人常在地上挖坑。遇到他，有三种对付的办法。其一，上去同他说话，于是会发现，那人其实是个农民，之所以看上去是黑的，因为是黄昏，他根本不在挖洞，而在给牛割草，至于两只角，并非别的，而是一把粪叉，背在背上，薄暮中看去，两个叉从他头上伸出来，犹如两只角。你回到家里，一星期内便会死去。其二，观察他，等他挖完坑，把坑填平离开之后，赶快跑过去，把坑扒开，把那人必然埋进去的"财宝"拿走。那样，不出一个月必死无疑。其三，绝不要和他说话，也不要看他，撒腿就跑。那样，一年内死去。

因为三种做法都有麻烦，相比之下，第二种做法至少有些好处，可以拥有一个宝藏，哪怕只有一个月，所以大家普遍采用第二种。胆子大的人，禁不住诱惑，据说常常扒开黑衣人挖的坑，试图盗窃魔鬼的财宝。似乎收获不大。至少传说中是这样说的，尤其是，一个名叫特里丰的坏修士，用不规范的拉丁语，就这个问题写了两句谜一般的诗。那修士是诺曼底人士，略懂巫术，葬在鲁昂附近波谢维尔的圣乔治修道院，他的坟上竟生出许多癞蛤蟆。

那种坑通常很深，挖起来非常费劲儿，挖得满身大汗，要仔细搜索，一挖就是一夜（因为干这事总是在夜里），挖得衣衫湿透，蜡烛燃尽，铁镐缺口，当挖到坑底，手摸到"宝藏"时，会发现什么呢？魔鬼的宝藏究竟是什么？一个铜板，有时是一枚金币，一块石头，一副骷髅，一具血淋淋的尸首，有时是一个幽灵，一折为四，就像折起来放在公文包里的一张纸，有时，什么也没有。正如特里丰的那两句诗对轻率而好奇的人所说的那样：

> 他挖起深坑，埋起宝藏：一个铜板、几枚钱币、
> 几块石头、一具尸体、几个雕像，或空无一物。①

据说，今天在坑里仍会挖出东西，或一个火药壶和几颗子弹，或一副发黄的油腻腻的旧纸牌，显然是魔鬼玩过的。这两样发现，特里丰没有写进诗里，因为他生活在十二世纪，魔鬼恐怕不会那样聪明，在罗杰·培根②之前发明火药，查理六世③之前发明纸牌。

此外，假如你用那纸牌赌博，肯定输个精光。至于那壶里的火药，会将你的枪炸裂，将你的脸炸破。

---

① 原文为拉丁语。
② 罗杰·培根（1214—1292），英国神学家和哲学家。
③ 查理六世（1368—1422），法国国王。

检察署认为，苦役释放犯让·瓦让在逃的那几天，曾在蒙费梅附近转悠，那之后不久，村里有人发现，一个叫布拉特吕埃尔的老养路工在树林里"行为诡异"。当地人相信，布拉特吕埃尔蹲过监狱，仍在警方的监控下，到哪里都找不着工作，政府便廉价雇他当养路工，负责加尼到拉尼那条便道。

那布拉特吕埃尔很受当地人歧视。他过于礼貌，过于谦卑，见了谁都摘帽，在宪兵面前战战兢兢，满脸堆笑，据说他同土匪可能有联系，怀疑他傍晚时埋伏在矮树丛里。他是个十足的酒鬼。

下面谈一谈有人似乎看到的事：

近些日子，布拉特吕埃尔每天早早就歇工，扛着铁镐到树林里去。黄昏的时候可以碰见他，在最荒凉的林隙里，或在最茂密最荒野的树林里，好像在寻找什么，有时也在地上挖坑。过路的老婆婆们先以为看见了魔鬼别西卜①，后又认出是布拉特吕埃尔，但仍然惊恐不安。布拉特吕埃尔遇见人时，似乎很不高兴。显然他想掩人耳目，有不可告人的秘密。

村子里议论纷纷："很清楚，魔鬼出现过了。布拉特吕埃尔看见了魔鬼，他在找宝。总之，他要是找到路济弗尔②藏的宝那就完了。"不信教的人则说："究竟是布拉特吕埃尔逮住魔鬼，还是魔鬼逮住布拉特吕埃尔？"那些老婆婆们忙在胸前画十字。

可是，布拉特吕埃尔不再去树林里乱找，而又正常地干起他养路的活了。人们也就转移了话题。

但有些人依然兴致勃勃，心想，这里面即使没有传说中的财宝，也许会有比魔鬼的钞票更可靠、更具体的意外收获，那养路工想必知道了一半秘密。最受"引诱"的，是小学老师和小客栈老板泰纳迪埃。泰纳迪埃同谁都是朋友，竟同布拉特吕埃尔也有来往。

---

① 别西卜，《圣经》中的魔鬼。
② 路济弗尔，《圣经》中魔鬼撒旦的别名。

"他蹲过牢？"泰纳迪埃说，"嘿！上帝！谁知道现在谁在里面，将来谁会进去？"

一天晚上，小学老师说，要是在从前，法院早就调查布拉特吕埃尔去树林干什么了，他不得不招供，必要时还会动刑，布拉特吕埃尔经不住动刑，比方说用水刑。

"我们给他用酒刑。"泰纳迪埃说。

他们说干就干，拼命给老养路工灌酒。布拉特吕埃尔喝得很多，说得很少。他把酒鬼的贪杯和法官的谨慎结合得恰到好处。可在小学老师和泰纳迪埃反复逼问下，他也露了几句话。他们将那几句令人费解的话联系起来，以为知道了一些情况：

一天早晨，天蒙蒙亮，布拉特吕埃尔去上工，在树林一角的一丛荆棘下面，惊讶地看见一把铁锹和一把十字镐，像是有人藏在那里的。但他想，大概是挑水工西富老爹的锹和镐，就没有多想。可那天晚上，他看见——他躲在一棵树后，不可能被发现——有个人从路上向密林走去，那人绝对不是本地人，他，布拉特吕埃尔，同他非常熟悉。泰纳迪埃理解为：一个牢友。布拉特吕埃尔死活不肯透露姓名。那人扛着一包东西，方方正正的，好像是一个大匣子或一个小箱子。布拉特吕埃尔大吃一惊。过了七八分钟，他才想起来去跟踪"那个人"。但为时晚矣，那人已钻进密林，天又黑了，布拉特吕埃尔未能跟上。于是，他决定守在树林边。"那天有月光。"两三个小时后，布拉特吕埃尔看见那人走出树林，这次扛的不是小箱子，而是镐和锹。布拉特吕埃尔让那人过去，没上前同他搭话，心想，他的力气比自己大几倍，又有铁镐，如果认出他来，发现对方也认出了自己，可能会一镐要了他的命。故友重逢，本应感人肺腑地叙叙旧情。不过，布拉特吕埃尔看见铁锹和十字镐，灵机一动，赶紧跑到早晨走过的荆棘丛，发现锹和镐都不见了。他由此得出结论，那人进了树林，用镐挖了坑，埋下箱子，又用铁锹填平了坑。可那箱子太小，放不进一具尸体，那么，装的想必是钱了。于是，他开始寻找。他把整个树林搜寻、搜索和钻探了一遍，凡是觉得土层刚被翻动过的，就掘地三尺。但一无所获。

他什么也没有"掏到"。蒙费梅已没有人再想这件事了。只有几个天真的长舌妇还在念叨："加尼的养路工这样折腾，绝不会没有缘故的。魔鬼肯定来过。"

三　脚镣一锤砸断，肯定早有准备

就在那一八二三年的十月底，土伦市民看见猎户座号战舰回到港口，因为受大风暴损伤，回港修检。猎户座号日后在布雷斯特做了教练舰，当时属于地中海舰队。

这艘战舰，尽管受大风暴凌虐而遍体鳞伤，驶入锚地时，仍吸引了许多人。记不清当时它挂的是什么旗，使它照例享受了十一响礼炮的待遇，它也还了十一响，总共鸣了二十二响。礼炮是王室和军队的礼节，以鸣礼炮互致敬意。这是礼节的标志，是锚地和城堡的礼仪。每天日出日落，所有的城堡，所有的战船，都要鸣炮，开城闭城，也要鸣炮，等等，等等。有人作过统计，在整个地球上，在二十四小时，文明社会要白白鸣放十五万发礼炮。按每发六法郎计，一天就是九十万，一年就是三亿，全都化作青烟飘走了。这不过是件小事。与此同时，穷人却饿死。

一八二三年，照复辟王朝的说法，是"西班牙战争时期"[①]。

[①] 一八二二年，为了在西班牙恢复专制制度和天主教统治，打击执政的自由派力量，俄普奥法四国王室联合起来，武装干涉西班牙。入侵西班牙的法军统帅是路易十八的侄儿昂古莱姆公爵。

那场战争融许多事件于一体，且有诸多奇特之处。对波旁王室来说，那是一件重要的家事；法兰西的这一支系跑去救援和保护马德里的那一支系，也就是去行使长子的权利；表面上是恢复民族传统，却又包含着对北方政府的俯首帖耳；被自由派报刊誉为安杜哈尔①英雄的昂古莱姆公爵先生，一反往常之平静，露出得意的神情，对教廷圣职部货真价实的老牌恐怖主义进行压制，因为它要与自由派的空想恐怖主义一争高低；"长裤汉"以"赤臂汉"②的名字起死还生，使得享受亡夫遗产的寡妇们胆战心惊；君主主义称进步为无政府主义，横加阻挠；一七八九年的各种理论受到颠覆而骤然息声；法兰西思想风靡世界，欧洲竭力阻止；卡里尼亚诺亲王，即后来的查理－阿尔贝③，佩戴近卫军的红呢肩章，自愿加入与人民为敌的国王十字军，同法兰西之子法国大元帅④并肩作战；法兰西帝国的士兵戴上白帽徽⑤重新出征，不过已休闲八年，都上了年纪，个个愁眉不展；一小撮英勇绝伦的法国人，在国外挥舞三色旗，正如三十年前，有人在科布伦茨⑥挥舞白旗一样；修士同我们的士兵混在一起；自由和革新的精神遭到刺刀的镇压，原则被大炮战胜，法兰西用武器摧毁从前用思想取得的成果；还有，敌军将领受贿叛变，士兵犹豫不决，城市被数百万重金包围；没有军事危险，却有爆炸的可能，如同有人突然闯入炮眼一样；没流多少血，也没获多少荣誉，有人感到羞惭，但无人感到光荣。这便是那场由路易十四的后代发动的、拿破仑的将军指挥的西班牙战争。它境遇悲惨，既称不上伟大的战争，也称不上伟大的政治。

---

① 安杜哈尔，西班牙南部城市。昂古莱姆公爵在此发表文告，企图调和保王党和自由派。
② 长裤汉，法国大革命时期的平民派；赤臂汉，一八二〇年发动西班牙革命的自由派。
③ 查理－阿尔贝（1798—1849），后任皮埃蒙特国王（1831—1849）。
④ 这里，法国大元帅指昂古莱姆公爵。
⑤ 白帽徽，波旁王朝军队的帽徽。
⑥ 科布伦茨，德国城市。一七九二年，法国流亡贵族在那里组织反革命军队。

也还有几个重大的战功,其中夺取特罗卡德洛,便是一次漂亮的军事行动。但是,总的说来,再重复一遍,那场战争的号角吹出的声音嘶哑,整个战局令人怀疑,历史证明法兰西难以接受这一虚假的胜利。显而易见,西班牙某些奉命抵抗的军官没怎么抵抗就退却了,可想而知,那是靠行贿获取的胜利;法国与其说赢了战争,不如说赢了敌将领,战士胜利归来,却感到脸上无光。那场战争的确斯文扫地,在军旗的褶痕中,可以看到"法兰西银行"的字迹。

参加过一八〇八年的战争,经过长期浴血奋战才攻克萨拉戈萨①的战士们,在一八二三年,面对不费吹灰之力就攻破的城堡,不禁皱起了眉头,遗憾没有遇到帕拉福克斯那样的守将。法兰西的性格更喜欢罗斯托普钦②,而不是巴莱斯帖罗斯③。

还有更为重要的一点必须强调:那场战争在法国既冒犯了尚武精神,也激怒了民主精神。那是一场奴役人民的战争。法兰西士兵,民主的子孙,出征却是为了给别人套上枷锁。这是违背常理的丑恶行为。法兰西生来为了唤醒而不是扼杀人民的心灵。一七九二年以来,欧洲的所有革命,都是法国的革命,自由是从法国放出光芒的。这是太阳的光芒。瞎子才看不见。这是波拿巴说的。

一八二三年的战争,是对慷慨的西班牙民族的伤害,也是对法兰西革命的伤害。这一可怕的粗暴行为,是法兰西干的,且是用暴力,因为军队所干的一切,除了解放战争,都是暴力行为。"被动服从"这个词,就说明了这一点。军队是一种奇特而杰出的组合,力量来自无数无可奈何的人。这样,战争就可以解释了,那是人类不顾人类的阻拦反对人类

---

① 萨拉戈萨,西班牙城市。一八〇八年,拿破仑率军攻打西班牙,在这里遇阻,该城守将帕拉福克斯坚守达七个月之久。
② 罗斯托普钦(1763—1826),一八一二年拿破仑侵俄时莫斯科的总督。
③ 巴莱斯帖罗斯(1770—1832),一八二三年英俄奥法联军侵略西班牙时,西班牙的将领。

的行为。

　　至于波旁王室，一八二三年的战争对他们其实是致命的。他们以为是一场胜利。他们没有看到用强制手段扼杀一种思想的危险性。他们天真无知，竟错误地将大大削弱自己的一次犯罪行为，当作一种确立自己政权的力量。他们把阴谋诡计那套思想引进了自己的政治。一八三〇年①在一八二三年就已萌芽。在内阁会议上，西班牙战争成了诉诸武力和进行神权冒险的借口。既然在西班牙恢复了合法君主，在法国本土也就可以恢复专制君主了。他们把士兵的服从，当做民族的赞同，这就犯下了可怕的错误。这一信念会导致失去王位。无论在芒齐涅拉毒树下，还是在军队的保护下，都不要高枕无忧睡大觉。

　　言归正传，回到猎户座号战舰上。

　　正当法兰西军队在亲王大元帅率领下进行征战的时候，一支舰队也正横渡地中海。刚才说了，猎户座号属于这支舰队，因在大风暴中受损伤，又开回土伦港了。

　　一艘战舰出现在港口，总有什么东西吸引观众。因为这是个庞然大物，群众喜欢庞大的东西。

　　一艘战列舰，是人的才华和大自然的力量一种最完美的结合。

　　一艘战列舰，同时由最轻和最重的物质构成，因为它同时要和固体、液体和气体发生关系，又必须同这三种物质作斗争。它有十一个铁爪，能钩住海底的岩石。它有比蝴蝶还要多的翅膀和触须，能插入云天，利用风力。它用一百二十门大炮呼气，仿佛吹响巨大的号角，高傲地和雷霆呼应。海洋白浪翻滚，千篇一律，茫无边际，想让战舰迷失方向，但战舰有灵魂，那就是始终指向北方、引导它航行的罗盘。在漆黑的夜里，船灯代替星星。因此，对付风，它有索和帆，对付水，它有木，

---

① 一八三〇年七月革命推翻了波旁王朝在法国的统治。

对付岩石，它有铁、铜和铅，对付黑夜，它有船灯，对付茫无边际的大海，它有罗盘。

如果想知道战舰有多大，只须到布雷斯特或土伦的一个六层高的造船台去走一走。正在建造的战船，像是罩在一只大钟里面。巨梁便是桅桁，卧在地上望不见头的粗木柱，是主桅。从插入底舱的根部算起，直到伸向云天的顶端，主桅长达六十图瓦兹①，底部的直径为三尺。英国战舰的主桅从吃水线算起，高达二百一十七尺。我们父辈的战船用的是缆绳，现在用的是铁链。一艘百门炮的战舰，光它的铁链盘起来，就有四尺高，二十尺长，八尺宽。那么，造这样一艘战舰，需要多少木料呢？三千立方米。那是一座森林漂浮在海上。

此外，要知道，这里所讲的只是四十年前的战舰，还只是普通的帆船。那时候，蒸汽尚处于童年时代，它使所谓的战舰出现新的奇迹，那是以后的事。今天，比方说，一条装有螺旋推进器的帆船，是一种惊人的机器，其动力来自三千平方米面积的风帆，和两千五百马力的蒸汽锅炉。

且不谈这些新奇迹，就是从前克里斯托夫·哥伦布②和勒伊特③乘的那种船，也是人类的伟大杰作。它们有用之不竭的动力，正如无限有永不衰竭的气流。它们把风兜在帆里，在茫茫大海上，从不迷失航向，乘风破浪，称王称霸。

然而，有时候，狂风会把六十尺长的桅桁刮断，犹如刮断一根麦秸，暴风会把四百尺高的主桅折断，犹如折断一根草秆，万斤重的铁锚在巨浪中翻腾，犹如渔夫的钓钩在鱼嘴里扭动，巨兽般的大炮发出哀怨的怒吼，但风狂雨骤，炮声消失在茫茫的空间和沉沉的黑夜中，所有的

---

① 图瓦兹，法国旧长度单位，相当于 1.949 米。
② 克里斯托夫·哥伦布（1451—1506），意大利航海家，十五世纪末发现美洲大陆。
③ 勒伊特（1607—1676），荷兰海军上将。

威力，所有的气势，都沉没于更浩大的威力和气势中。

每当一种巨大的力量充分展现，最后转向衰弱时，总会引起人们沉思。因此，在港口，总有许多人围着那些神奇的战舰和航船看热闹，连他们自己也未必能说清楚为什么。

因此，土伦港的码头、突堤和防波堤上，每天从早到晚，都有许多闲人，照巴黎人的说法，就是看热闹的人，他们要做的事，便是观看猎户座号战舰。

猎户座号早已是病病歪歪。在以往历次航行中，船底积满了层层叠叠的贝壳，使得航速减了一半。去年，它被送进干坞，刮去贝壳，而后又下海。然而，刮贝壳又损伤了船身的螺栓联结。行至巴利阿里群岛，船底包板受损而裂口了，因为那时候没有铁皮护板，水便进到了船内。不巧又遇到赤道风暴，左舷船首和一扇舷窗破裂，前桅的腰外板受损。因此，猎户座号又驶回了土伦。

它停在兵工厂附近，一面补充设备，一面进行检修。船的右舷没有受损，但为了让空气进入船内，按照惯例，有些地方的船板拆开了。

一天早晨，围观的人群目击了一件意外。

船员正忙着装帆。一位负责右舷大方帆上后角的桅楼水手突然失去平衡。只见他身子摇摇晃晃，聚在兵工厂码头的人群惊叫起来。那水手脑袋朝下，双臂张开，围着桅桁打转；他摔下去时，先是一只手抓住了踏脚索，接着另一只手也抓住了，整个人就悬空吊着。他下面是深不可测的大海。他摔下时的冲撞，使得踏脚索似秋千般猛烈摆动。那人吊在绳索的末端，就像投石器的石头，来回晃荡。

上去救他，那要冒极大的危险。那些水手全是沿岸新招来的渔民，谁都不敢冒这个险。可是，那不幸的水手精疲力竭，虽然看不清他脸上的恐慌，但从他的四肢可以看出他的力气已用尽了。他的双臂荡来荡去，可怕地扭动着。他竭力往上爬，但每用一次力气，便使踏脚索晃得更厉害。他不敢喊叫，生怕消耗力气。人们毫无办法，只好干等着他松开绳子的那一刻。为了不看到他落下时的惨象，大家不时地别过脑袋。有时候，一段绳子，一根竹竿，一根树枝，就能救一条性命。看着一个活生生的人，就像熟透了的果子，脱离树枝，坠落下来，那是惨不忍睹的。

突然，大家看到有个人像猫一样敏捷地攀着帆索往上爬。那人穿着红号衣，说明是个苦役犯；戴一顶绿帽子，说明是个终身苦役犯。当他爬到桅楼上时，一阵风吹落了他的帽子，露出白发苍苍的脑袋，说明不是个年轻人。

原来，一个被雇到船上来干活的苦役犯，事故一发生，当全体船员惊慌失措，束手无策，水手们吓得浑身发抖，不敢上前时，他就跑去找值班军官，请求准许他冒死去救水手。见军官点头同意，他就一锤敲断脚上的锁链，拿起一根绳索，一跃而上了帆索。当时谁也没有留意那根锁链为何一砸便断。事后才回想起来。

一溜烟工夫，他就爬上了横桁。他停了几秒钟，仿佛在目测横桁有多长。吊在绳端的水手随风飘荡，因此，对围观的人来说，这几秒钟犹如几个世纪。最后，那苦役犯抬头望了望天空，向前迈了一步。观众喘了口气。只见他从横桁上走过去。走到另一端，他把带来的绳子一头系在上面，让另一头悬着，然后，他双手抓住绳子往下滑。这时，大家都紧张得喘不过气来了，因为现在不是一个人，而是两个人悬在深渊上面。

那场面好比一只蜘蛛跑来逮一只苍蝇。不同的是，这只蜘蛛带给他的是生命，而不是死亡。成千上万只眼睛盯着这两个人。没有人喊叫，没有人说话。所有的人都紧张得拧紧眉头。所有的嘴巴都屏气息声，生怕呼出的气息会使风变得更大，而使那两个可怜人晃得更厉害。

这时，那苦役犯终于滑到了水手身旁。恰是时候。那人精疲力竭，绝望之极，再晚一分钟，就会脱手落入深渊。苦役犯一只手抓住绳子，另一只手把水手牢牢系在绳子上。最后，他又重新爬上桅桁，把水手拉上去。他扶着他在横桁上歇了口气,让他恢复力气,而后,把他抱起来,带着他从桅桁上走到桅楼,把水手交给他的同事们。

这时,人群中爆发出热烈的掌声,有几个年老的狱卒激动得落下了眼泪,妇女们在码头上互相拥抱,所有的人感动得狂呼:"赦免这个人!"

而他必须立刻下来干活。为了更快地归队,他顺着帆索下滑,在下桅桁上跑了起来。所有的眼睛都跟着他。有一刻,大家感到心惊肉跳;不知是疲劳还是头晕,他好像有些迟疑,脚步不大稳了。突然,人群惊叫一声:苦役犯掉进海里了。

那样摔下去是十分危险的。阿尔赫西拉斯号战舰就停在猎户座号旁边,可怜的苦役犯就落在两条船中间,很可能会冲到其中一条船的下面。四个人连忙跳上一条小船。人群给他们鼓劲,大家的心又紧张起来。那人没有再浮上水面。他在海上消失了,仿佛掉进了油桶里,没有泛起半点涟漪。人们在水上打捞,还有人跳进海里寻找。一无所获。一直寻找到傍晚,连尸体都没找到。

翌日,土伦的报纸上登了如下几行字:"一八二三年十一月十七日讯。昨日,一个在猎户座号战舰上服苦役的罪犯,在救了一个水手返回时,掉进海里淹死了。尸体未能找到。人们推测,他有可能陷进兵工厂岬头的桩基下面了。该犯在狱中的号码是9430,名叫让·瓦让。"

第三卷　　履行对死者的承诺

一　蒙费梅的用水问题

蒙费梅位于利弗里和谢尔之间，在乌尔克河和马恩河间那片高地的南端。今天，它是个相当规模的市镇了，一年四季，点缀着白墙别墅，星期天，更有兴高采烈的有产者前来增光添彩。一八二三年，蒙费梅既没有那么多的白墙别墅，也没有那么多心满意足的有产者。那不过是一个树林环抱的村庄。零星散布着几座别墅，从那轩昂的气宇、环绕着盘花铁栏杆的阳台、长长的窗户以及在关闭的白百叶窗上映出深浅不同绿色的小方块玻璃，可以看出那是上个世纪的建筑。尽管如此，蒙费梅仍是个村庄，尚未被退隐的呢绒商和度假的商事诉讼代理人发现。这是一个宁静而可爱的地方，不靠任何公路，人们过着丰盈安逸、物价低廉的乡村生活。美中不足的是地势高，缺少水。

取水要走相当长的路。靠加尼那头的村民，到林中优美的池塘里汲水。靠谢尔那头住在教堂周围的村民，差不多要走一刻钟，到离谢尔公路不远的半山腰的一眼小泉取水。

因此，对于每个家庭来说，取水都是一件相当艰苦的劳动。那些大户人家，那些贵族家庭，——泰纳迪埃小客栈属于这个阶层——，则让一个老头挑水，一桶水一个铜板，那老头以此为业，靠给蒙费梅村民挑水为生，一天差不多挣八个铜板。但他夏天只干到晚上七点，冬天干到五点，天一黑，楼下的百叶窗一关，他就不干了，谁家没水喝了，就得自己去提水，要不就不喝水。

这正是小珂赛特怕做的活儿。读者想必还记得这个可怜的孩子。大家知道，珂赛特对泰纳迪埃家有两大用处，一是让母亲给钱，二是让孩子干活。因此，当母亲完全停止寄钱（原因前几章讲过）后，泰纳迪埃家就扣住了珂赛特。他们把她当女用人使唤。既然是女用人，家里需要水，就得跑去提水。孩子一想到夜里去提水，就不寒而栗。因此，她总是非常留心，不让家里断水。

一八二三年，蒙费梅的圣诞节特别热闹。那年的初冬比较暖和，没有结过冰，也没有下过雪。从巴黎来的一些江湖艺人，经得村长同意，在村里大街上搭起了木棚，一群流动商贩，也在村长的同意下，在教堂广场上，设立了摊棚，一直排到面包师巷。读者可能还记得，泰纳迪埃客栈就在那条巷里。因此，那些客栈和小酒馆顾客盈门。这个宁静的小地方，变得热闹欢腾了。为了忠于史实，我们要指出，在广场上展出的无奇不有的东西中，在一个动物展览棚，几个奇丑无比的小丑，也不知是从哪里找来的，穿着破衣烂服，在一八二三年，就向蒙费梅的农民展示一只非常吓人的巴西秃鹫，而我们的王家博物馆到一八四五年才有这种动物。它们的眼睛酷似一只三色帽徽。我想，自然科学家把这种鸟叫作 caracara polyborus，鹰科，雕属。村里几位善良的退伍老兵，波拿巴的信徒，虔诚地去看了这个动物。那几个耍把戏的说，这三色帽徽般的眼睛，是仁慈的上帝专为他们的动物展览创造的独一无二的奇观。

圣诞节那天晚上，在泰纳迪埃客栈楼下厅堂里，好几个车夫和小贩，围坐在桌子上喝酒，桌上有四五支蜡烛。这个厅堂，和其他小酒馆的餐厅一样，有桌子、锡酒壶、酒瓶、喝酒的人、抽烟的人。光线幽暗，声音嘈杂。不过，一八二三年，在有产阶级的餐桌上，时兴放两样东西，一个是万花筒，另一个是波纹闪光的镀锡铁皮灯。泰家婆娘正在明亮的大火前做晚餐，她丈夫和客人一起喝酒，并谈论着政治。

所谈的政治，主要涉及西班牙战争和昂古莱姆公爵先生。此外，在喧闹声中，也能听到有关当地的议论，诸如：

"楠泰尔和叙雷讷那边，葡萄酒大丰收。原估计可榨十桶的，榨出了十二桶。葡萄榨出的汁很多。""那样葡萄恐怕没熟吧？""那些地方，葡萄不等熟就得收获。如果熟了才收，一到春天，酒就变浊了。""那么，完全是纯酒了？""比这里的酒还要纯。葡萄还青的时候就收获了。"等等，等等。

或是一个磨坊主大叫大嚷：

"面粉的质量得由我们来负责吗？麦袋里有许多杂质，无法把它们清除出去，只好一道送进磨子里，稗子、草头、麦仙翁、野豌豆、大麻籽、山萝花，还有其他许多乱七八糟的东西，还不算石头子。有些麦子里石子很多，尤其是布列塔尼的麦子。我不喜欢磨布列塔尼的麦子，锯木工也一样不爱锯有钉子的木梁。你们说说，这样磨出来的面粉质量会好吗？可是，人们总是抱怨面粉不好。这没有道理。面粉不好，不是我们的错。"

在两扇窗户中间的桌子上，坐着一个割草的农民和一个牧场主，正在就来春要干的活讨价还价。农民说：

"草湿一些，一点坏处也没有。反而容易割。有露水很好，先生。反正一样，您那个草还太嫩，不好割。太嫩的草，镰刀割下去会打弯儿……"

珂赛特待在老地方，坐在灶间壁炉旁厨桌下面的横档上。她衣衫褴褛，赤脚穿着木鞋，正凑着火光，给泰纳迪埃家的两个小姑娘织毛袜。一只小猫在椅子下玩耍。从隔壁的屋子里，传来两个小女孩天真的欢笑声和说话声。那是埃波妮和阿赛玛。

壁炉的角上，挂着一个掸衣鞭。

一个娃娃的叫嚷声，不时冲破酒店里的喧闹声。那孩子待在屋里的某个地方。那是个小男孩，是泰家婆娘在前两年冬天怀上的。"不知怎么就怀上了，"泰家婆娘说，"兴许是天冷的缘故。"他刚满三岁。母亲喂养他，但不爱他。那娃娃吵得太厉害时，泰纳迪埃就说："你那儿子吵死人了，去看看他要什么。"母亲说："呸！讨厌死人了。"于是，那无人管的孩子继续在黑暗中大吵大闹。

二　两个恶人的全面描绘

在本书中，我们还只看到泰纳迪埃夫妇的侧影。现在是全面介绍这对夫妇的时候了。

泰纳迪埃刚过五十岁，泰家婆娘将近四十岁。四十岁也就是女人的五十岁，因此，老婆和丈夫在年龄上是平衡的。

泰家婆娘初次登场，可能就给读者留下了记忆：她身材高大，头发金黄，脸色发红，身体肥胖，肩膀宽阔，虽然块头很大，却动作敏捷。我们说过，她和集市上那些头发吊着铺路石，挺胸凸肚地在人前显摆的彪形蛮女，属于同一种人。她在家什么都干，整理床铺，打扫房间，洗衣做饭，呼风唤雨，称王称霸。她只有珂赛特一个用人，一只小老鼠伺候一只大象。她一说话，家里的一切，窗玻璃、家具和人，都会震动。她的宽脸上布满了雀斑，看上去像只漏勺。她长着胡子，活像巴黎中央菜市场男扮女装的搬运工。她骂起人来非常精彩。她夸口说，一拳头能砸碎一只核桃。她读过一些小说，于是，这个母夜叉常常作出娇声媚态，否则，谁也不会说她是女人。这个婆娘是娇饰的女人嫁接到粗俗女人身上的产物。听到她说话，你会说：这是个宪兵；看着她喝酒，你会说：这是赶大车的；见她摆布珂赛特，你会说：这是个刽子手。休息时，她嘴里会露出一颗牙。

泰纳迪埃却身材矮小，面色苍白，瘦骨嶙峋，看上去病恹恹的，其实身体非常好。他的奸诈就是从这里开始的。平常，出于谨慎，他总是笑容满面，对大家彬彬有礼，即使对乞丐，也是客客气气，尽管一个铜板也不施舍。他目光如石貂般狡猾，但神态却像文人那样温雅。他的相貌酷似德利尔①神甫的肖像。他常和运货的马车夫一起喝酒，这是他的殷勤之处。没有人能把他灌醉。他抽烟用大烟斗。他穿一件工作服，套在一件破旧的黑礼服上面。他自诩爱好文学和唯物主义。为了证明他说的话有根有据，常把几个人的名字挂在嘴边：伏尔泰、雷纳尔、帕尔尼②，奇怪的是，还有圣奥古斯丁③。他声称自己有"一套理论"。此外，他是个大骗子。一个"贼学家"。这之间存在着细微的差别。大家记得，他自称当过兵。他大吹大擂，说在滑铁卢，他是第六或第九轻骑兵团的一个中士，他孤身一人，对付一支死神的骑兵队，冒着枪林弹雨，用身体掩护并救出了"一个身受重伤的将军"。因此他在墙上画了火红的招牌，为自己的客栈起名为"滑铁卢中士小酒馆"。他是自由派、古典派和波拿巴派。他曾为流亡营④捐过款。村里传说他为当教士而学习过。

我们认为，他只是在荷兰学过旅馆业务。这个来历复杂的可恶杂种，惬意地脚踩两个国家，根据可能，在佛兰德斯就自称为从里尔来的佛兰德斯人，在巴黎便称法国人，在布鲁塞尔则称比利时人。他在滑铁卢的

---

① 德利尔（1738—1813），法国诗人，法兰西学院院士。
② 伏尔泰（1694—1778），法国作家、哲学家、启蒙思想家。雷纳尔（1713—1796），法国历史学家和哲学家。帕尔尼（1753—1814），法国诗人。
③ 圣奥古斯丁（354—430），基督教早期神学家。
④ 拿破仑失败后，流亡到美国的自由派和波拿巴派，在得克萨斯州得到一些土地，创建了"流亡营"。一八一八年，法国国内开展捐款活动，支持这些流亡者。

功绩，我们已知道了。显然，他夸大了自己的功绩。他的一生起起落落，曲曲折折，耸人听闻；他的道德心四分五裂，必定生活充满颠簸。在一八一五年六月十八日那个风狂雨骤的日子，泰纳迪埃很可能是前面谈到过的随军小贩兼小偷那号人，他们逛来逛去，卖卖货物，偷偷东西，合家老小，坐在一辆破车上，跟着部队，走东串西，凭着直觉，总是跟在打胜仗的军队后面。滑铁卢战役后，用他自己的话来说，有了"几个钱"，就到蒙费梅来开了个客栈。

那几个钱，包括几个钱包，几块表，几枚金戒指，几个银十字架，是收获季节在布满了尸体的地里收获来的，总共没多少，没过多久，就被这个变成客栈老板的随军小贩花完了。

泰纳迪埃的言谈举止就像是一条直线，他说句粗话，会使人想起军营，画个十字，会使人想起神学院。他能说会道。他乐得被人当学者。然而，那位小学老师发现他说话常出"联诵错误"。他神气活现地给顾客开账单，但眼尖的人常常发现拼写错误。泰纳迪埃心险而诈，贪吃美食，游手好闲，诡计多端。他对女仆彬彬有礼，所以他老婆干脆不再用女仆。这个大个子女人很爱吃醋。在她看来，这个枯黄干瘪的矮男人，会让所有的女人垂涎三尺。

尤其是，泰纳迪埃既奸诈，又沉稳，是个不露声色的恶棍。这种人最坏，因为非常虚伪。

这并不是说，泰纳迪埃遇事不会像他老婆那样发怒。不过，他很少这样。可是，他一旦发起怒来，就十分骇人，因为他怨恨所有的人，他心中燃烧着仇恨的烈火，永远有报不完的仇，遇到了倒霉事，总是责怪面前的人，随时准备把他们生活中的失意、破产、灾难，都归咎于随便哪个人，还以为这是正当的抱怨；当他发怒时，所有这些仇恨的种子在他胸中涌动，在他的嘴巴和眼睛里翻腾，让人提心吊胆。谁在他发怒的时候经过，谁就倒霉！

除了其他优点外，泰纳迪埃同人交谈时，专心而敏锐，时而沉默不语，时而侃侃而谈，总是见微知著。他有海员的目光，仿佛习惯眯缝着眼看望远镜。泰纳迪埃是个政治家。

初次来客栈的人，看见泰家婆娘，会说："她是家里的主人。"错了。她连主妇都不是。主人和主妇，丈夫身兼二职。他出主意，她执行。他似乎以一种无形的持续不断的磁性作用领导着一切。他只要说句话，有时只要做个手势，那高头大马的女人便立即服从。泰纳迪埃在他老婆眼里，是个特殊人物，至高无上的君王，虽然她对此毫无意识。她有她的处事原则，从来不会为一件小事，同"泰纳迪埃先生"意见不一，连假设一下都不应该。在任何事上，她从不当众指责丈夫。她从不像其他女人常做的那样，在"外人面前"犯这个错误，有人文绉绉地把这个错误叫作"揭盖子"。尽管泰家婆娘对丈夫百依百顺，只会为虎作伥，但在这顺从中可以看出她对他的欣赏。这个声如洪钟、体大如山的女人，竟对一个羸弱而专制的男人言听计从。这虽然显得卑微可笑，但反映了一条普遍而伟大的规律：物质对于精神的崇拜。须知，某些丑陋的东西，在永恒美的深渊中，自有其存在的理由。在泰纳迪埃身上，有一种高深莫测的东西，因而，这个男人对这个女人就有了绝对的权威。她感到，有时候，他像一支燃烧的蜡烛，在另一些时候，他却像一只爪子。

这个女人是个奇怪的造物，她只爱她的孩子，只怕她的丈夫。她因为哺乳，所以是母亲。此外，她的母爱只限于两个女儿，而不延伸到男孩，这一点，以后会看到的。而那男人，一心只想发财。

他没有成功。这个伟大的天才，没有施展才能的地方。泰纳迪埃在蒙费梅破产了，如果说一无所有也能破产的话。若在瑞士或比利牛斯山区，这个穷光蛋也许成了百万富翁。但命运把客栈老板拴在那里，他也只好随遇而安。

大家知道，这里所讲的"客栈老板"是狭义的，不引申到整个阶层。

就在一八二三年，泰纳迪埃欠了一千五百法郎债务，债主逼得很紧，因而他愁眉不展。

尽管命运从来对他不公，他对待客之道，却有最深刻、最现代的看法；在野蛮社会，热情待客是一种美德，在文明社会，却成了一种商品。此外，他常违禁打猎，且百发百中，远近传颂。他笑起来平静而安详，那是笑里藏刀，阴险莫测。

有时候，他会灵机一动，说出一套套治店的理论。他那些生意经，也已装进了他老婆的头脑里。一天，他低声而又激烈地对她说："客栈老板的职责，就是把烩肉、休息、灯光、炉火、脏被单、女仆、跳蚤、微笑卖给顾客，将过路人留住，将小钱包掏空，冠冕堂皇地让大钱包变轻，恭恭敬敬给旅行的一家人提供住宿，将男的锉成碎末，把女人的毛拔光，孩子的皮剥光；一切都标好价钱：开着的窗、闭着的窗、壁炉角、安乐椅、椅子、搁脚凳、矮凳、羽毛床垫、床铺、麦秸。要知道，镜子在阴暗处太容易损坏，这也该收钱。要挖空心思，让过往客人什么都付钱，连他们的狗吃的苍蝇，也要让他们付钱！"

这个男人和这个女人，是狡诈和狂怒的结合，是丑恶和可怕组成的一对。

丈夫在一旁挖空心思，运筹帷幄，而泰家婆娘却对尚未登门的债主不思不想，对过去和未来无忧无虑，只顾热衷于眼前的生活。

这就是那两人的情况。珂赛特夹在中间，忍受着双重压力，磨盘要把她碾碎，钳子要把她撕裂。那男人和那女人各自都有一套折磨的办法：珂赛特常常挨打，这来自那女人；冬天，她光着脚去提水，这来自那丈夫。

珂赛特跑上跑下，洗洗刷刷，扫扫擦擦，跑东跑西，忙里忙外，气喘吁吁，搬笨重的东西，那样瘦弱，却要干繁重的家务，得不到丝毫的怜悯；老板娘蛮不讲理，老板蛇蝎心肠。泰纳迪埃客栈有如一个蜘蛛网，珂赛特被网粘住，索索发抖。最理想的剥削，被这令人发指的仆从关系实现了。珂赛特好比一只受蜘蛛奴役的苍蝇。

可怜的孩子逆来顺受，不言不语。

那些刚刚离开上帝的孩子，趁着晨曦赤身露体来到人间，在大人的世界里显得那样渺小，他们会怎么想呢？

三　人要喝酒，马要喝水

又来了四个旅客。

珂赛特心里发愁。虽然只有八岁，但她吃尽了苦，沉思起来神态忧郁，倒像是个上了年岁的老妇。

她的眼圈发青，是泰家婆娘一拳打青的，那女人还不停地说："她眼圈发青，真丑！"

珂赛特心里寻思，天已黑了，黑得很厉害，突然来了四个客人，得临时把他们房里的水罐和长颈瓶装满水，水槽里已没有水了。

她稍为感到宽慰的是，泰纳迪埃店里的人喝水不多。渴的人还是有的，但他们渴时，宁愿同酒壶，也不愿同水罐打交道。人人都在喝酒，谁若要一杯水，会被认为是野蛮人。不过，那孩子突然吓得发抖了：炉子上一只锅开了，泰家婆娘打开锅盖，抓起一只杯子，急忙向水槽走去。她拧开龙头，孩子抬起头，注视她的每个动作。细细的水流从龙头里流出来，装了半杯就没水了。

"怎么没水了！"她说。

她沉吟了一会儿。孩子紧张得透不出气来。

"算了，"泰家婆娘看着那半杯水，又说，"这么多也够了。"

珂赛特又继续织毛袜，可是，足足有一刻多钟，她感到她的心像一大团东西，在胸腔里怦怦乱跳。她一分一秒地数着像这样流逝的时间，巴不得已是第二天早晨。

喝酒的客人不时有人望望街上，发出一声感叹："天真黑，像在炉子里似的！"或者："只有猫这时候出去可以不打灯笼！"珂赛特听了心惊肉跳。

突然，一个住本店的流动小贩走进来，声色俱厉地说：

"你们没给我的马喝水。"

"肯定给过了。"

"我说肯定没有，大嫂。"那小贩又说。

珂赛特已从桌子底下钻出来了。

"啊！给过了！先生！"她说，"马喝过水了，它是在桶里喝的，满满一桶，是我给它送的水，我还同它说话了。"

这不是真的。珂赛特在撒谎。

"这丫头拳头点大，撒的谎却像房子般大。"那小贩叫嚷道，"我给你说，臭丫头，它没有喝水！我可知道，它没有喝水时，喷气的样子不一样。"珂赛特还在强辩，急得嗓子都变嘶哑了，几乎听不见她说什么：

"而且喝了很多！"

"住口，"那小贩愤怒地说，"胡说八道！快给我的马喝水，否则，不要怪我不客气！"

珂赛特又回到桌子底下。

"说的是，"泰家婆娘说，"假如那牲口没有喝水，就应该给它喝。"

然后，她四下里看了看：

"咦！这丫头死到哪里去了？"

她弯下腰，发现珂赛特蜷缩在桌子的另一头，都快挨着客人的脚了。"还不出来？"泰家婆娘喊道。

珂赛特从她藏身的洞里出来。泰家婆娘接着又说：

"没名的狗小姐，快给马送水去。"

"可是，太太，"珂赛特怯生生地说，"没有水了呀。"

泰家婆娘把临街的门打开。

"那就快去打！"

珂赛特低着头，走到壁炉旁，拿起一只空水桶。水桶比她人还高，孩子坐到里头，还绰绰有余。

泰家婆娘回到炉旁，用木勺盛了些汤尝了尝，一面唠叨着：

"水泉那里有水嘛。这有什么难的。刚才把我的葱头滤成泥就好了。"

然后，她在一只抽屉里摸了摸，里面有些零钱、胡椒和小葱头。

"拿着，癞蛤蟆小姐，"她说，"回来时，在面包店买个大面包。这是十五苏的角子。"

珂赛特的围裙一侧有个小兜，她默默接过钱，塞进兜里。

然后，她提着水桶，在敞开的门口待着不动。她似乎在等人来救她。

"快去呀！"泰家婆娘喊道。

珂赛特出去了。门重新合上。

四　玩具娃娃登场

大家记得，那排露天摊棚从教堂一直延伸到泰纳迪埃客栈。有产者们待会儿要路过这里，去做午夜弥撒，所以那些摊头都点着蜡烛，蜡烛在漏斗形的纸罩里燃烧，用蒙费梅那位正在泰纳迪埃店里喝酒的小学教师的话来说，这产生了一种"魔力"。相反，天上看不见一颗星星。

最后一个摊棚，恰好对着泰纳迪埃的店门，是卖小玩意儿的，摆满了亮晶晶的假首饰、彩色玻璃小饰品、漂亮的白铁制品。摊主在第一排摆了个大娃娃,用白毛巾衬托着。这娃娃差不多有两尺高,穿着粉红纱裙,头上有金穗子,头发是真的,眼睛是珐琅质的。这个绝妙的娃娃,一整天摆在那里,不满十岁的孩子路过,个个目眩神迷,但在蒙费梅,没有一个母亲有钱或舍得买给自己的孩子。埃波妮和阿赛玛看得流连忘返,至于珂赛特,她也禁不住瞟几眼,当然是偷偷地。

当珂赛特提着水桶出去时,尽管闷闷不乐,仍不由自主地抬头看看那奇妙的娃娃,用她的称呼便是看看那"夫人"。可怜的孩子驻足不前,看得发呆。她还是第一次从近处看那娃娃。她感到这个摊棚仿佛是个宫殿,那娃娃不是玩具,而是幻象。这个被悲惨和冷酷包围的可怜孩子,在一种虚幻的光辉中,看到了快乐、灿烂、富丽和幸福。珂赛特用孩子的洞察力,天真而忧愁地衡量了她和那娃娃之间的鸿沟。她思忖,只有王后,或者至少是公主,才能拥有如此珍贵的"东西"。她凝视粉红的裙子和光滑的头发,心想:这娃娃多么幸福!她的眼睛舍不得离开这家神奇的摊棚。她越看越目眩神迷。她仿佛看见了天堂。在那个大娃娃后面,还有许多玩具娃娃,在她眼里,都成了仙女和精灵。店主在摊棚里面走来走去,她感到那人仿佛是天父。

她看得入迷,竟忘了一切,甚至忘了她要做的事。蓦然,泰家婆娘严厉的喊声,把她拉回到现实中:"怎么,蠢货,你还没走!你等着!我来收拾你!你们看看,她在做什么!小丑八怪,还不快去!"

泰家婆娘刚才往街上看了一眼,看见珂赛特站在那里出神。

珂赛特提着桶,撒腿就跑。

五　孤苦无助的孩子

泰纳迪埃客栈位于教堂那一头，因此，珂赛特要到靠谢尔那边林中的山泉去取水。

路旁的摊铺，她再也不敢看了。只要她还在教堂附近，没有走出面包师街，就有摊铺里的烛光给她照路，但是，不久，最后一个摊铺的亮光也消失了。可怜的孩子面前一片黑暗。她陷入黑暗中。她感到害怕，于是边走，边使劲摇晃桶把，弄出点声音来，好给自己作伴。

她愈往前走，黑暗愈浓。街上不再有行人。不过，她还是遇到了一个妇人，那人见她走过，转过身来，站着不动，喃喃自语："这孩子要到哪里去？会不会是小妖精？"后又认出是珂赛特，又说："原来是百灵鸟！"

就这样，珂赛特穿过蒙费梅村靠谢尔那头迷宫般弯曲冷清的街道。只要路两旁有房屋，哪怕是堵墙，她就敢往前走。她不时地看见百叶窗里射出一线烛光，那是光明，那是生命，那里面有人，她胆子也就大了。可她越往前走，便不由自主地放慢了脚步。走过最后一家，珂赛特停下了。走过最后一家店铺，这已是很艰难；再要往前走，就不可能了。她放下水桶，将手插进头发里，慢慢搔起头来，孩子惊慌和犹豫时，常做这个动作。现在已不是蒙费梅，而是旷野了。她前面是漆黑荒凉的空间。她绝望地看着黑暗，不再有人迹，只有野兽，也许还有鬼魂。她定睛细看，她听见野兽在草地上行走，她清楚地看见鬼魂在树林里晃动。于是，她又抓起水桶，害怕给了她胆量：

"管他呢，"她说，"我回去对她说没水了！"

于是，她坚定地往回走。

刚走了百来步，她又停下来，又用手搔搔脑袋。现在，泰家婆娘浮现在她眼前,那青面獠牙、眼睛里冒着怒火的泰家婆娘。孩子目光凄楚地朝前后看了看。她该怎么办?会怎么样?去哪里好?前面,有泰家婆娘这个幽灵,后面,有黑夜和树林的鬼魂。她在泰家婆娘面前退却了。她又朝泉水走去。她奔跑起来。她跑出村子,跑进树林,什么也不看,什么也不听。她跑得喘不过气来时才不跑,但没停下来。她不顾一切地往前走。

她边跑边想哭。

黑夜中,她周围的树林飒飒作响。她什么也不再想,什么也不再看。茫茫黑夜在和这个弱小的生命作对。一边是无边无际的黑暗,另一边是一粒小小的原子。

从林边到泉水,只要走七八分钟。珂赛特白天常走这条路,所以很熟悉。说也奇怪,她没有迷路。冥冥中,一种残余的本能在给她引路。但她既不往左看,也不往右看,生怕在树枝和荆棘丛中看到什么东西。她这样跑到了泉边。

那是个狭小的天然水塘,由泉水冲击黏土而成,两尺来深,周围长着青苔和凹凸不平被叫作亨利四世绉领的高草,还铺着几块大石头。一条小溪从中涓涓流出,发出轻微而安详的声音。

珂赛特连气都没歇一口。天黑得伸手不见五指,但她常来这里汲水,熟门熟路。她用左手在黑暗中摸索一棵小橡树。那树弯向泉水,平时她用来作支点。她摸到一根树枝。她抓住树枝,弯下腰,将水桶沉入水中。她心情异常紧张,力气便陡增三倍。她弯腰时,没注意围裙兜里的东西掉进水中。那枚十五苏的角子落进水里。珂赛特没看见,也没听见。她把几乎满满的一桶水提上来,放在草地上。

这时,她发现自己已累得精疲力竭。她本想立即往回走,但提水时用尽了力气,现在一步也走不动了。她不得不坐下休息。她跌倒在草地上,蹲在那里不动。她闭上眼,然后又睁开,她说不清楚为什么,但不能不这样。

在她身旁,桶里的水晃荡着,形成一圈圈波纹,犹如一条条闪着白光的蛇。

在她头顶上方,空中乌云滚滚,犹如一团团浓烟。黑暗仿佛将悲惨的面孔俯向这个孩子。

木星卧在天边。

孩子不认识那颗巨星,茫然地看着它,心里很害怕。的确,那颗巨星此刻就在地平线附近,穿过浓雾,射出可怖的红光。浓雾也染成了凄凉的红色,使那颗星星变得更大,宛若一个发光的伤口。

原野上吹来寒风。树林里漆黑一团,没有一点儿树叶的沙沙声,也没有丝毫夏夜朦胧清爽的微光。高大的树枝张牙舞爪。瘦弱丑陋的灌木丛在林间空地上簌簌作响。高草宛若鳗鱼,在北风中乱挤乱动。荆棘犹如长着利爪的长臂,扭动着想抓猎物。几棵枯萎的欧石楠,被风驱赶着,匆匆掠过,仿佛灾难来临,仓皇逃遁。四周是无尽的凄凉。

黑暗总令人眩晕。人需要光明。任何人进入黑暗,都会感到心慌。眼睛看到黑暗,思想便看到混乱。在月蚀时,在黑夜中,最坚强的人也会心烦意乱。夜里一个人走在森林中,没有人不会战栗。黑暗和树木,这两样东西深不可测,令人毛骨悚然。周围的东西影影绰绰,令人幻觉丛生。难以想象的东西,有如幽灵,清晰地出现在离你几步路的地方。在空间,或在你的脑海中,你看到什么东西在浮动,就像梦中出现的沉睡的花儿,若隐若现,想抓也抓不到。天边出现可怕的景象。你吸入来自黑暗太空的气息。你感到害怕,想回头看看。黑夜张开一个个洞穴,周围的东西变得狰狞可怕,你看到一些静默不语的身影,当你走近时,一个个消失得无影无踪;你看见黑乎乎乱蓬蓬的头发,愤怒的树丛,青面獠牙的水洼,阴森凄恻的景象,死一般的寂静;可能会有陌生人出现,树枝神秘地低垂身子,树干吓得你魂飞魄散,丛草临风瑟缩;面对这一切，你如何招架得住。胆子再大的人，也会吓得浑身颤抖，惶恐不安。你感到十分可怕，仿佛你的灵魂同黑暗混为一体。黑暗在孩子的内心引起的恐惧，就更难以诉诸笔墨了。

森林呈现出世界末日的景象，在它阴森可怕的穹窿下，一个小生命扑腾着翅膀，发出垂死的声音。

珂赛特说不清自己是什么感觉，只觉得被大自然无垠无际的黑暗紧紧抓住。她所感到的不再是恐惧，而是比恐惧还要可怕的东西。她索索发抖。那种冷彻心肺的战栗给予她的奇特感受，是很难用语言来表达的。她的眼睛惊恐万状。她仿佛感到明晚的此时此刻，说不准还要来这里。

于是，为了摆脱这难以言喻却又使她恐惧的奇怪状态，出于本能，她开始大声数一、二、三、四，一直数到十，数完后，又从头开始。这样，她对周围的事物恢复了真实的感觉。她感到手冷，因为刚才打水时，手弄湿了。她站起来。她又恐惧起来，那是一种自然的不可克服的恐惧。她只有一个念头：逃走；拼命逃走，穿过树林，穿过田野，一直逃到看得见房屋、看得见窗户、看得见烛光的地方。她的目光落到身前的水桶上。她很怕泰家婆娘，不敢扔下水桶逃走。她双手抓住桶把，费劲地提起水桶。

她走了十来步，可是，水桶满满的，死沉死沉的，她只好又放下。她歇了口气，又提起水桶，走了起来。这一次，走的时间长一些。但她不得不又停下。歇了几秒钟，她又走开了。她弯着腰，低着头，就像老太太走路。沉重的水桶把她细瘦的胳膊拉得又直又僵。桶把是铁的，一双湿手冻得麻木了。她不得不走走停停，每停一次，桶里的冷水都要泼出来，洒在她的光腿上。这事发生在一个树林深处，在夜里，在冬天，远离人类的目光。这是个八岁的孩子。此刻，只有上帝目睹这件悲惨的事。

当然还有她的母亲！因为有些事会使坟墓里的死者睁开眼睛。

她痛苦地喘息着。她抽抽噎噎，但不敢哭出声来，因为她怕泰家婆娘，即使离开她很远。她总想象着泰家婆娘就在身边，这已成了习惯。

可她这样是走不多远的。她走得很慢很慢。尽管她缩短了停的时间，而且尽可能延长走的时间，这都无济于事。她焦急地想，她这样要一个小时才能走回蒙费梅，又要挨泰家婆娘的揍了。这种焦虑的心情，与黑夜独自在树林里的恐惧纠缠在一起。她已累得精疲力竭，却还没有走出林子。当她走到一棵熟悉的老栗树旁，作了最后一次歇息，她想好好休息一下，因此停的时间比任何一次都长。然后，她拼足力气，拿起水桶，又勇敢地往前走。可是，这个可怜的孩子绝望得禁不住大声叫喊："啊！上帝！我的上帝！"

突然，她感到水桶不重了。一只手，她感到一只巨大的手，抓住了水桶把手，用力提了起来。她抬起头。黑暗中，有个高大直立的黑影走在她身旁。那是个男人，他从后面走到她身边，可她没有听见。那人一声不响，抓住了她手中水桶的提手。

人一生中有许多邂逅，每次都会有本能的反应。孩子没有害怕。

六　那人也许能证明布拉特吕埃尔不是傻瓜

就在一八二三年圣诞节那天下午，有个人在巴黎医院大街最僻静的地方徘徊了许久，像是在找住所，似乎对圣马尔索郊区破败边缘那些最简陋的房子情有独钟。

以后会看到，那人的确在这偏僻的地区租了一个房间。

从那人的衣着和外表看，是一个典型的通常所说的有教养的乞丐，极端地贫困，又极端地整洁。这两种特点集中在一人身上，是难能可贵的，有识之士见了，会顿生双重敬意，就像见了一个很穷但很自重的人。他戴一顶很旧却洗刷得很干净的圆帽子，穿一件捉襟见肘的赭黄粗呢紧腰大衣（这颜色在当时并不显得古怪）、一件带兜的老式大背心、一条膝头发白的黑长裤、一双黑羊毛长袜和带铜扣的厚底皮鞋。看上去就像是流亡归来的大户人家的家庭教师。看见他满头银发，满额皱纹，嘴唇苍白，脸上饱经风霜，会以为他六十多岁了。但他步态虽慢却稳健有力，一举一动都充满活力，从这点看，他又不到五十岁。他额上的皱纹生得恰是地方，仔细观察他的人会产生好感。他抿紧嘴唇时，形成一条奇特的皱纹，显得既严肃，又谦卑。他目光幽深，有说不出的宁静和忧郁。他左手拎一个用手帕包着的小包，右手拄一根从树篱上砍下来的棍子。那棍子仔细加工过，并不太寒酸；棍上的结节巧加利用，上端用红蜡画了个珊瑚红的圆头。这是根木棍，却像是手杖。

　　那条大街平时行人很少，尤其是冬天。那人似乎想避开行人，不希望接触行人，但并不装腔作势。

　　那时候，路易十八国王几乎天天都去舒瓦齐勒鲁瓦。这是他最喜欢的游玩处。下午两点钟，差不多总能看见国王的马车和扈从在医院大街飞驰而过。

　　住在这一带的穷苦女人，便把这当做钟表。她们说："现在两点了，瞧，他回杜伊勒利宫去了。"

　　于是，有的赶快跑过来，有的退到路两旁，因为一个国王经过，总是车马喧嚣。何况，路易十八在巴黎街上经过，还是挺引人注目的。他来去转瞬即逝，但威风显赫。这个腿脚不便的国王，偏偏喜欢飞奔；走不了，却要跑；双腿残缺，却偏要风驰电掣。他在马刀簇拥下经过，神态平和而严肃。那美轮美奂、金光闪闪、画着一枝枝大百合花的轿式马车辘辘驰过。人们几乎来不及看一眼。在右边的角落里，白缎软垫上，可以看见一张神色坚定、面色绯红的宽脸膛，一个戴着御鸟式假发、刚

刚扑了白粉的额头，一双高傲、冷酷和狡猾的眼睛，一副文质彬彬的笑容，一身绅士服装，佩有垂着流苏的大肩章、金羊毛骑士勋章、圣路易十字勋章、荣誉军团十字勋章、圣灵银质勋章，一个大肚子，一副宽宽的蓝绶带：这便是国王陛下。出了巴黎城，他便把饰有白羽毛的帽子放在裹着英国绑腿的膝头上；回到城里，他又把帽子戴到头上，他很少向行人致敬。他对民众冷若冰霜，民众也报之以冷淡。当他第一次在圣马尔索郊区出现时，他所获得的成功，便是一个居民对他的伙伴说的一句话："就是这个胖子在统治我们。"

因此，国王每天在同一时刻必定经过，成了医院大街的一件大事。

那个穿赭色紧腰大衣的人，显然不是本区人士，可能也不是巴黎人，因为他不知道这个情况。两点钟，当国王的轿式马车在一队穿银绦制服的侍卫骑兵簇拥下，绕过硝石库医院，出现在医院大街上时，他似乎很惊讶，甚至有点惊恐。平行侧道上只有他一个人，他赶紧躲到墙角后，不料仍被阿弗雷公爵先生看见了。那天，阿弗雷公爵先生是值勤的卫队长，坐在国王的车里，和他面对面。他对陛下说："那人不像好人。"为国王开道的警察们也注意到了，其中一人奉命跟踪。可那人已走进僻静的小巷，再说，天色渐渐暗下来，警察跟到后来就失去了踪迹。这个情况，在当晚给国务部长兼警察局长昂格雷伯爵先生的报告中得到了证实。

那个穿赭色大衣的人甩掉警察后，便加快步伐，但仍几次回头，看看还有没有人跟踪。四点一刻，也就是说，天完全黑下来的时候，他从圣马丁门剧院经过，那天正上演《两个苦役犯》。剧院的路灯照亮了一张海报，他尽管走得很快，但仍停下来看了看，他心头一震。不一会儿，他就到了小木板死胡同，他走进锡盘公寓，那里有拉尼线公共马车办事处。那趟车四点半出发。马已经套上，乘客们听到车夫的吆喝，急忙爬上马车的铁踏脚。

那人问：

"还有座位吗？"

"只有一个，前座我的旁边。"车夫说。

"我要了。"

"上来吧。"

可是，在出发前，车夫看了看那旅客寒酸的衣着和小包袱，就让他付钱。

"您去拉尼吗？"车夫问。

"是的。"那人回答。

旅客付了去拉尼的车钱。

马车出发了。出了城门，车夫想同他攀谈，那人只作简单的回答。车夫只好作罢，便吹吹口哨，骂骂牲口。

车夫裹上大衣。天气很冷。那人似乎不在意。就这样驶过了古尔内和马恩河畔纳伊。

将近六点，马车到了谢尔。车夫把车停在骡马店门口，好让马歇口气。那骡马店设在王家修道院的老房子里。

"我在这里下。"那人说。

他拿起包袱和棍子，跳下马车。转眼间，就不见他的踪影了。他没有进那家旅店。

几分钟后，车子继续开赴拉尼，在谢尔的大街上没有遇见他。

车夫回头对车里的乘客说：

"那人不是本地人，因为我不认识他。他看上去身无分文，却对钱很不在乎。他付了去拉尼的车费，却只到谢尔。天黑了，家家户户都关门了，他不住旅店，却不见他人影。他一定钻进地里了。"

那人没有钻进地里。他摸黑在谢尔的大街上大步流星地走了一段路，然后，没到教堂就向左拐，上了一条去蒙费梅的乡间小道，好像对那里很熟悉，曾经来过似的。

他沿着那条小路急步往前走。走到同连接加尼和拉尼的树木夹道的老公路交叉的地方，听见有人过来。他赶紧躲进一个坑里，等那些人走远后才出来。其实用不着这样小心，前面讲了，那是十二月的一个夜晚，天很黑很黑。天上依稀可辨三两颗星星。

山坡正是从那里开始的。那人没有回到蒙费梅的路上，而是向右拐，穿过田野，急步走进了树林。

进了树林后，他放慢脚步，一步一步往前走，仔细观察每一棵树，仿佛一边走，一边在寻找一条只有他一人知道的神秘小路。有一会儿，他好像迷了路，踌躇不前。他又摸索着前进，终于走到一块林间空地上，那里有一堆白乎乎的大石头。他连忙朝石头堆走去，透过黑夜的迷雾，像在检阅似的仔细观察每一块石头。离石堆几步远，有一棵长满树瘤的大树。他走到树边，用手在树干上摸索，仿佛想辨认和数清所有的树瘤。

那是棵白蜡树，对面有棵栗树。那栗树患有脱皮病，上面钉了块锌皮，用作保护伤口。他踮起足尖，用手摸那块锌皮。

然后，他在栗树和石堆之间的地上踩了一会儿，仿佛想证实最近是否有人在这里翻过土。

然后，他辨了辨方向，重新穿过树林。

刚才遇见珂赛特的正是这个人。

当他穿过那片矮林，向蒙费梅走去时，他看见一个小小的黑影哼哧哼哧地往前走，走了一会儿，把一个重包放在地上，歇了一会儿，又提起那包，继续往前。他走近一看，原来是一个很小很小的孩子，拎着一个很大很大的水桶。于是，他走到孩子身边，一声不响地抓住水桶的提手。

七　珂赛特和陌生人并肩走在黑暗中

刚才说了，珂赛特并不害怕。那人同她攀谈。他说话很严肃，声音几乎是低低的。

"孩子，您提的东西对您太重了。"

珂赛特抬起头，回答说：

"是的，先生。"

"给我吧。"那人又说，"我帮您拿。"

珂赛特放开水桶。那人开始和她并肩而行。

"这的确很重。"他喃喃地说。继而又问：

"孩子，你几岁了？"

"八岁，先生。"

"打水的地方远吗？"

"从树林的水泉里打的。"

"去的地方远吗？"

"足足要走一刻钟。"

那人沉默了一会儿，突然又问：

"你没有母亲？"

"不知道。"孩子回答。

那人还没来得及说话，她又补充说：

"我想没有。其他孩子有。我没有。"

她顿了一会儿，又说：

"我想，我从没有过。"

那人停下来，放下桶，弯下腰，两只手放在孩子的两只肩膀上，在黑暗中看着她，竭力想看清她的面孔。惨淡的天光下，朦胧可见珂赛特瘦削的脸孔。

"你叫什么?"

"珂赛特。"

那人好像被电击了一下。他又看了看她,然后,将手从珂赛特肩上抽回来,抓起水桶,继续往前走。

"孩子,你住在哪里?"

"蒙费梅,假如您认识的话。"

"我们是去那里吗?"

"是的,先生。"

他又停了一会儿,而后又说:

"谁让你这时候到林子里来提水的?"

"泰纳迪埃太太。"

那人接着往下说,但尽量使声音显得无动于衷,可仍让人感到有种奇怪的颤抖:

"泰纳迪埃太太是干什么的?"

"她是我东家,"孩子说,"开客栈。"

"客栈?"那人说,"那好,今天我上那里过夜。带我去。"

"我们正在去那里。"孩子说。

那人走得相当快。孩子跟上他并不费劲,她已不感到累了。她不时抬头看看那人,目光有种难以言喻的恬静和信任。从没有人教她相信上帝,祈祷上帝。但此刻,她感到心中有一种像是希望和快乐的东西在飞向天空。几分钟过去了。那人又说:

"泰纳迪埃太太家没有女用人吗?"

"没有,先生。"

"就你一个?"

"是的,先生。"

又是一阵沉默。珂赛特提高嗓门说：

"应该说，还有两个小女孩。"

"她们是谁？"

"波妮和赛玛。"

孩子把泰家婆娘两个心爱的浪漫的名字简化了。

"波妮和赛玛是谁？"

"泰纳迪埃太太的小姐。就是说，她的女儿。"

"那么，她们干什么？"

"啊！"孩子说，"她们有漂亮的娃娃，有带金的东西，有好多好多的衣服。她们玩耍，她们做游戏。"

"整天玩吗？"

"是的，先生。"

"那你呢？"

"我，我干活。"

"整天都干？"

孩子抬起一双大眼睛，里面有颗泪珠，只是天黑看不见。她低低回答说：

"是的，先生。"

她顿了一会儿，又说：

"有时候，我干完活了，人家允许的话，我也玩。"

"你玩什么？"

"能玩什么，就玩什么。没有人管我。不过，我没有许多玩具。波妮和赛玛不愿意我玩她们的娃娃。我只有一把小铅刀，就这么点长。"

孩子伸出小拇指比画了一下。

"这刀切不了东西吧？"

"能的，先生，"孩子说，"可以切生菜和苍蝇头。"

他们到了村里。珂赛特领着陌生人穿过街道。他们经过面包铺,珂赛特把买面包的事忘得一干二净。那人不再问她了,而是神情阴郁,一声不吭。走过教堂后,那人看见那些露天摊头,问珂赛特:

"这里有集市吗?"

"不,先生,是圣诞节。"

快到客栈时,珂赛特胆怯地碰了碰那人的胳膊。

"先生?"

"什么事,孩子?"

"我们快到了。"

"怎么?"

"现在能让我拿水桶吗?"

"为什么?"

"太太看见别人帮我拿,会揍我的。"

那人把水桶给了她。不一会儿,他们就到了小客栈门口。

八　接待一个可能是富人的穷人烦恼无穷

卖玩具的摊头上,还摆着那个大娃娃,珂赛特忍不住朝那边瞟了一眼才敲门。门开了。泰家婆娘拿着蜡烛出现了。

"哇!是你,小要饭的。感谢上帝!你去了这么久!这死丫头,她玩够了!"

"太太,"珂赛特战战兢兢地说,"这个先生要住宿。"

泰家婆娘马上将怒容换上了笑脸,急切地用眼睛寻找新来的客人。这种脸上的神态说变就变,是客栈老板特有的本领。

"是这位先生吗？"她说。

"是的，太太。"那人将手举到帽边，回答说。

有钱的旅客不会这样礼貌。泰家婆娘看见这个动作，又将那人的装束和行李仔细打量了一番，便收去笑容，重新换上阴沉的面孔。她冷冷地说：

"进来，老头。"

"老头"进来了。泰家婆娘又看了他一眼，特别看了看那件破旧的紧身大衣，和那顶破烂的帽子。然后，她朝仍在和车夫们一起喝酒的丈夫摇了摇头，皱了皱鼻，眨了眨眼，征求他的意见。她丈夫微微摇了摇食指，撇了撇嘴巴，在这种情况下，就是说：十足的穷鬼。于是，泰家婆娘大声说：

"啊！老汉，很抱歉，没有床位了。"

"随便哪里都行，"那人说，"顶楼，马棚。我仍按房间付钱。"

"四十苏。"

"四十苏。行。"

"好罢。"

"四十苏！"一个车夫低声对泰家婆娘说，"不是二十苏吗？"

"他就得付四十苏。"泰家婆娘仍没好气地反驳道，"穷人少于这个数，我就不让住。"

"这倒是真的。"丈夫和气地说，"让这样的人住，糟蹋了屋子。"

这时，那人已把包袱和棍子放在板凳上，坐到一张桌子上。珂赛特忙摆上酒瓶和酒杯。那位要水的商人，已提着桶给马送水去了。珂赛特又回到那张餐桌底下，织起毛袜来了。那人斟了杯酒，用嘴唇抿了抿，凝神专注地打量珂赛特。

珂赛特很丑。假如她快乐的话，或许会漂亮的。我们描绘过她那张愁苦的小脸。珂赛特面黄肌瘦。她快八岁了，看上去都不到六岁。一双深陷的忧郁的大眼睛，因经常哭泣，几乎失去了光泽。由于常年郁郁寡欢，嘴角形成一道弧线，使人想起囚徒和绝望的病人。她的手，正如她母亲猜到的那样，"长满了冻疮"。炉火此刻正照着她，只见她骨头根根突出，显得格外瘦骨嶙峋。因为她总是冷得哆嗦，所以总习惯双腿并拢。她衣衫褴褛，夏天让人怜悯同情，冬天让人惨不忍睹。她身上的衣服都是布的，没有一片毛的，且千疮百孔。她的肉到处露在外面，紫一块，青一块，说明被泰家婆娘打过。两条细腿光着，冻得通红。锁骨突出，让人见了心酸。这孩子的一切，她的步态，她的姿势，她的声音，她说话的断断续续，她的目光，她的沉默，她的一举一动，都表露和说明一个想法，那就是害怕。

害怕蔓延到她的全身，可以说，她全身都布满了害怕。她因为害怕，便将双肘夹紧腰部，脚后跟缩到裙子下，尽量少占位置，尽量少呼吸。可以说，害怕已变成了她身体的习惯，而且与日俱增。在她双眸深处，有一个惊惶恐惧的角落。

珂赛特是那样害怕，回到家里后，尽管浑身湿透了，都不敢去烤一烤火，而是一声不吭地又干起活来。

这个八岁的孩子，眼神总是那么忧郁，有时是那么凄迷，在有些时候，她似乎正在变成白痴或魔鬼。

我们说过，她从不知道什么叫祈祷，从没进过教堂的门。"我哪有这闲工夫？"泰家婆娘说。

穿赭色紧身大衣的人目不转睛地盯着珂赛特。

"对了，买的面包呢？"

珂赛特已养成习惯，只要泰家婆娘提高嗓门，她就从桌底下钻出来，现在听到那女人的喊声，她赶紧跑了出来。

她早把面包的事忘到九霄云外了。她只好撒谎。那是总处于惊恐状态的孩子常常求助的办法。

"太太，面包店关门了。"

"那你该敲门呀。"

"我敲了，太太。"

"怎么样？"

"没开门。"

"明天我就会知道是不是真的。"泰家婆娘说，"如果你撒谎，看我不揍扁你。先把十五苏还给我。"

珂赛特把手伸进围裙兜里，脸色刷地白了。那枚钱不在了。

"怎么！"泰家婆娘说，"听到没有？"

珂赛特把兜翻了个底朝天，什么也没有。这钱会到哪里去了呢？可怜的孩子张口结舌。她吓得愣在那里。

"那十五苏呢，是不是弄丢了？"泰家婆娘吼道，"要不，你就是贪污了。"

她边说，边伸手去拿挂在壁炉角上的掸衣鞭。这个可怕的动作，吓得珂赛特拼命叫喊：

"饶命！太太！太太！我以后不了。"

泰家婆娘摘下了掸衣鞭。

这时，穿赭色大衣的那个人已在背心口袋里搜了一遍，但谁也没看见他这个动作。再说，其他客人喝酒的喝酒，玩牌的玩牌，对什么也不注意。

珂赛特惶遽不安，竭力把半裸的胳膊和腿收拢并遮住。泰家婆娘举起胳膊。

"对不起，太太，"那人说，"刚才，我看见有样东西从这孩子兜里掉出来，滚到什么地方了。可能就是那枚钱。"

同时，他弯下腰，假装在地上找了一会儿。

"没错。找到了。"他边站起来边说。

他把一枚银币递给泰家婆娘。

"不错,就是这个。"

其实不是,因为那是一枚二十苏的硬币。不过,泰家婆娘认为有利可图,便把钱放进兜里,只是狠狠地瞪了孩子一眼,说:

"看你以后还敢!"

珂赛特回到被泰家婆娘称为"她的窝"的地方,一双大眼睛盯着陌生的旅客,露出了从未有过的神情。不过,现在还只是天真的惊讶,但已夹杂着愕然和信任。

"对了,您要用晚餐吗?"泰家婆娘问那旅客。

他不回答。他似乎在沉思。

"这是什么人?"她嘟囔道,"是个穷光蛋。都没钱吃饭。他付得起房钱吗?幸亏地上的钱他没想装进腰包。"

这时,一扇门打开,埃波妮和阿赛玛进来了。

的确,这是两个漂亮的小姑娘,不像是乡下人,倒像是城里人,非常可爱,一个是栗色的辫子又大又亮,另一个是两条乌黑的长辫拖在背上。两个人都很活泼,很干净,胖嘟嘟的,脸色红润,身体健康,惹人喜爱。她们穿得很暖和,尽管布料很厚,但经过母亲的精心设计,那些衣服穿在她们身上服服帖帖,漂漂亮亮,既能抵御冬天的寒冷,又洋溢着春天的气息。这两个小女孩光彩照人。此外,她们俨然是家里的小主人。她们的衣着,她们的快乐,她们的声音,无不流露出主人的身份。当她们进来时,泰家婆娘满怀钟爱地嗔怪道:

"呀!你们怎么来了!"

然后,她把她们先后拉到身边,给她们理理头发,结结饰带,接着,以母亲特有的方式,亲昵地摇了摇她们,便放开了,一面大声说:"瞧她们,衣服乱成这样!"

她们过来坐到火炉边。她们有一个玩具娃娃,她们将那娃娃在膝盖间翻来转去，快乐地叽叽喳喳。珂赛特不时地从毛线活上抬起眼睛，神情忧郁地看着她们玩。

埃波妮和阿赛玛看也不看珂赛特。对她们而言，那不过是一条狗。这三个小女孩加起来，也不到二十四岁，却代表着整整一个人类社会，一边是羡慕，一边是蔑视。

泰纳迪埃姐妹的娃娃又旧又破，颜色已褪尽，但对珂赛特来说，依然不失魅力，因为她出世以来，从没有过娃娃，拿孩子们都懂的话来说，"一个真的娃娃"。

泰家婆娘继续在屋里走来走去，蓦然，她发现珂赛特心不在焉，不在干活，而在看她的两个孩子玩耍。

"啊！可给我逮住了！"她大声嚷道，"你这叫干活吗？让我拿掸衣鞭来教你干活！"

那外乡人向泰家婆娘转过身，但没离开椅子。

"太太，"他微笑着，几乎是胆怯地说，"算了！让她玩吧！"

任何一个客人，只要在这里吃过一片羊腿肉，喝过两瓶葡萄酒，看上去不像是"穷光蛋"，如果提出这个愿望，会被当成命令。可是，一个戴这样帽子的人，竟敢有这种想法，穿这样大衣的人，竟敢提出这样的愿望，这在泰家婆娘看来，是不能容忍的。她尖刻地说：

"她要吃饭，就得干活。我不能白养活她。"

"她在干什么？"外乡人和蔼地说。这温和的语气，同他乞丐般的衣服和挑夫般的双肩，形成奇特的对照。

泰家婆娘屈尊地回答：

"对不起，是打毛袜。给我的两个女儿打的，就是说，她们已没有袜子，就要光脚了。"

那人望了望珂赛特那双冻得通红的可怜的脚，又说：

"那双袜子，她什么时候能打完？"

"这懒鬼，至少还要三四天。"

"袜子打好后，值多少钱？"

泰家婆娘鄙夷地看了他一眼。

"至少三十苏。"

"五法郎，您卖不卖？"那人又说。

"乖乖！"有个在听他们对话的车夫纵声大笑，大声说道，"五法郎！我认为太合算了！五法郎！"

泰纳迪埃以为该说话了。

"卖，先生，如果您有这个奇想的话。这双袜子，五法郎卖给您。我们不会拒绝客人的任何要求。"

"马上就得付钱。"泰家婆娘不容置辩地说。

"我买下这双袜子，"那人回答说，一面从口袋里掏出五法郎，放在桌上，又说："我付钱。"

然后，他转过身对珂赛特说：

"现在，你的活归我了。玩吧，孩子。"

那车夫看见五法郎的银币，异常激动，放下酒杯，跑了过来。

"是真的！"他仔细看了看，嚷道，"一个真正的后轮①！不是假的！"

泰纳迪埃走过来，一声不吭地把钱装进衣兜里。

泰家婆娘不敢违抗。她咬着嘴唇，满脸怨恨。

可是，珂赛特仍然战战兢兢。她壮着胆子问道：

"太太，这是真的吗？我能玩吗？"

"玩你的吧！"泰家婆娘恶狠狠地说。

"谢谢，太太。"珂赛特说。

可是，她嘴上感谢泰家婆娘，整个心却在感谢那位旅客。

---

① 后轮是五法郎银币的俗称。

泰纳迪埃又坐下喝酒了。他妻子在他耳边嘀咕：

"这个穿赭色衣服的究竟是什么人？"

"我见过一些百万富翁，"泰纳迪埃威严地说，"也穿这样的大衣。"

珂赛特放下毛线活，但仍待在桌子底下。珂赛特总是尽量少动弹。她从身后一只匣子里拿出几块破布，和一把小铅刀。

埃波妮和阿赛玛毫不留意周围发生的事。刚才，她们干了一件大事，逮住了那只猫。她们的娃娃已扔在地上。埃波妮是姐姐，她用许多红红绿绿的破衣烂布将猫裹起来，弄得猫乱扭乱叫。她一面做着这件严肃而艰巨的工作，一面用孩子们特有的似蝴蝶翅膀般光彩夺目、魅力无穷、变幻无定的美妙而可爱的语言同妹妹说话：

"瞧，妹妹，这个娃娃比那一个更好玩。她会动，会叫，摸上去热乎乎的。瞧，妹妹，我们来同她玩吧。她是我的小女孩。我是夫人。我来看望你，你瞧着她。慢慢地，你看见她的胡子，你很惊讶。你又看见她的耳朵，然后是尾巴，你又大吃一惊。你对我说：'啊！我的上帝！'我对你说：'是的，夫人，我的小女孩就是这样。现在的小女孩就是这样。'"

阿赛玛听着埃波妮说话，心里由衷地敬佩。

这时，酒客们唱起了一首轻佻的小曲，大家乐得纵声大笑，笑得天花板都震动了。泰纳迪埃给他们鼓劲儿，并且跟着唱起来。

正如鸟儿做窝，不择泥草，孩子们做娃娃，也不择材料。当埃波妮和阿赛玛用布裹猫时，珂赛特则用布裹她的刀。裹完后，她把它抱在怀里，轻轻唱起了催眠曲。

娃娃是女孩子最迫切的需要，也是最可爱的本能。照料娃娃，给它穿衣，给它打扮，穿穿脱脱，脱脱穿穿，给予教导，轻轻呵叱，轻轻摇晃，百般溺爱，哄它睡觉，把一件东西想象成人，所有这一切，意味着女人的未来。她们做着美梦，她们叽叽喳喳，她们做着小衣服，缝着小

裙子、小上衣、小内衣，就这样，小女孩渐渐变成了大女孩，大女孩变成了女人。第一个孩子是最后一个娃娃的接班人。

没有娃娃的女孩，几乎和没有孩子的女人一样不幸，而且是绝对难以想象的。

因此，珂赛特用小铅刀给自己做了个娃娃。

至于泰家婆娘，她已走到"穿赭色衣服的人"身边。

"我丈夫是对的，"她心里思忖，"他也许是拉斐特先生①。有些富豪是很可笑的。"

她把胳膊支在桌子上。

"先生……"她说。

听到"先生"二字，那人回过头来。泰家婆娘一直只称呼他"老汉"或"老头"。

"您看，先生，"她虚情假意地说，这种肉麻的神态，比凶狠的样子更令人作呕，"我很想让这孩子玩，我不反对她玩，不过，偶然玩一次还可以，因为您给了钱。您看，她什么也没有。她得干活。"

"这孩子不是您的吗？"

"啊！上帝！不是的，先生。这是个穷孩子，我们出于怜悯，把她收养了。她是个白痴。她脑袋里装的想必都是水。她的脑袋很大，正如您看到的。我们为她尽了力，我们并不富裕。我们给她老家写了好几封信，但都白写了，六个月没有回信。她母亲想必死了。"

"啊！"那人说，接着又陷入了沉思。

"那母亲不怎么样。"泰家婆娘又说，"她抛弃了自己的孩子。"

他们在谈话时，珂赛特似乎意识到他们在谈论自己，眼睛一直盯着泰家婆娘。她听不大清楚，偶尔也听到只言片语。

---

① 拉斐特，法国银行家。

那些酒客都已醉意朦胧，反复唱着那首轻佻的小曲，越唱越来劲儿。这是一种趣味高雅的轻佻，因为圣母和小耶稣也出现在歌中。泰家婆娘也和他们一起放声大笑。珂赛特在桌子底下，凝视着炉火，眸子里反射出火光。

她又开始轻轻摇摆她做的襁褓，一面摇，一面低声唱道："我的母亲死了！我的母亲死了！我的母亲死了！"

在女主人的再次坚持下，穿赭色衣服的人，那位"百万富翁"，终于同意用餐了。

"先生要点什么？"

"面包和奶酪。"那人说。

"没错，是个穷鬼。"泰家婆娘想道。

醉汉们反复唱着那首歌，而珂赛特在桌子下也在唱她的歌。

突然，珂赛特不唱了。刚才，她回过头，发现泰纳迪埃家的两个孩子已在玩猫，娃娃丢在地上，离她的桌子几步远。

于是，她扔下裹着布的并不满足她需要的小铅刀，慢慢地将厅堂环视了一遍。泰家婆娘一面数钱，一面在同丈夫窃窃私语，波妮和赛玛在玩耍，客人们有的在吃饭，有的在喝酒，有的在唱歌，没有人注意她。她抓住时机。她爬出桌子，又环视四周，确信没有人看她，便迅速爬到娃娃那里，一把抓了过来。不一会儿，她已回到她的位置上，坐着不动，只是侧过身子，让她怀里的娃娃隐蔽在黑暗中。她从没玩过娃娃，这给她带来了极大的快乐，她感到非常满足。

除了那位正慢慢吃着简单晚餐的陌生客人外，谁都没有看见。

这一快乐持续了将近一刻钟。

可是，尽管珂赛特小心翼翼，娃娃的一只脚不料"伸了出来"，被壁炉的火光照得亮亮的。这个从黑暗中露出来的光亮粉红的脚，突然吸引了阿赛玛的目光，她对埃波妮说：

"姐姐，你瞧！"

两个小姑娘一下惊呆了。珂赛特竟敢拿她们的娃娃！埃波妮站起来，怀里仍搂着猫，跑到母亲那里，扯她的裙子。

"别来烦我！"母亲说，"找我干吗？"

"妈，"孩子说，"你瞧！"

她用手指指珂赛特。珂赛特正沉浸在占有的狂喜中，什么也看不见，什么也听不到。

泰家婆娘的脸上露出了一种泼妇特有的为一点点小事便横眉怒目的表情。这次，因为自尊受到了伤害，就更是怒不可遏。珂赛特太不像话，珂赛特侵犯了"小姐们"的娃娃。女沙皇看见奴隶偷试皇太子的蓝绶带，也不过是这副嘴脸。

她扯起气得嘶哑了的嗓子，大吼一声：

"珂赛特！"

珂赛特吓了一跳，仿佛天塌地陷。她回过头。

"珂赛特！"泰家婆娘又吼了一声。

珂赛特拿起娃娃，轻轻放在地上，神情虔敬而绝望。她双手合拢，眼睛始终不离开娃娃。她搓扭着双手，这样小的孩子，竟做出这样的动作，真是惨不忍睹。她哭了。她嚎啕大哭。可她一天中经历了那么多折磨，到树林去汲水，提沉重的水桶，丢钱，看见掸衣鞭，听见泰家婆娘恶言恶语，她都没掉一滴眼泪。

那旅客已站了起来。

"怎么啦！"他对泰家婆娘说。

"您没看见？"泰家婆娘指指躺在珂赛特脚边的罪证，说道。

"那又怎么样？"那人说。

"这个贱货，"泰家婆娘回答，"竟敢动孩子们的娃娃！"

"就为这点小事大吵大嚷！"那人说，"她玩玩娃娃有什么不行？"

"她用脏手碰它了！"泰家婆娘继续说，"用她讨厌的手！"

这时，珂赛特哭得更厉害了。

"住口！"泰家婆娘吼道。

那人朝大门走去，开门出去了。

他一出去，泰家婆娘乘机把脚伸到桌子底下，踢了珂赛特一脚，孩子连声惨叫。

门重又打开，那人回来了，双手捧着前面提到过的，一整天吸引了全村小孩的妙不可言的娃娃，把它立在珂赛特面前，对她说：

"拿着，这是给你的。"

他来这里一个多小时了。他在沉思中，想必透过客栈的玻璃窗，隐约看到了对面烛火明亮的玩具摊头，可能得到了启示。

珂赛特抬起头。她看见那人捧着娃娃向她走来，仿佛看见太阳朝她走来了。她听到了从未听到过的话："这是给你的。"她看看他，又看看娃娃，继而慢慢朝后缩，躲到桌下深处的墙角里。

她不再哭，也不再叫了，仿佛连气也不敢出了。

泰家婆娘、埃波妮、阿赛玛个个惊得呆若木鸡。喝酒的也停止了喝酒。整个店里鸦雀无声。泰家婆娘瞠目结舌，沉默不语，但心里又开始捉摸起来：

"这老头是什么人？是穷人，还是百万富翁？也许两者都是，就是说，是个小偷。"

她丈夫脸上出现了意味深长的皱纹。每当占统治地位的禽兽本能充分展现时，人的脸上就会出现这样的皱纹。客栈老板看看娃娃，又看看那客人，他仿佛在嗅那个人，就像在嗅一个钱包。那不过是刹那间的事。他走近妻子，低声对她说：

"这玩意儿至少值三十法郎。别干傻事。对他俯首帖耳。"

粗俗的人和天真的人一样，态度说变就变。

"怎么，珂赛特，"泰家婆娘说道，她想使自己的声音变得温和些，但和所有坏女人一样，温和之中仍带着刻薄，"怎么不拿你的娃娃？"

珂赛特壮着胆子从她的窝里钻出来。

"我的小珂赛特，"泰家婆娘温柔地说，"先生给你娃娃。拿着吧。它是你的。"

珂赛特恐惧地望着那奇妙的娃娃。她依然满面泪珠，但她的双眸却似拂晓的晴空，露出奇异喜悦的光辉。她当时的感受，不啻听到有人对她说："孩子，您是法兰西王后。"她感到，假如她碰这个娃娃，雷电会从里面跑出来。从某一点讲，这是对的，因为她想，泰家婆娘会责骂她，还会打她。但她抵抗不住诱惑。她终于走过去，回头望望泰家婆娘，怯声怯气地说：

"我能拿吗，太太？"

这种既绝望、又害怕、又狂喜的神态，是难以诉诸笔墨的。

"当然！"泰家婆娘说，"这是你的。既然这位先生给了你。"

"真的吗，先生？"珂赛特又说，"这是真的吗？这个贵妇人是给我的吗？"

外乡人似乎泪珠盈眶。他似乎非常激动，一说话就要哭。他向珂赛特点了点头，将"贵妇人"的手塞进她的手里。

珂赛特赶紧抽回手，仿佛被"贵妇人"的手烫了一下。她低头望着地上。我们不得不说一句，那时她很想得到娃娃，都把舌头伸出老长。突然，她转过身，一把将娃娃抢了过来。

"我叫她卡特琳。"她说。

当珂赛特的破衣烂衫，同娃娃的饰带及粉红罗裙相互接触和拥抱时，那是非常奇妙的时刻。

"太太，"她又说，"我可以把她放在椅子上吗？"

"可以，我的孩子。"泰家婆娘回答。

现在，轮到埃波妮和阿赛玛用羡慕的目光望着珂赛特了。珂赛特把卡特琳放在一张椅子上，然后面对她坐在地上，出神地看着她，一动不动，默默不语。

"玩呀，珂赛特。"外乡人说。

"啊！我玩。"孩子回答。

这个外乡人，这个像是上帝派来看望珂赛特的陌生人，此刻，他成了泰家婆娘最仇恨的人。可她必须克制自己。尽管她已养成习惯，对丈夫亦步亦趋，竭力掩饰自己的真实情感，可这次的激动，却是她难以忍受的。她赶紧叫两个女儿去睡觉，继而又征得赭衣人的"同意"，让珂赛特也去睡觉，并且慈祥地加了一句："她今天很累了。"珂赛特抱着娃娃去睡觉了。

泰家婆娘不时走到厅的另一端，她丈夫所在的地方，她说是为了向他"诉说诉说"。她和丈夫交谈了几句。因为不敢大声说出，她那些话便更显得激烈：

"这个老头！葫芦里装的是什么药？跑到这里来捣蛋！要让这个死丫头玩！给她娃娃！把四十法郎的娃娃送给四十苏我就卖出去的一条狗！再过一会儿，他可能会像对待贝里公爵夫人那样，称她陛下了！莫非他神经有毛病？这个神秘兮兮的老头，是不是疯了？"

"为什么？这很简单。"泰纳迪埃回答，"这让他高兴哩！你呢，孩子干活，你高兴，他呢，孩子玩，他高兴。他有这个权利。客人只要付钱，想干什么，就可以干什么。假如这老头是慈善家，这关你什么事？如果是个傻瓜，也和你无关。既然他有钱，你管那么多干吗？"

这既是主人的说教，也是店主的生意经，二者均不容反驳。

那人胳膊支着桌子，又陷入了沉思。其他客人，不管是生意人，还是车夫，全都散开了，也不再唱了。他们以一种敬畏的神态，远远地看着他。这个人，衣衫褴褛，从口袋里掏钱却很随便，将巨人般的娃娃滥

施于穿木鞋的小叫花子,一定是个可敬又可畏的老头。

几个小时过去了。半夜弥撒已做过,夜餐已结束,酒客已离去,酒店已打烊,楼下厅堂里冷冷清清,炉火已熄灭,那外乡人仍然在那个位置上,仍然那个姿势,只是支着脑袋的胳膊肘经常换罢了。不过,珂赛特走后,他一句话也没说过。

泰纳迪埃夫妇还待在厅里,出于礼貌,也出于好奇。

"他就这样过夜吗?"泰家婆娘咕哝道。

凌晨两点敲响,她坚持不住了,便对丈夫说:

"我去睡了。你看着办吧。"

那丈夫在一个角落的桌子上坐下来,点了根蜡烛,读起《法兰西邮报》来。

这样过了足足一小时。可敬的客栈老板将那张《法兰西邮报》翻来覆去至少读了三遍,连这一期的日期和出版商的名字都没漏掉。那外乡人就是不动弹。

泰纳迪埃又是晃动,又是咳嗽,又是吐痰,又是擤鼻涕,把椅子弄得咯吱咯吱响。那人仍然一动不动。

"他睡着了吗?"泰纳迪埃心想。那人没有睡着,但什么也唤不醒他。最后,泰纳迪埃摘掉帽子,轻轻地走过去,壮着胆子问道:

"先生是不是要休息了?"

他觉得说"是不是要睡觉"过于唐突,过于随便。"休息"二字散发着奢华和尊敬。这两个字具有神秘而奇妙的特性,能使第二天早晨的账单数目大增。一个用来"睡觉"的房间,价钱为二十苏,而一个供"休息"的卧室,价值二十法郎。

"啊!"那人说,"您说得对。您的马厩在哪里?"

"先生,"泰纳迪埃满脸堆笑地说道,"我带先生去。"

他拿起蜡烛,那人拿起包袱和棍子,泰纳迪埃把他带到二楼的一个房间里。那房间富丽堂皇，一色红木家具，一张船形大床，挂着红棉布帐帏。

"这是什么地方？"客人问。

"这是我们结婚时的新房。"店主回答，"我妻子和我，我们睡另一个房间。一年只来这里住三四次。"

"睡马厩也一样。"那人生硬地说。

泰纳迪埃只当没听见这句不大客气的话。

他把壁炉上的两支新蜡烛点燃。炉膛里，一堆旺火冒着火焰。壁炉上，有个短颈大口瓶，罩着一顶银丝橙花女帽。

"这个呢，这是什么？"外乡人说。

"先生，"泰纳迪埃说，"这是我太太做新娘的帽子。"

客人看着帽子，目光仿佛在说："这个魔鬼，竟也有做处女的时候！"

其实，泰纳迪埃在撒谎。当他租下这个破屋开客栈时，这房间就是这个样子，只是添了些家具，在旧货商那里买了这簇橙花，认为这可以给他"妻子"庇荫，由此，正如英国人所说的，为他家"光耀门庭"。

客人回过头来时，店主不在了。泰纳迪埃悄然退下，连晚安也不敢道一声，不想用一种不恭的亲切对待这个人，因为第二天早晨，他打算大宰一下。

店主回到自己的房间。他妻子已躺下，但没睡着。听见丈夫的脚步声，她转过身来对他说：

"你知道，明天我要把珂赛特赶走。"

泰纳迪埃冷冷回答：

"这怎么行！"

他们没再说别的，几分钟后，熄烛睡了。

那客人把包袱和棍子放在一个角落里。店主一走，他就坐到一张安乐椅上，沉思了一会儿。然后，他脱掉鞋子，拿起一支蜡烛，吹灭了另一支，推开门，走出房间，四下环顾，仿佛在寻找什么。他穿过走廊，来到楼梯口。他听到轻微的声音，像是孩子的鼾声。他顺着声音走去，走到一个开在楼梯下的三角形凹室。这个凹室，更确切地说，是楼梯本身形成的，不过是楼梯底下的空处。那里，摆满了破篮子和破瓶子，积满了灰尘和蜘蛛网，中间有一张床。所谓床，不过是一个露出麦秸的破褥子和一条露出草垫的破被子。没有床单。这些东西直接铺在方砖地上。珂赛特睡在这张床上。

那人走过去，细细地端详她。珂赛特睡得很香。她和衣而睡。她冬天睡觉不脱衣服，可以少一些寒冷。

她搂着娃娃，娃娃的大眼睛在黑暗中闪烁。她不时地长哼一声，好像要醒来似的。她紧紧地就像是痉挛似的搂住娃娃。床边只有她的一只木鞋。

在珂赛特陋室的旁边，有一扇敞开的门，可见一个相当大的黑洞洞的卧室。外乡人走了进去。房间尽头，通过一扇玻璃门，可以看见一对并排放着的洁白的小床。那是阿赛玛和埃波妮的床。后面依稀可见一个没有帐帏的柳条摇篮，里面睡着吵了整整一个晚上的小男孩。

外乡人推测，这个房间可能和泰纳迪埃夫妇的卧室相通。他正要离开，目光接触到壁炉。这是客店里的那种大壁炉，即使生着火，也只有一点点火苗，看起来觉得寒冷。这个壁炉里没有火，连炉灰也没有，但里面有样东西引起了客人的注意。那是两只大小不一的漂亮童鞋。旅客想起了那远古的动人的习惯，每到圣诞节，孩子们总把鞋子放到壁炉里，等着仙女乘着黑夜将闪闪发光的礼物放进他们的鞋子里。埃波妮和阿赛玛决不会忘记这件事，各把一只鞋放进壁炉里了。

旅客弯下腰。

仙女，也就是她们的母亲来过了，每只鞋里各有一枚亮晶晶的十苏新币。

那人站起来，正要离开，发现炉膛最里面、最黑暗的角落里，还有另一样东西。他看了看，认出是一只木鞋，是最粗糙的木头做成的鞋，非常丑陋，已经开裂，满是炉灰和干泥。那是珂赛特的木鞋。珂赛特以孩子特有的感人肺腑的信任，也把鞋子放进了壁炉里，尽管年年失望，却毫不气馁。

一个孩子屡屡失望，却仍满怀希望，那是崇高而美好的事。

这只鞋里什么也没有。外乡人在背心兜里找了找，弯下腰，在珂赛特的木鞋里放进一枚金路易。

然后，他蹑手蹑脚地回到自己的房间里。

九　泰纳迪埃耍花招

翌日清晨，离天亮至少还有两个钟头，泰纳迪埃就来到楼下厅里了。他伏在一张桌子上，凑着烛光，手里拿着笔，正在给穿赭色大衣的客人编造账单。

他老婆站在一旁，弯着腰看他编造。彼此都不说话。一边是早已深思熟虑，另一边则是对丈夫无比虔敬，就像在观看人类思想的一个奇迹正在诞生和怒放。屋里有声音，那是百灵鸟在打扫楼梯。

泰纳迪埃足足编了一刻钟，作了些修改，就有了下面的杰作：

一号房客的账单

晚餐	3 法郎
房间	10 法郎
蜡烛	5 法郎
炉火	4 法郎
服夫	1 法郎
	共计：23 法郎

他把"服务"写成了"服夫"。

"二十三法郎!"那女人叫了起来,惊叹中夹杂着犹豫。

同所有大艺术家一样,泰纳迪埃并不满意。

"哼!"他说。

他说话的口气俨然像卡斯尔雷①在维也纳大会上开列法国赔款清单。

"泰纳迪埃先生,你是对的,他是该付这么多。"那女人低声说,仍念念不忘那人当着她两个女儿的面送给珂赛特娃娃,"这是公正的,不过太多了些。他不会付的。"

泰纳迪埃冷笑一声,说:

"他会付的。"

这声冷笑,是信心和权威的充分表现。这样说了,就该照这样做。那女人没再坚持。她开始收拾桌子,丈夫则在屋里走来走去。过了一会儿,他又说:

"我欠人家一千五百法郎呢!"

他沉思着坐到壁炉角上,脚踩在热乎乎的灰上。

"啊!"那女人又说,"你没忘了我今天要把珂赛特赶走吧?这个妖精!她和那个娃娃在吃我的心哪!我宁愿嫁给路易十八,也不愿让她多留一天!"

泰纳迪埃点着烟斗,吸了一口,答道:

"你把这账单交给那人。"

说完,他就出去了。他刚走出厅堂,那旅客就进来了。

泰纳迪埃立即跟在他后面回来了,一动不动地待在半开的门口,只有他妻子看得见。穿赭色大衣的人手里拿着棍子和包袱。

"起这么早?"泰家婆娘说,"先生要走了吗?"

---

① 卡斯尔雷(1769—1822),英国外交大臣。反法同盟打败拿破仑后,在维也纳开会制定法国赔款条约。

她一面说，一面神色尴尬地摆弄那账单，指甲在上面留下条条印痕。她令人讨厌的脸上一改常态，出现了胆怯和迟疑。

将这样一份账单，交给一个十足"穷鬼"模样的人，她感到有些为难。旅客好像心事重重，心不在焉。他回答：

"是的，太太。我要走了。"

"先生在蒙费梅没有事吗？"她又说。

"没有。我路过这里。没有事要办。太太，"他又说，"我该付多少钱？"

泰家婆娘没有作声，只把折着的账单递给他。

那人打开纸，看了看，但显然心不在焉。

"太太，"他又说，"在蒙费梅，你们生意好做吗？"

"凑合吧，先生。"泰家婆娘回答。她见客人没有发怒，深以为异。

她用一种哀恸的语调继续说：

"啊！先生，日子艰难哪！再说，在我们这个地方，有钱人很少！您看，都是小户人家。幸好有时候来个把像您这样又有钱又慷慨的客人！我们的负担可重呢。您瞧，这个丫头要花我们多少钱哪！"

"哪个丫头？"

"就是那个丫头，您知道！珂赛特！大家叫她百灵鸟。"

"啊！"那人说。

她接着又说：

"那些农民傻不傻，瞎给人家起外号！她就像只蝙蝠，哪像百灵鸟！您瞧，先生，我们不求别人施舍，但也没能力施舍别人。我们挣得不多，可开销却很大。营业税、杂税、门窗税、附加税！先生知道，政府要起钱来吓死人。再说，我自己有两个女儿。我不需要养别人的孩子。"

那人尽量以一种平静的，但仍不免带点颤抖的声音继续说：

"要是让您摆脱负担呢？"

"摆脱谁？珂赛特？"

"是啊。"

老板娘那张凶狠的红脸，顿时眉开眼笑，令人作呕。

"啊，先生！我的好先生！要了她吧，留下她吧，领走她吧，带走她吧，给她加点糖，给她配上香菌，喝了她，吃了她，愿仁慈的圣母和天国的所有圣人保佑您！"

"说定了。"

"真的？您带她走？"

"我带她走。"

"马上？"

"马上。把孩子喊来。"

"珂赛特！"泰家婆娘喊道。

"等等，"那人说，"先让我把账付清。多少？"

他扫了一眼账单，不禁大吃一惊：

"二十三法郎！"

他看着老板娘，重复说：

"二十三法郎？"

他重复这句话的语气，已不是惊叹，而是疑问了。泰家婆娘利用这个时间作好了应付的准备。她自信地说：

"当然，先生！二十三法郎。"

外乡人把五枚五法郎的硬币放在桌上。

"去把孩子找来吧。"

这时，泰纳迪埃走到屋子中间，说：

"先生只要付二十六苏。"

"二十六苏！"那女人惊叫起来。

"房间二十苏，"泰纳迪埃沉着地说，"晚餐六苏。至于孩子，我要和先生谈一谈。老婆,你走开一下。"

泰家婆娘心头一亮。她感到大演员登场了,便一声不吭地退下了。剩下他们俩时,泰纳迪埃请客人在一张椅子上坐下。客人坐下,泰纳迪埃却站着,他脸上出现了憨厚诚朴的古怪表情。

"先生,"他说,"听着,我有话要对您说。这个孩子,我很疼爱她。"

外乡人目不转睛地看着他:

"哪个孩子?"

泰纳迪埃继续说:

"说来可笑!我很喜欢她。这些钱算什么!您把一百苏的银币收回去。我喜欢的是孩子。"

"哪个孩子?"外乡人问。

"哎,我们的珂赛特!您不是想把她从我们身边带走吗?好吧,我实话实说,在真人面前不说假话,我不能同意。这孩子,她走了,我会想念的。她来的时候,一点点大。她是要花我们的钱,她是有缺点,我们是不富裕,她生一次病,我们是花了四百法郎为她买药!可是,应该为仁慈的上帝做些事嘛。她没爹没妈,我把她拉扯大。我有面包养活她,养活自己。说实话,这孩子,我很爱她。彼此都有了感情,这您明白。我这个人头脑简单,我不想多说。我爱她,这孩子,我老婆脾气不好,可她也爱她。您瞧,她就是我们的亲生孩子。我需要她在家里叽叽喳喳说说话。"

外乡人一直目不转睛地凝视他。他继续往下说。

"对不起,请原谅,先生,谁也不会把自己的孩子随随便便送给一个过路客。我说的不对吗?不过,您有钱,您看起来是好人,这也许对她是件好事呢?可是,总得弄弄清楚吧。您懂吗?假如说我让她走,我作些牺牲,我也想知道她去哪里,我不想她在我眼中消失,我想知道她去的是谁家,我就可以常去看看她,好让她知道她的好养父没有忘记她，还在关心着她。总之，有些事情是不可能的。我连您的名字都不知道。假如您把她带走了，我会说：'百灵鸟在哪里？她到什么地方去了？'至少得看一看旧证件、旧护照什么的吧。"

外乡人一直注视着他，那目光可以说直透他的内心深处。他以严肃而坚定的口吻回答说：

"泰纳迪埃先生，巴黎到这里才五里路，不用带证件。如果说我想带走珂赛特，我就会把她带走，就这样。您不会知道我的名字，您不会知道我的住处，您不会知道她在哪里。我的想法是，她今生今世不再见到您。我斩断捆在她脚上的绳子，让她离开这里。这样行不行？表个态。"

正如魔鬼和精灵根据某些迹象，便可知道一个高级天神已降临，泰纳迪埃明白，他这次是棋逢对手了。这是一种直觉，他凭着自己的敏锐和洞察力，立刻意识到了这一点。昨夜，他陪车夫们喝酒，抽烟，唱淫歌，但一晚上都在观察外乡人，像猫那样窥视他，像数学家那样研究他。他观察他，既是为了自己的利益，也是出于兴趣和本能，好像有人出钱让他干的。穿赭色大衣那人的一举一动，都没逃过他的目光。那陌生人尚未明确表露出对珂赛特的关注，他就猜到了。他发现那老头深邃的目光老是围着珂赛特转。为何如此关注？此人是谁？兜里装那么多钱，为何穿着如此寒酸？他给自己提了许多问题，却找不到答案，他又气又恼。他想了整整一夜。他不可能是珂赛特的父亲。那么是祖父？可为何不马上道明身份呢？人有了权利，总是要让人知道的。显然，此人对珂赛特没有权利。那么，他是谁？泰纳迪埃作了各种猜测。他隐约看到了一切，却又什么也没看到。不管怎样，他相信其中必有秘密，相信那人不想透露姓名，于是，当开始同他谈话时，他感到自己占着优势。可是，听到那人明确而坚决的回答，看到这个神秘人物，竟会神秘得如此简单，他又感到无能为力了。他丝毫没料到会是这样。他的推测土崩瓦解。他重新集中思想。在一瞬间，他把这一切作了思考。泰纳迪埃是一眼便能看清形势的人。他认为现在该单刀直入了。他像那些独具慧眼的伟大将领,认识到现在已到了关键时刻,于是他亮出了底牌。

"先生,"他说,"我要一千五百法郎。"

外乡人从侧袋里掏出一个旧黑皮夹,打开来,抽出三张钞票,放在桌上。然后,他把粗壮的大拇指按在钞票上,对店主说:

"把珂赛特叫来。"

这些事发生的时候,珂赛特又在干什么呢?

珂赛特醒来后,便立即跑去找她的木鞋。她在里面发现了那枚金币。那不是拿破仑金币,而是王朝复辟时期面值二十法郎的新金币,在人头像上,普鲁士小尾巴①代替了原来的桂冠。珂赛特目眩神迷。她时来运转了。她不知道什么叫金币,她从没见过,赶紧把它藏在兜里,就像是偷来似的。但她觉得这是属于她的,她猜到这礼物是谁给的,但在欣喜若狂之际,依然有一种害怕的感觉。她心满意足,更是不知所措。这样美丽而璀璨的东西,在她看来不是真的。那娃娃使她害怕,这金币也使她害怕。面对这些华丽的东西,她微微颤抖。她惟独不怕外乡人。相反,她感到放心。从昨晚起,惊喜接踵而至,她在惊喜中,在睡眠中,幼弱的小脑袋老是想起这个人。他看上去又老又穷又愁容满面,可那样富有和善良。从在树林里遇见他起,她觉得一切都好像变了。珂赛特,连空中的燕子都比她快乐,她从未感受过母亲卵翼的滋味。五年来,也就是从她记事那天起,可怜的孩子一直生活在战栗和颤抖中。她都是赤身露体地忍受北风般凛冽的苦难的摧残,现在,她感到自己穿上了衣服。从前,她心里冷冰冰的,现在却是暖融融的。她对泰家婆娘不那么充满恐惧了。她不再孤苦伶仃了,有一个人和她在一起。

她立即开始干早晨的活。那枚金路易就放在围裙兜里,昨晚那十五

---

① 普鲁士小尾巴指假发套后面拖着的尾巴。

苏的角子就是从那里掉出来的。她心里老想着这枚金币。她不敢用手摸它,却不时出神地看上五分钟。还要指出的是,边看边伸出舌头。她打扫楼梯,扫扫停停,愣着不动,忘记了扫把和整个世界,出神地望着兜里这颗闪烁的星星。

她正看得出神,泰家婆娘来了。

她是奉丈夫之命,前来找她的。她没有打她,也没有骂她,实属前所未有。

"珂赛特,"她几乎是温柔地说,"快来。"

不一会儿,珂赛特进了楼下的厅堂。

外乡人拿起带来的包袱,把它解开。里面装着八岁孩子的全套衣服:一条毛料小连衣裙、一条围裙、一件粗斜纹布内衣、一条衬裙、一条披巾、一双毛袜、一双皮鞋。全都是黑的。

"孩子,"那人说,"把这拿去,快穿上。"

天亮了,蒙费梅的居民陆续打开大门,看见通往巴黎的街上走过一个衣衫褴褛的老头,手里牵着一个小女孩,那女孩穿着丧服,怀里抱着个粉红大布娃娃。他们朝利弗里的方向走去。那是我们说的那个人和珂赛特。

谁也不认识他。至于珂赛特,她已焕然一新,没多少人认出她来。

珂赛特走了。同谁?她不知道。去哪里?她不知道。她所知道的,就是她从此离开了泰纳迪埃客栈。没有人想到同她告别,她也没想到和谁告别。她走出了这个她受憎恨和她所憎恨的家。

温顺而可怜的孩子!她的心从来都只受到压抑。

珂赛特神情严肃地往前走,睁着大眼睛瞻望天空。那枚金路易,她已放在新围裙的兜里了。她不时低下头,朝它看一眼,又望望那老头。她感到自己好像在上帝身边。

十　弄巧成拙

和以往一样，泰家婆娘任丈夫为所欲为。她期待着重大结果。那人和珂赛特走后足足一刻钟，泰纳迪埃才把她拉到一旁，将一千五百法郎拿给她看。

"就这么点！"她说。

他们结婚以来，她第一次敢于指责丈夫的行为。一句话击中了要害。

"的确，你说得对，"他说，"我是个傻瓜。把帽子给我。"

他把三张钞票折好，塞进兜里，急忙出去了。但他搞错了方向，一出门就向右拐。他向街坊打听他们的去向，有几个人对他说，曾见百灵鸟和那人朝利弗里的方向去了。他遵照他们的指点，大步向利弗里方向奔去，边走边自言自语。

"此人显然是穿破衣的百万富翁，而我是个大傻瓜。他开头给了二十苏，接着给了五法郎，后来是五十法郎，最后是一千五百法郎，却满不在乎。我应该问他要一万五千法郎才对。我得追上他。"

还有那包衣服，事先就给孩子准备好了，这一切真叫人纳闷。这里面一定有许多秘密。一旦知道了秘密，就要抓住不放。富人的秘密是吸满金子的海绵，得设法把它们挤出来。所有这些想法，在他脑海里不停旋转。"我是个大傻瓜。"他反复说道。

出了蒙费梅，到了通往利弗里的那条公路的拐弯处，就能看到那条公路无边无际地延伸在高原上。泰纳迪埃来到这里，心想应该能望见那人和珂赛特。他极目远眺，什么也没看见。他又向人打听。这就耽误了时间。有人告诉他，他要找的那个人和孩子向加尼方向的树林走去了。他又急忙去那边。

他们在他前面，但孩子走得慢，而他走得快。再说，这地方他很熟。

突然，他停下来，拍拍脑门，像是忘了什么重要东西，想返回去取。
"我该带枪来的。"他想。

泰纳迪埃属于那种双重性格的人，有时，他们悄悄来到我们中间，命运只给我们显示他们的一个侧面，我们还没来得及全面认识，他们就从世界上消失了。许多人命中注定生活在半隐半现之中。在平静平淡的环境下，泰纳迪埃完全可以做一个——我们不说是一个——人们所谓的诚实的商人，一个正直的有产者。可是，在特定情况下，某些震动会将他深藏的另一面天性激发出来，他就会变成一个恶棍。这是个魔鬼藏身的店主。撒旦可能常常蹲在他生活的破屋里，望着这个丑恶的杰作想入非非。

他踌躇片刻：

"算了！"他想，"那样他就溜了。"

他继续赶路，向前奔去，一副自信的样子，就像机敏的狐狸嗅到了一群山鹑。

果然，当他走过池塘，从贝尔维大道右侧的大片林间空地斜插过去，走到那条细草茸茸、环绕山岗、从谢尔修道院旧水渠涵洞上经过的小径时，远远瞥见一个荆棘丛上露出一顶帽子。的确是那人的帽子，这帽子曾引起过他各种猜测。荆棘丛不高。泰纳迪埃看出那人和珂赛特坐在地上。孩子小，看不见，但可以看到娃娃的脑袋。

泰纳迪埃没猜错。那人坐下让珂赛特歇口气。店主绕过荆棘丛，突然出现在他寻找的两个人面前。

"对不起，请原谅，先生，"他气喘吁吁地说，"这是您的一千五百法郎。"

他边说边递给外乡人三张钞票。那人抬起头。

"这是什么意思？"

泰纳迪埃毕恭毕敬地回答：

"先生，这就是说，我要收回珂赛特。"

珂赛特打了个寒噤，紧紧靠在老人怀里。

那人直视泰纳迪埃的眼睛，一字一顿，回答说：

"您——要——收——回——珂——赛——特？"

"是的，先生，我要把她收回。我告诉您。我考虑过了。事实上，我没有权利把她给您。您瞧，我是个老实人。这个孩子不属于我，而是属于她母亲。是她母亲把她托付给我的，我只能把她交还给她母亲。您会对我说：她母亲死了。好吧。如果是这样，我只能把她交给持有她母亲亲笔署名字据的人，写明我应该把她交给这个人。这是显然的事。"

那人不作回答，在兜里掏了掏。泰纳迪埃见他掏出那只皮夹子。店主乐不可支。

"好！"他想，"当心，他要收买我了。"

旅客打开皮夹子之前，举目四顾。周围荒无人迹。树林和山谷里，一个人影也不见。那人打开钱包，从里面抽出的不是泰纳迪埃期待的钞票，而是一张普通的小纸。他打开纸，送到客栈老板面前，说：

"您说得对。读吧。"

泰纳迪埃接过纸，读了起来：

泰纳迪埃先生：

请把珂赛特交给来人。一切零星费用，将如数付清。

此致

敬礼！

芳蒂娜

一八二三年三月二十五日于滨海蒙特勒伊

"这签名的笔迹您认得吧？"那人又说。

这是芳蒂娜的字迹。泰纳迪埃认出来了。

没什么好强辩的了。他又气又恼。气的是他原先指望的收买落空了；恼的是自己被击败了。那人又说：

"孩子既已收回，您可以留下字据。"

泰纳迪埃步步后退。

"这个笔迹摹仿得很不错。"他咕哝道，"不过算了！"

接着，他明知毫无希望，还要作最后的挣扎。

"先生，"他说，"很好。既然您就是信上提到的人。不过，您得偿还我'一切零星费用'呀。她欠我多着呢。"

那人站起来，用手指掸了掸磨破了的衣袖，因为上面有灰尘。

"泰纳迪埃先生，一月，她母亲算过，共欠您一百二十法郎；二月，您给她寄来一张五百法郎的账单；二月底，您收到三百法郎，三月初，您又收到三百法郎。您多收到了一百法郎。还欠您三十五法郎。刚才我给了您一千五百法郎。"

泰纳迪埃此刻的感受，和狼被捕兽器的钢齿咬住夹住时的感受如出一辙。

"这魔鬼是谁？"他想。

他像狼那样出击了。大胆曾使他成功过一次。

"不知姓名的先生，"他抛弃毕恭毕敬的腔调，斩钉截铁地说，"要么我收回珂赛特，要么给我一千埃居。"

外乡人平静地说：

"过来，珂赛特。"

他左手拉起珂赛特，右手从地上拾起棍子。泰纳迪埃注意到，那棍子很粗，周围荒无人影。

那人只顾带着孩子走进林子深处，留下旅店老板在那里呆若木鸡。他们越走越远。泰纳迪埃望望那人有点伛偻的宽肩膀和两只大拳头，继而又看看自己瘦弱的臂膀和拳头。

"我愚蠢之极！"他想，"既然出来打猎，竟然不带猎枪！"

然而，旅店主仍不肯善罢甘休。

"我要知道他去哪里。"他说。

于是，他开始远远跟在他们后面。他手里只剩下两样东西，一样是芳蒂娜签字的破纸，这是莫大的讽刺；另一样是一千五百法郎，这是莫大的安慰。

那人带着珂赛特朝利弗里和邦迪方向走去。他低着脑袋，走得很慢，像有满腹心事。冬天林子稀稀疏疏，泰纳迪埃远远跟在后面，仍能看得见他们。那人不时回过头来，看看有没有人跟踪。蓦然，他发现了泰纳迪埃，忙带着珂赛特钻进一个可以藏身的矮树林。

"见鬼！"泰纳迪埃说。他加快步伐。

矮树林很密，他不得不同他们拉近距离。那人走到最密的地方，突然转过身来。泰纳迪埃连忙躲在树枝后面，但于事无补，仍被那人发现了。那人不安地看了他一眼，摇摇头，继续赶路了。客栈老板继续跟在后头。就这样，他们走了二三百步。突然，那人又一次回头。他看见店主。这一次，他神态极其阴沉地看着他，泰纳迪埃感到再跟下去也是"白跟"，于是就往回走了。

十一　9430 号重新露面，珂赛特时来运转

让·瓦让没有死。

我们知道，他掉下海时，更确切地说，他跳下海时，脚上已没有铁链。他潜水游到一条停泊的船下面。那船上系着一条小艇。他设法在小

艇上躲到天黑。他又跳进海里，游到离布伦岬不远的海岸。他身上有钱，就在那里买了衣服。那时，巴拉吉埃附近有家小咖啡馆，专为越狱的苦役犯提供衣服，这是赚钱的行当。然后，像所有竭力逃避法网和社会厄运的悲惨逃犯那样，让·瓦让选择了一条隐蔽而曲折的逃跑之路。他首先在博塞附近的普拉多找到了一个藏身之地。而后，他逃到上阿尔卑斯省布里昂松附近的大维拉尔。那是摸索着向前的惶恐不安的逃跑，走的是鼹鼠的地道，不知道岔口在哪里。后来，从某些迹象，人们发现他到过安省的西弗里厄一带，到过比利牛斯省阿孔斯的名叫格朗德-德-杜梅克的夏瓦村附近，还到过佩里格附近夏佩尔-戈纳盖区的布吕尼。他到了巴黎。刚才，我们看见他在蒙费梅。

到巴黎后，他首先忙着给一个七八岁的小女孩买丧服，然后找住处。这两件事办完后，他就去了蒙费梅。

大家记得，上次他逃跑后，曾来过蒙费梅，或附近的地方。那是一次神秘的旅行，警察有所察觉。此外，大家以为他死了，这就使他周围的黑暗更深更浓。在巴黎，他偶然得到一张报纸，报道了他死的消息。他感到放心了，甚至安宁了，仿佛真的已死去。

让·瓦让把珂赛特从泰纳迪埃夫妇魔爪中救出后，当晚就到了巴黎。天黑时，他带着孩子，从蒙索门进了巴黎。他坐了一辆有篷双轮马车，行至观象台广场下了车，付了车钱，拉着珂赛特的手，乘着夜色，从卢西纳和冰库街附近的僻静街道，向医院大街走去。

对珂赛特来说，这是一个奇特而激动的日子。一路上，他们在偏僻的客店里买些面包和奶酪，躲在树篱后面啃几口，换了好几次车，步行走了好几段路。她没有叫苦，但她很累，让·瓦让也感觉到了，因为她越来越拉紧他的手。他把她背起来。珂赛特搂着卡特琳，头靠在让·瓦让的肩上。她睡着了。

第四卷　　戈博旧宅

一　戈博老爷

　　四十年前，硝石库医院一带是个非常荒僻的地方，如果有人独自去那里闲逛，沿着林荫大道一直走到意大利门，会以为已走出巴黎。说荒僻，可也有行人；说是旷野，可也有房屋和街道；说是城市，可街道就像公路，布满了车辙，长满了野草；说是村庄，可房屋很高大。这究竟是什么地方？这里有人住，却看不到人，这里很荒凉，却住着一个人；这是大都市的一条大马路，是巴黎的一条大街，夜间比森林还荒凉，白天比墓地还阴森。

　　这就是马市老区。

　　这个行人如果信步走过马市的四堵破墙，甚至穿过小银行街，首先在右边会看到一个高墙环绕的田舍花园，接着是一片牧场，耸立着一垛垛鞣料树皮，犹如一个个巨大的河狸窝，接着是一片围着的空地，堆满了木料、树根、木屑和刨花，一条大狗在上面狂吠，接着是一道很长的矮墙，已经倒塌，有一道黑色小门，像戴着孝似的，墙上长满青苔，春天开满野花，接着到了最偏僻的地段，有一座丑陋衰朽的建筑物，上面写着"禁止张贴"几个大字,最后,他便到了圣马塞尔葡萄园街的拐弯处,这是少有人知道的地方。这里有座工厂,在工厂附近,两道围墙之间,那时候有一所破房子,乍看起来颇似茅屋,其实大如教堂。它的山墙临街,因而显得狭小。几乎整座房子都被遮住了,只看见大门和一扇窗。

这座破房子只有两层。

仔细观察,首先注意到的是,那扇门不过是一间小破屋的门,而那扇窗,假如不像现在这样装在碎石墙上,而是开在方石墙里,就像是一座公馆的窗子了。

那扇门不过是由几块虫蛀的木板及几根胡乱劈成的横木条拼凑而成。打开门,一道陡峭的楼梯映入眼帘,梯级很高,积满了污泥、灰浆和尘土,楼梯和门一般宽,从街上便可见它像梯子那样陡陡地向上延伸,隐没在两堵墙的黑暗中。丑陋的门框上方,有一块狭窄的木板,中间锯了个三角形的洞,门关上后,这三角洞便成了老虎窗和气窗。门上有个用毛笔蘸着墨水两笔写就的数字:52,但在木板上方,同一支笔还胡乱涂了另一个数字:50,这就让人无所适从了。这究竟是几号?门楣说是50号,可门却反驳说:不对,是52号。在三角形的通风口里,挂着几块灰乎乎的破布,就算是帘子了。

窗很宽,也相当高,装有百叶窗和大玻璃窗框。不过,那些窗玻璃伤痕累累,用一些纸条巧妙地遮住,却显得分外触目。百叶窗散了架,与其说保护着屋内的主人,不如说威胁着屋外的行人。遮光的叶片不少地方已经掉落,天真地钉了几块竖板条,使得原来的百叶窗成了护窗板。

门看上去污秽不堪,窗尽管破破烂烂,但神态正派,它们出现在同一所房子上,恰似两个不协调的乞丐并肩而行,都是衣衫褴褛,却面貌迥异,一个生来就是乞丐,另一个曾是贵族。

楼梯通往房子的主体，非常宽敞，很像库房，已改成住房了。一条长长的走廊，犹如肠管，两侧各有几个大小不一的房间，必要时可以住人，与其说是房间，不如说是棚铺。这些房间的窗外是空地，屋内光线幽暗，丑陋不堪，凄惨阴森，屋顶和房门裂缝累累，透进寒光或冷风。这样的住宅，还有一个饶有趣味的特点，那就是蜘蛛的个儿特别大。

大门左侧临街的墙上，离地一人高的地方，有一个用砖头堵死的气窗，形成方方正正的壁龛，里面堆满了石头，那是孩子们路过时扔进去的。

这房子不久前拆去了一部分。如今剩下的部分，仍可使人想到当年的面貌。整个房子已有一百来年历史。一百年，对于一座教堂正值青年，但对一幢房屋已是老年。仿佛人的住宅和人一样短暂，而上帝的住宅却和上帝一样永存。

邮差称这幢旧宅为50—52号，可本街区的人却称作戈博旧宅。我们来讲讲这个名字的由来。

爱搜集珍闻逸事，总用别针将易忘的日期别在脑袋里的人记得，上个世纪，一七七〇年左右，巴黎夏特莱法庭有两个检察官，一个叫科博，另一个叫勒纳尔。这两个名字，拉封丹早有预见[1]。这实在太巧，同行们自然拿他们取笑。不久，最高法院里传遍了一首模仿拉封丹的歪诗：

科博老爷高高栖在案卷上，
　　嘴里叼着一张缉捕令；
勒纳尔老爷被香味吸引过来，
　　朝科博打开了话匣子：

---

[1] 科博，原文 Corbeau，勒纳尔，原文 Renard，正巧是法国寓言诗人拉封丹（1621—1695）作品中的人物乌鸦和狐狸。

"嗨｜您好……"①

这两个检察官都是正经人，听到嘲笑感到非常难堪，尤其是接踵而来的狂笑，令他们十分恼火，于是，他们决定改名换姓，向国王提出了申请。向国王呈递申请的那天，恰遇教皇的使臣和拉罗什－埃蒙红衣主教给巴里伯爵夫人穿鞋，他们一边一个，虔诚地跪在地上，当着陛下的面，给正在起床的巴里夫人穿拖鞋。国王谈笑风生，高兴地把话题从两个主教转到两个检察官身上，恩准两名法官改名易姓，或者差不多是改名易姓。科博老爷获准在名字的首字母上加一条尾巴②，科博便成了戈博；勒纳尔老爷的运气欠佳，他只获准在名字前加字母P，这样，就成了普勒纳尔③，因此，这新改的名字，不见得比原来的名字好到哪里去。

然而，据当地的传说，戈博老爷曾是医院大街50—52号的房主。那扇宏伟的大窗子，甚至是他的杰作。因此，这幢旧宅也就用戈博命名。

在50—52号对面，有一棵四分之三已枯死的大榆树，矗立在路旁的树木中间。差不多就在对面，是戈伯兰门街，直达巴黎城墙，当年街两旁没有房屋，街面没铺石块，种着发育不良的树木，随季节时而发绿，时而沾满泥浆。附近有家工厂，从屋顶上冒出阵阵硫酸盐臭味。

戈伯兰门离得很近。一八二三年时城墙还在。

这座城门使人想起凄惨的景象。这是通往比塞特④的必经之路。在帝国时期和王朝复辟时期，死犯行刑那天，就是从这里押回巴黎的。一八二九年那起神秘的凶杀案，所谓"枫丹白露门凶杀案"，也发生在这里，法院没能找到凶手，这是一件不明真相的惨案，一个没有揭开的

---

① 这首诗模仿了拉封丹的寓言诗《乌鸦和狐狸》。
② Corbeau的首字母是C，改成G后，成为Gorbeau。
③ Renard首字母前加P后，成Prenard，暗含"小偷"的意思。
④ 比塞特，巴黎南郊地名，有一个救济院，收容老年和患精神病的男子。

可怕的谜团。往前走几步，就到了不祥的克卢巴伯街，就像戏剧中发生的那样，在隆隆的雷声中，于尔巴克一刀捅死了伊夫里的牧羊女。再往前走几步，就到了圣雅克门，可见几棵截去顶的令人厌恶的榆树，那是慈善家们用来遮掩断头台的权宜之计，是店主和有产者阶层的平庸而可耻的河滩广场①，他们在死刑面前躲躲闪闪，既没有废除的气魄，也没有维持的胆量。

如果把圣雅克广场，把这个从来而且生来是阴森可怕的地方撇开不谈，那么三十七年前，这条凄凉的大街上最凄凉的地方，便是50—52号旧宅的所在地了。这里，至今依然缺少魅力。

二十五年后，有产者才开始在这里建造房屋。这是个凄惨苍凉的地方。硝石库医院的圆屋顶依稀可辨，通往比塞特的戈伯兰门近在咫尺。在这里，人们会心情忧郁，感到置身于硝石库医院②和比塞特之间，也就是置身于疯女人和疯男人之间。极目远望，只见屠宰场、城墙和寥寥可数的酷似兵营或修道院的工厂门面；到处是破房烂屋、断壁颓垣，旧墙黑得像黑裹尸布，新墙白得像白裹尸布；到处是平行排列的树木、连成一线的房屋、平淡无奇的建筑、单调乏味的直线，以及凄凉阴沉的直角。地势没有起伏，建筑千篇一律。一切都那样呆板、规则、丑陋。没有比对称更令人不舒服的结构了。因为对称会使人厌倦，而厌倦是悲哀之源。人失望了，就生厌倦。如果能想象出比受苦的地狱更可怕的东西，那就是使人厌倦的地狱。如果真有这样的地狱，那么，医院大街这个地段，可称得上是这地狱的林荫大道。

然而，当黑夜降临，光明消失时，尤其在冬天，当黄昏时的凛冽北风吹落榆树上最后几片枯叶，当天昏地黑，不见星斗，或者风吹云破、月移云碎时，那条街就突然变得格外吓人。那些成行的树木和房屋，作

---

① 河滩广场曾是王朝时期的刑场。一八〇六年起，成为巴黎市政府广场。这里用作比喻。
② 硝石库医院是硝石库的旧址，十八世纪末，成为精神病医院，专门收留女精神病人。

为无限的一段一截，隐没在黑暗中。行人不由得会想起传说的无数可怕的凶杀事件。这地方偏僻荒凉，又发生过那么多凶杀案，令人毛骨悚然。人们感到黑暗中陷阱四伏，所有的黑影都成了可疑的东西，人们看到，树与树之间有着一个个深不见底的方洞，犹如一个个墓穴。这个地方，白天丑陋不堪，晚上凄凄凉凉，夜间阴阴森森。

夏天，傍晚时分，这里那里，可见几个老妇坐在榆树脚下被雨水浸湿而发霉的凳子上。这些老太太常向行人乞讨。

此外，这个与其说古老，不如说过时的街区，从那时起，就有改观的趋势了。谁想看一看这个街区，就得赶快。每天都有细小的改变。二十年前，在旧区的旁边，建起了奥尔良火车站，至今对它的变化产生着影响。在首都的郊区，哪里建立火车站，就意味着一个郊区的死亡，一个城市的兴起。在各国人民的活动中心周围，随着强大机车的滚动声，以及这吞煤吐火的文明怪马的喘息声，充满胚芽的大地会震动起来，张开大嘴，吞没人类的旧居，吐出人类的新居。旧的房屋纷纷倒塌，新的房屋拔地而起。

自从奥尔良火车站侵入硝石库医院一带以来，圣维克多渠和植物园周围的古老小街便受到了震动，公共马车、出租马车、轿式马车汇成长流，每天两三次横冲直撞地穿过这些街道，到时候便将两侧的房屋往外挤；因为——这里，我们要指出一个奇怪而又千真万确的现象——正如太阳使大城市房屋的门面朝南生长一样，车马川流不息会使街道变宽。新生活的征象随处可见。在这个乡里乡气的旧郊区，即使是最偏僻的角落，也都铺上了石块，即使是没有行人的街道，也都开始筑起人行道。一八四五年七月的某天早晨，一个值得纪念的早晨，人们突然看见熬沥青的黑锅冒出黑烟。这一天，可以说文明来到了卢西纳街，巴黎进入了圣马尔索郊区。

二　猫头鹰和莺的巢

让·瓦让在戈博旧宅前停住脚步。他就像猛禽，选择了最偏僻的地方营造自己的巢。

他在背心兜里摸了摸，掏出一把万能钥匙般的东西，开门进去，又小心关上，背着珂赛特上了楼梯。到了楼上，他从兜里掏出另一把钥匙，打开另一扇门。他走进房间，随手关上房门。那是相当宽敞的破房间，地上放着一个床垫，还有一张桌子和几把椅子。在一个角落里，有一个冒着火苗的炉子。街上的路灯微微照亮这个贫穷的房间。里面有一间小屋，放着一张帆布床。让·瓦让把孩子抱到床边，放到床上，她仍没有醒。

他擦着火石，点着蜡烛。那都是事先放在桌上的。他和昨晚一样，开始出神地望着珂赛特，目光饱含慈祥和温柔，几乎到了失常的程度。那小女孩进入梦乡时，不知道和谁在一起，现在继续酣睡，也不知道自己在哪里，这种平静和踏实的心境，只有最强者和最弱者才会有。

让·瓦让弯下身子，吻了吻孩子的手。九个月前，他吻了她母亲的手，她也是刚刚入睡。也和上次一样，心里充满了痛苦、虔诚和悲伤。他跪在珂赛特的床边。

天已大亮，孩子还没醒来。十二月惨淡的阳光，穿过破屋的窗户，照到天花板上，拖着一缕缕长长的光线和阴影。忽然，一辆满载石头的大车，从马路上经过，犹如隆隆雷声，震得房子上下颤动。

"是，太太！"珂赛特惊醒了，喊道，"来了！来了！"

她跳下床，睡眼惺忪地向墙角伸出胳膊。

"啊！上帝！我的扫把呢！"她说。

她睁开双眼，看见让·瓦让笑吟吟的面孔。

"啊！对，真的！"孩子说，"您好，先生。"

对于快乐和幸福，孩子们总是备感亲切，立马接受，因为他们天生是幸福和快乐。

珂赛特看见卡特琳在床脚下，一把抱起来，她一面玩娃娃，一面向让·瓦让提出许许多多问题：她在哪里？巴黎大不大？泰家婆娘是不是离得很远？她是不是不会再回去了？如此等等。突然，她大声喊道："这里多漂亮！"

这只是个丑陋的破屋，可她觉得自由自在。

"我不要打扫屋子吗？"

"玩吧。"让·瓦让说。

白天就这样过去了。珂赛特不去想为什么，只知道同娃娃和老人在一起，感到说不出的幸福。

三　两种不幸合在一起便是幸福

翌日黎明，让·瓦让仍待在珂赛特身边。他一动不动，出神地望着她，等着她醒来。

他心里产生了一种崭新的感觉。

让·瓦让从未爱过。二十五年来，他形影相吊，孑然一身。他从未做过父亲、情人、丈夫、朋友。在监牢里，他凶恶、忧郁、寡欲、愚昧、粗野。这个老苦役犯的内心，是感情的空白。他的姐姐，以及姐姐的孩子，只留给他模糊而遥远的记忆，最后荡然无存了。他曾想方设法寻找过他们，但没找着，也就把他们全忘了。这是人类的天性。如果说，他青年时代也曾有过其他温情的话，也都落入深渊了。

当他看见珂赛特，当他得到了她，把她带走，使她跳出魔窟时，他感到五脏六腑都在蠢蠢鼓动。他内心的所有深情和爱心都苏醒过来，涌向孩子。他跑到她的床边，快乐得浑身颤抖。他像一位母亲那样感到肠胃抽搐，却不知道是怎么回事，因为当一颗心开始爱的时候，那种奇怪而巨大的骚动，是非常甜美，却又是不可言喻的。

一颗年老可怜的心，现在焕然一新了！

可是，他已五十五岁，珂赛特才八岁，他一生中可能有的全部爱，都化作了难以形容的父爱。

他这是第二次体会到纯洁和无邪。迪涅的主教给他指明了美德的前景，珂赛特则使他看到爱的黎明已在天际升起。

最初的几天就在这种目眩神迷的感觉中度过了。

至于珂赛特，这个可怜的小家伙！她也不知不觉地变成了另一个人。母亲离开她时，她还很小，她已记不得母亲了。孩子们好比葡萄的幼苗，遇到什么，就攀附什么。她和其他孩子一样，曾试着去爱别人。她没有成功。所有的人都排斥她，泰纳迪埃夫妇，他们的孩子，其他孩子。她曾喜欢一条狗，可它死了。从此，再没有任何东西、任何人愿意接受她。令人悲伤的是，——前面说过——，她才八岁，却已心如死灰。这不是她的错。她丝毫也不缺少爱的能力。唉！她缺少的是爱的可能。因此，从第一天起，她把她所有的感情，所有的思想，全都用来爱这个老人。她体会到一种从未有过的感觉，一种欣喜若狂的感觉。

在她眼里，这个老人一点也不老，一点也不穷。她觉得让·瓦让很漂亮，正如她感到这破屋很可爱一样。

这是晨曦、童年、青春、快乐产生的作用。新的大地和新的生活也有一定的影响。没有比照耀陋屋的绚丽而幸福的光辉更美好的东西了。我们每个人的过去，都有一个蓝色的陋屋。

让·瓦让和珂赛特之间相差五十岁，自然有道深深的鸿沟，可命运却将这鸿沟填平了。命运以不可抗拒的力量,将这两个无家可归、年龄悬殊、都很悲惨的人,骤然撮合在一起。他们互相补充。珂赛特本能地想找一个父亲,让·瓦让则本能地想找一个孩子。萍水相逢,却是一见如故。他们的两只手在相握时的神秘的那一刻,便紧紧地粘连在一起。当这两颗心互相发现时,就感到互相需要,于是紧紧地拥抱在一起。

如果用最易懂、最绝对的词来描绘,可以说让·瓦让是鳏夫,珂赛特是孤儿,他们都被坟墓的厚墙与世隔开。在这种情况下,让·瓦让天经地义地成了珂赛特的父亲。再说,在谢尔树林里,让·瓦让在黑暗中抓住珂赛特的手时对她产生的神秘印象,并不是幻觉,而是事实。这个人在这个孩子的命运中出现,无异于上帝降临她的生活中。

此外,让·瓦让选择了一个很好的藏身之地。在这里,他似乎绝对安全。

他和珂赛特住在带小室的房间里,有一扇临街的窗户。这是整座房子唯一的窗户,不必担心邻居的窥视,无论是旁边,还是对面。

这幢房子的楼下有点像棚屋,破破烂烂,给菜农停放车子,与楼上毫无联系。一层地板犹如横膈膜,将这幢破屋分成上下两层,既没有活板门,也没有楼梯。前面讲过,楼上有好几个房间和几间顶楼小室,只有其中一间住着一位老婆婆,替让·瓦让料理家务。其余的都空着。

这个老婆婆美其名曰"二房东",其实是门户看守,圣诞节那天,她把房子租给了让·瓦让。他告诉她,他靠收利息生活,西班牙息票弄得他破了产,他将同孙女一起住到这里来。他预付了六个月的房租,委托老婆婆给那房间和小室置办些家具,前面我们已看到那些家具了。就是这个老婆婆给他的炉子生了火,他们到的那天晚上,一切都已准备就绪。

一周又一周过去了。这两个人,在这寒碜的小屋里,过着幸福的日子。一清早,珂赛特便又说又笑,歌声不绝。孩子和鸟儿一样,早晨都要唱歌。

有时，让·瓦让拿起珂赛特生冻疮的红兮兮的小手，放到嘴上亲一亲。可怜的孩子挨惯了打骂，不懂是什么意思，害羞地走开了。

有时，她神情严肃地打量自己的小黑袍。珂赛特脱下了破衣裳，换上了丧服。她走出了贫困，走进了生活。

让·瓦让教她识字。他在教孩子拼读时，心中常想，他是为了做坏事，才在牢里学文化的。现在，这个想法转变为教孩子识字了。因此，这个老苦役犯沉思的脸上露出了天使般的微笑。

他感到这是上苍的安排，是上帝的意志，于是他陷入沉思中。善的想法和恶的想法一样，都是深不可测。

教珂赛特识字，让她玩耍，这差不多是让·瓦让的全部生活。此外，他给她讲她的母亲，教她祈祷。

她叫他"父亲"，她不知道他有别的名字。

他会一连几个小时，看着她给娃娃穿衣脱衣，听着她叽叽喳喳。从此，他感到生活充满了意义，世人变得善良和公正了，他心里也不再怨天尤人了。现在有了那样爱他的孩子，他觉得没有理由不活到很老很老。他看到，珂赛特有如灿烂的光辉，把他未来的日子照亮。最优秀的人也难免有私心杂念。有时他想，她将来可能不好看，心里反而觉得很高兴。

我们要把全部看法谈出来，虽然这仅仅是一点个人的想法：从让·瓦让开始喜欢珂赛特时所处的思想情况看，我们没有理由不认为，他需要这个新的补给，来使自己继续为善。他刚刚目睹了人类凶恶和社会不幸的新的形式，尽管并不全面，仅仅显示了真实的一个侧面，但芳蒂娜代表了女人的命运，雅韦尔象征着权力；他又进了监狱，不过，这次是为了行善；他又饱尝了新的痛苦，又产生了厌恶和厌倦的情绪；主教留给他的记忆，有时可能暗淡了，尽管过后依然光辉灿烂，鲜明生动，但归根结底，这个神圣的记忆越来越模糊。谁又能说让·瓦让不处在灰心和堕落的边缘呢？现在，他有了所爱，就又变得坚强了。可叹的是，他几乎和珂赛特一样步履蹒跚！他保护着孩子，而孩子使他变得强壮。多亏了他，孩子得以在人生的道路上跋涉；多亏了孩子，他才能继续前进在行善的道路上。他是孩子的支柱，孩子是他的支点。啊！命运的平衡真是神秘莫测！

四　二房东的发现

让·瓦让非常谨慎，白天从不出门。每天傍晚，他出去散步一两个小时，有时一个人，但常常带着珂赛特，专挑医院林荫大道两侧最僻静的小街，或者在天黑时走进教堂。他常去离家最近的圣梅达教堂。他不带珂赛特时，就把她交给老婆婆，不过，那孩子很高兴跟老人出去。她和卡特琳在一起虽然很开心，但更喜欢和老人出去一小时。他拉着她的手，边走边给她讲有趣的事。

有时，珂赛特会高兴得心花怒放。

老婆婆帮他料理家务，做做饭，买买菜。

虽然他们的炉子里生着火，但他们像拮据的人家那样，过着俭朴的生活。让·瓦让没有换家具，还是第一天的那些，只是将珂赛特那间小屋的玻璃门，换成了木板门。

他仍穿着那件赭色的紧腰大衣和那条黑裤子，仍戴着那顶破帽子。走在街上，大家把他当穷人。有时候，有些老太太会转过身，给他一个苏。让·瓦让收下钱，深深一鞠躬。还有些时候，他遇到乞求赐舍的穷人，便瞧瞧后面有没有人看见，悄悄走到那人身边，将一枚硬币，常常是一枚银币塞进那人手里，又急忙走开。这样做带来了麻烦。这个街区的人渐渐把他称作"乐善好施的乞丐"。

那位"二房东"老太太心胸狭窄，总用嫉妒的目光看周围的人，对让·瓦让非常注意，可让·瓦让毫无觉察。她耳朵有点聋，所以喜欢唠叨。她只剩下两颗牙齿，上面一颗，下面一颗，总爱将这两颗牙碰得格格响。她问过珂赛特许多问题，而珂赛特一无所知，什么也答不上来，只告诉她，自己从蒙费梅来。一天，这个长舌妇窥见让·瓦让走进这幢破屋的一间无人住的小屋，她觉得他神色有些特别。她像一只老猫，悄悄跟在后面，那房间的门虚掩着，她从门缝里观察，却不会被发现。当然，让·瓦让出于谨慎，背对着房门。老太太看见他从兜里掏出一个盒子、一把剪刀和一团线，把大衣下摆一个角上的里子拆开一个口子，从中抽出一张发黄的纸，并把它展开。老太太吓了一跳，原来是一张一千法郎的钞票。这种钞票，她有生以来才看到一两回。她吓得逃跑了。

过了一会儿，让·瓦让来找她，请她去把这一千法郎的钞票换开，还说这是他头天领的半年年金的利息。

"在哪领的？"老太太心里嘀咕，"他每天晚上六点才出门，这时候政府的银行肯定打烊了。"

老太太去换了钱，并且作了种种猜测。这张一千法郎的钞票，被她添油加醋评述一番后，成了圣马塞尔葡萄园街的长舌妇们议论的中心。

后来，有一天，让·瓦让脱去大衣，在走廊里锯木头。老太太在他房里干活。就她一个人在，因为珂赛特在专心地看锯木头。她见让·瓦让的大衣挂在钉上，便仔细观察：里子已缝好。老太太用手仔细捏了捏，感到衣角和袖窝里有厚厚的纸头。想必都是一千法郎的钞票！

此外，她还发现，衣袋里装着各式各样的东西，不仅有她那天看见的针线和剪刀，还有一个很大的皮夹子、一把很大的刀。另外，她还发现了一些可疑的东西，那就是几个颜色各异的假发。这件大衣的每一只口袋，似乎都装有应付不测的物品。

这幢破屋里的居民就这样迎来了冬末。

五　五法郎银币落地发出响声

圣梅达教堂附近有口被封死的公井，常有个穷人蹲在这口井的石栏上，让·瓦让经常给他施舍。他从那人面前经过，一般总要给几个苏。有时，还同他说说话。有些人嫉妒那乞丐，说他是警察。那人七十五岁，曾在教堂当过差役，嘴里总念着祷文。

一天傍晚，让·瓦让经过那里，这次没带珂赛特，他看见乞丐蹲在老地方，头顶上的路灯刚刚点亮。那人和平时一样，好像在祈祷，腰弯得很低。让·瓦让走到他身边，照例把施舍的钱放在他手里。乞丐猛然抬头，盯了他一眼，随即又低下头。那动作迅若闪电，让·瓦让打了个寒噤。他刚才在路灯昏暗的光线下看见的，似乎不是教堂老差役那张平静而快乐的脸，而是一张似曾相识的可怕的脸。他就像在黑暗中突然撞见了老虎，吓得赶快后退，不敢呼吸，不敢说话，既不敢待着，也不敢逃跑。他凝视着乞丐，可那乞丐早已低下顶着块破布的脑袋，似乎忘了面前还有人。在这奇特的时刻，也许是出于自卫的神秘本能，让·瓦让一句话也没有说。那乞丐的身材、衣服、相貌，都和平时没两样。"呸！"让·瓦让说，"我是疯了！我在做梦！这不可能！"他心绪纷扰地回家去了。

他几乎不敢承认，他看见的好像是雅韦尔的面孔。

夜里，他一直在想这件事，后悔没向那人提个问题，迫使他再抬一次头。

翌日天黑时，他又去那里。乞丐待在老地方。让·瓦让给他一个苏，鼓起勇气对他说："您好，先生。"乞丐抬起头，悲伤地说："谢谢，仁慈的先生。"是那位老差役。

让·瓦让悬着的心放了下来。他笑了。

"我在哪里看见雅韦尔了?"他想,"唉!我现在是不是眼花了?"他不再去想那件事了。

几天后,大概是晚上八点,他在房里大声教珂赛特拼读,忽听见楼下大门打开又关上。他深感奇怪。这屋里,除了他,只住着老婆婆一人,为了节省蜡烛,她总是天一黑就睡觉了。让·瓦让示意珂赛特别作声。他听见有人上楼来。可能是老婆婆,她也许病了,到药房去买药回来了。让·瓦让屏息静听。脚步很重,像是男人走路的声音。不过,老婆婆穿着笨重的皮鞋,没有比老婆婆的脚步声更像男人的了。他还是吹灭了蜡烛。

他打发珂赛特去睡觉,小声对她说:"睡吧,别出声。"他亲了亲珂赛特的额头。这时,脚步声停止了。让·瓦让静静地待着,背朝房门,仍然坐在椅子上,屏神敛气地待在黑暗中。过了相当长的一段时间,他听不见任何动静了,才轻轻转过头,举目朝房门口望去,只见锁孔里有亮光。这个亮光,不啻一颗不祥的星星,出现在黑乎乎的房门和墙壁上。肯定有人拿着蜡烛,待在门口偷听。

过了几分钟,亮光消失了。不过,他再没有听到脚步声,说明来门口偷听的人把鞋子脱了。

让·瓦让和衣倒在床上,一夜没有合眼。

天快亮时,他疲惫得昏昏欲睡,忽然被吱呀的开门声惊醒。那声音是从走廊尽头的一间顶楼小室里传来的。接着,他又听见和昨夜上楼相同的男人脚步声。脚步声越来越近。他跳下床,将眼睛贴在锁孔上。锁孔相当大,他指望趁那人经过时,看看这个夜间潜入屋里、在他门口偷听的人究竟是谁。果然有个男人从让·瓦让房门口经过,这次没有停下来。楼道里依然很暗,看不清那人的面孔。不过,当他走到楼梯口时,从外面射进来的一缕光线照亮了他的身影,让·瓦让看见了他整个背影。那人个头很高,穿着长大衣,腋下夹着短木棍。一看这吓人的外表,便知是雅韦尔。

让·瓦让本来可以试着从临街的窗口再看看那人的,但得打开窗子,他不敢。

显然,那人有钥匙。他进来时,就像进了自己的家。谁给他这把钥匙的呢?这意味着什么?

早晨七点,老婆婆进来收拾房间。让·瓦让用犀利的目光看了她一眼,但没有问她。老婆婆和平时没什么两样。

她一面扫地,一面对他说:

"昨天夜里,先生大概听见有人进来了吧?"

在她这般年纪,在这条街上,晚上八点,就是深夜了。

"真的,是听到了。"他用最自然的口吻说,"是谁?"

"屋里新来的房客。"老婆婆回答。

"那人叫什么?"

"不大清楚。杜蒙或多蒙什么的。"

"这杜蒙先生是干什么的?"

老婆婆用狡猾的目光盯着他,回答说:

"和您一样,吃利息的。"

说者也许无心,可让·瓦让听来却觉得弦外有音。老婆婆走后,他把放在壁橱里的百来个法郎卷起来,装进兜里。他非常小心,生怕人听到他在摆弄钱。可是,一枚五法郎的银币从他手里掉下来,丁零当啷地在方砖地上滚动。

傍晚时分,他下了楼,到林荫道上四下张望。一个人也没看见。大街上似乎渺无人迹。当然,也许有人躲在树后面。

他回到楼上。

"过来。"他对珂赛特说。

他拉起珂赛特的手,一道出去了。

第五卷　　猎犬在暗中默默追捕

一　　迂回策略

　　这里，我们要作一点说明，这对读下面及以后各章很有必要。

　　本书作者——很抱歉，这里不得不谈到他本人——离开巴黎已有多年[①]。从他离开后，巴黎发生了变化。一个新城拔地而起，他简直都不认识了。不用说，他热爱巴黎，这是孕育他思想的故乡。巴黎几经拆毁和重建，他年轻时的巴黎，他深深刻在记忆中的巴黎，现已成了昔日的巴黎。请允许他谈谈那时候的巴黎，就当它依然存在吧。作者把读者带到某个地方，对你说："在某条街上有某幢房子"，可是，这条街，这幢房子，现在很可能不存在了。读者愿意的话，可以去核实。至于他，他不熟悉新巴黎，他写的是旧巴黎，因为浮现在他眼前的是旧巴黎，那是他珍爱的幻觉。当他在梦幻中，看见他在国内时看见的东西，那一切历历在目，这对他来说，是极其愉快的事。只要还在故乡来来去去，你会觉得，那些街道无足轻重，那些门窗和屋顶微不足道，那些墙你视而不

[①] 一八五一年十二月，作者因反对拿破仑三世发动政变而被迫离开法国，一八七〇年九月，拿破仑三世垮台，他才得以回国。

见，那些树你认为平淡无奇，你不进去的那些房子毫无用处，你踩着铺石路面，会以为那不过是石头。后来，你离开了故乡，你会发现，那些街道，你非常珍爱，那些屋顶和门窗，你魂牵梦萦，那些墙，你极其珍视，你没进去过的房屋，你现在天天进去，而对那些铺石的街道，你牵肠挂肚。那些地方，你现在看不到了，也许永远也见不着了，它们的形象你铭记在心，它们的魅力使你缠绵悱恻，它们宛若幽灵，出现在你眼前，使你柔肠百转，它们在你眼里成了圣地，可以说，成了法国。你热爱它们，回忆它们现在的样子，回忆它们昔日的面貌，你墨守这些形象，丝毫不想改变，因为珍爱祖国的形象，如同珍爱母亲的容貌。

因此，请允许我们面对现在，谈论过去。这一点，请读者务必记住。现在，我们继续往下讲。

让·瓦让立即离开林荫大道，拐进小巷，尽量迂回而行，有时突然折回来，看看是不是有人跟踪。

这是走投无路的公鹿采用的战术。在可能会印下足迹的地方，这种反向而行的战术大有好处，尤其是能迷惑猎人和猎犬。用猎人的行话来说，这叫作"假返树林"。

那天正是月圆之夜。让·瓦让并不恼火。月亮远远挂在天边，将街道分割成一块一块，有的地方黑暗，有的地方明亮。让·瓦让可以沿着有阴影的房屋和墙壁走，一面密切注视明亮的一侧。他也许没有考虑到，这样就忽略了黑暗的一边。但是，他认为波利沃街周围的小巷非常僻静，不会有人跟在后面。

珂赛特走着，什么也不问。在她生命的最初六年中，她受尽了折磨，这使她的性格变得比较被动。再说，她不知不觉已习惯了老人的古怪和命运的奇特，这一点，以后还要多次提到。况且，和他在一起，她有一种安全感。

他们去哪里？让·瓦让不比珂赛特更清楚。他把自己交给了上帝，正如珂赛特把自己交给了他。他感到，有个比自己更强大的人也在牵着自己的手，一个看不见的人在给自己引路。此外，他心中无数，没有打算，没有计划。他甚至不能绝对肯定那人是雅韦尔，而且，即使是雅韦尔，那雅韦尔也未必知道他就是让·瓦让。他不是乔装改扮了吗？大家不是以为他死了吗？可是，最近几天发生了一些稀奇古怪的事。这些事足以引起他的警惕。他决定不再回到戈博旧宅。他犹如被逐出巢穴的动物，先寻一个藏身之洞，慢慢再找一个安身之地。

让·瓦让在穆夫塔区迷宫般的小巷里绕了好几圈，每次的路线都不相同。这一带的居民都已睡觉，似乎还像在中世纪，受着灯火管制。他用各种不同的方式，按照巧妙的策略，在纳税人街、刨花街、圣维克多棒槌街和隐士井街之间兜来转去。那一带有小客栈，但他没进去，因为找不到合适的。相反，他相信，即使有人在寻找他的踪迹，也被他甩掉了。

当圣蒂安-杜蒙教堂敲响十一点时，他正从蓬图瓦兹街14号门前经过，那里是警察分局。过了一会儿，出于前面谈到的本能，他回过头来，借着警察分局门口的路灯，清楚地看到后面跟着三个人，就在街道黑暗的一侧，离他相当近，正从路灯下鱼贯而过。其中一个走进了警察分局的小路。打头的那个人，他觉得非常可疑。

"跟上，孩子。"他对珂赛特说。他急忙离开蓬图瓦兹街。

他兜了一圈，绕过族长巷（因时间太晚，巷子已关闭），穿过木剑街和弓弩街，拐进驿站街。

那里有个十字路口，与圣热纳维埃芙新街相接，今天坐落着罗兰中学。

（不言而喻，圣热纳维埃芙新街是一条老街，而驿站街十年也不见一辆驿站快车经过。那驿站街在十三世纪住着陶器商，它真正的名字是瓷器街。）

月亮把皎洁的光洒在街口。让·瓦让躲进一个门洞里，心想，如果那几个人还跟着，当他们从月光下经过，他就能看清他们。

果然，不到三分钟，他们就出现了。他们现在是四个人，个个高头大马，穿着棕色长大衣，戴着圆帽，拿着粗棍。他们高大的个头和巨大的拳头，同他们鬼鬼祟祟地在黑暗中行走一样，令人胆战心惊。他们就像四个化作人形的幽灵。

走到街口中间，他们停下来，围在一起，好像在商量什么。他们似乎举棋不定。像是领头的那个人转过身，右手斩钉截铁地指了指让·瓦让所在的方向，另一个好像固执地指了指相反的方向。第一个人转过头来时，月光照亮了他的脸。让·瓦让清楚地认出是雅韦尔。

二　幸好奥斯特里茨桥上有车经过

让·瓦让不再怀疑了。所幸那几个人还在犹豫。他利用这个机会；对他们而言，是浪费时间，对他而言，却赢得了时间。他从藏身的门洞里出来，回到驿站街，向植物园一带走去。珂赛特开始累了，他把她抱起来。街上没有一个行人，因为是月夜，也没点路灯。

他加快步伐。

他几步就走到了戈布雷陶器店，月光把门面照得亮亮的，那条旧铭文清晰可辨：

　　祖传老厂戈布雷，
　　水壶水罐任你选，
　　花盆管砖样样有。

红心出售红方块。

他穿过钥匙街，然后是圣维克多喷泉，沿着植物园旁边的下坡路，走到塞纳河边。他又回头看了看。沿河荒无人影。街上荒无人迹。他后面一个人也没有。他松了口气。

他到了奥斯特里茨桥。

那时还要付过桥税。

他走到收过桥税的地方，付了一苏钱。

"要两苏。"残废的收税人说，"您抱着一个孩子，她会走路了。请付两个人的。"

他付了两苏，心里很恼火，怕有人注意到他从桥上经过。逃跑应该是悄悄的。

这时，一辆大车从桥上经过，和他一样，也去右岸。这对他太有利了。他可以躲在大车的阴影中穿过桥。

走到桥中间，珂赛特脚发麻，想下来自己走。他把她放下来，拉起她的手。

过了桥，他发现前面稍稍靠右的地方有几个工地。他朝那边走去。要走到那里，必须冒险穿过一个相当大的被月光照亮的空地。他没有犹豫。追捕他的人显然迷失了方向，让·瓦让认为已经脱险。是有人在追他，但没跟上。

在两个有围墙的工地之间，有一条小街，是圣安托万绿径街。那街又窄又黑，仿佛专为他而存在。他钻进去之前，又回头看了看。

从他所在之处，可以看见奥斯特里茨桥的全身。

四个黑影刚刚上桥。

这些黑影背朝植物园，向右岸走来。

这四个黑影，就是追捕他的四个人。

让·瓦让有如重落罗网的野兽,浑身颤抖。

他还有一线希望:当他牵着珂赛特的手,穿过明亮的空地的时候,那几个人尚未上桥,因而没有看见他。

假如是这样,那么,他钻进面前的这条小街,一直走到工地上,然后钻进沼泽地、庄稼地和空旷地,他就可以脱险。

他感到可以信赖这条寂静的小街。他钻了进去。

三 看一看一七二七年的巴黎地图

他走了三百步,来到一个岔路口。那条街一分为二,一条斜向左,一条斜向右。让·瓦让面前仿佛摆着Y的两个叉。选哪个好呢?

他没有犹豫,选了右边的。

为什么?

因为左边的那条路通往城郊,也就是有人的地方,而右边的路通往旷野,也就是没人的地方。

可是,他们走不快了。珂赛特的脚步慢下来,让·瓦让只好放慢脚步。

他又把她抱起来。珂赛特将头伏在老人肩上,一句话也不说。

他不时地回头望望。他一直留心让自己走在黑暗的一边。街笔直笔直。他回头张望了两三次,什么也没看见,街上寂静无声。他稍稍放了心,继续前进。过了一会儿,他又回头张望,突然,他似乎看见在他刚刚走过的那段路上,在远处的黑暗中,有个东西在移动。

他快速向前奔,而不是向前走,希望能发现一条侧巷,从那里逃出去,再次中断踪迹。

他遇到一堵墙。

那墙并不挡住去路,它竖在一条横巷边上,让·瓦让所在的街通到那条横巷上。

他再次面临抉择:向左还是向右。

他看看右边。那小巷在一些仓库或货栅之间延伸出去,最后以死胡同告终。巷底清楚可辨,那是一堵高高的白墙。

他又望望左边。这边的巷子不是死胡同,在二百步左右的地方,有一条街,小巷是那条街的岔道。走这边才能得救。

让·瓦让正要向左拐,以便从他依稀可见的位于巷端的那条街上逃生,不料,他发现巷端的拐角处,有一尊黑乎乎的塑像,一动不动地伫立在那里。

那是个人,一个男人,显然刚派去守在巷口,等着他过去。

让·瓦让望而却步。

让·瓦让所在的地方,位于巴黎的圣安托万郊区和拉佩街之间,那里最近大兴土木工程,已变得面目全非,有的说变丑了,有的说变美了。作物、库栅和老建筑物消失殆尽。如今,那里全是宽阔的新街、竞技场、马戏场、跑马场、火车站,还有一座马扎斯监狱,可想而知,进步离不开监狱。

半个世纪前,让·瓦让所在的地方,叫小皮克皮斯区,正如在传统的大众语言中,坚持把法兰西学院称作"四个学区①",喜歌剧院叫作"费多剧院"一样。圣雅克门、巴黎门、治安警察门、波舍隆街、加利奥特街、则肋司定会修士街、嘉布遣会修士街、槌球场街、垃圾街、克拉科夫树街、小波兰街、小皮克皮斯区,这些都是漂浮在新巴黎的旧名称。人民的记忆仍漂浮在过去的沉船上。

小皮克皮斯区几乎没有存在过,从来只是一个区的雏形,它像一

---

① 四个学区为:法兰西学区、庇卡底学区、诺曼学区和日耳曼学区。

座具有修道院面貌的西班牙城市。路上很少铺石，街上很少房屋。除了我们马上要谈到的两三条街外，到处是围墙和僻静，没有一家店铺，没有一辆马车，难得看到窗上亮着烛光，十点以后，家家户户全都熄灯。尽是菜园、修道院、库棚、沼地，稀稀拉拉几所矮房，围墙和房屋一般高。

这便是上个世纪的小皮克皮斯区。革命使它受尽折磨。共和国的市政官员把它拆毁、打洞、凿穿。到处堆着破砖瓦砾。三十年前，这个区渐渐被新的建筑物淹没。今天，它已荡然无存。现在没有一张巴黎地图保留小皮克皮斯区的痕迹，但在一七二七年巴黎和里昂出版的巴黎地图上清楚地标明了，一家是巴黎的德尼·蒂埃里出版社，位于石膏街对面的圣雅克街，另一家是里昂的让·吉兰出版社，位于谨慎广场服饰用品街。刚才说了，在小皮克皮斯区，有三条街构成Y形，那一竖是圣安托万绿径街，分成两个叉，左边的叫小皮克皮斯街，右边的叫波隆索街。Y两个叉的顶端，似乎由一条横杠相连。这横杠叫直墙街。波隆索街到那里终止，小皮克皮斯街从那里穿过，延伸到勒努瓦集市。从塞纳河来的人，走到波隆索街尽头，左边是突然九十度急转弯的直墙街，对面是这条街的围墙，右边是直墙街的一段延伸，是个死胡同，叫让罗死胡同。

让·瓦让就在这里。

前面说了，当他看见一个黑影守在直墙街和小皮克皮斯街的拐弯处时，就不敢再往那边走了。毋庸置疑，他被那幽灵监视了。

怎么办？

往回走来不及了。刚才，他看到身后不远的地方有东西在移动，可能是雅韦尔和他那班人。他走到街尾时，雅韦尔很可能已进入街口。看来，雅韦尔对这迷宫了如指掌，已采取措施，派人守住出口了。这些逼真的猜测，立即在让·瓦让痛苦的脑海里旋转，犹如一把灰尘，被骤风卷起。他看看让罗死胡同，一堵墙挡住去路。他又看看小皮克皮斯街，那里有人把守。他看见黑幽幽的影子，出现在月光映白的铺石路上。往前走，会落入那人的魔爪；往后退，将投入雅韦尔的虎口。让·瓦让感到有张网在缓缓向他收拢。他绝望地看看天空。

四　探寻逃路

　　要明白下面讲的故事，就必须确切了解直墙街，尤其是从波隆索街出来，进入直墙街时位于左侧的那个直角。从直墙街，直到小皮克皮斯街，几乎沿街都有房子，外表很寒酸；左侧只有一幢房屋，朴实无华，有好几个正屋，随着它们越来越靠近小皮克皮斯街，楼层也渐渐升高一两层，因此，这幢房子在小皮克皮斯街那头很高，而在波隆索街这头较低。在我们谈到的那个拐角处，就低到只有一堵墙高了。这道墙在到达波隆索街时，并不是方方正正的，角上是一个后缩的斜壁，在波隆索街和直墙街各有一个角，因此，在波隆索街的人和在直墙街的人，都看不见这个斜壁。

　　这堵墙从斜壁的两个角起，向波隆索街和直墙街延伸，在波隆索街那边一直延伸到一座房屋，即49号，在直墙街上的这段短得多，一直延伸到我们谈过的那幢黑乎乎的建筑物，将那建筑物的山墙截断，因此，在直墙街上又形成一个凹角。那山墙愁眉苦脸，只有一扇窗子，更确切地说，是两个锌皮做的护窗板，常年关着。

　　我们对这些地方的描绘，是非常准确的，肯定会唤起这地区老住户的真切回忆。

　　那斜壁完全被一个巨大而丑陋的像是门的东西占据。其实是由许多上端比下端宽的竖木条胡乱拼凑起来的,横里用长铁条连起来。旁边,有一道通车马的门,大小正常,开在这墙上不会超过五十年。

一棵菩提树从斜壁上伸出枝桠,靠波隆索街那边的墙上爬满了常青藤。

这幢房屋显得冷冷清清,像是无人居住,这对身处绝境的让·瓦让来说,颇有诱惑力。他把房子迅速扫视了一遍。他想,若能潜入屋里,或许能死里逃生。他有了个主意,也产生了一线希望。

这房屋的正面临直墙街,在正面的中间部分,每一层都有窗户,每一个窗户上都有年代悠久的铅皮漏斗。从一根总排水管上,分出许许多多小排水管,与那些漏斗相连,好像是画在正面墙上的一棵树。这些支管道弯弯曲曲,犹如攀附在旧农舍墙上的枯葡萄藤。

这些有如树枝奇怪地攀附在墙上的铅皮管和铁管,首先吸引了让·瓦让的注意力。他让珂赛特坐在地上,背靠一个石桩,叮嘱她不要作声,他自己跑到管道与地面连接的地方。也许可以从这里爬上去,潜入屋里。可那管道已破破烂烂,失去作用了,只是勉强固定在墙上。而且,这幢寂静的房子,所有的窗户都装了粗铁条,连顶楼也一样。再说,月光把整个正面照得亮亮的,守在街口的人会看见他翻墙过去。还有,珂赛特怎么办呢?如何把她弄到四层楼上去呢?

他打消了从管道爬上去的念头,贴着墙回到了波隆索街。

当他回到珂赛特所在的斜壁时,发现他在这里,谁也看不见。刚才说了,不管视线从哪里射来,都看不见他。再说,这里背着月光。另外,这里还有两个门。也许可以把门撬开。从这斜壁的墙上,伸出一棵菩提树的枝桠,墙上爬满了常青藤,说明墙后面有个园子,尽管树上没有叶子,至少,他可以在园中躲一躲,度过后半夜。

时间飞逝。必须赶快行动。

他摸摸通车马的门,发现内外都封死了。

他又怀着更大的希望，走到另一个门跟前。那门破烂不堪，加之又高又大，就更不结实，木板已腐朽，横铁条只有三根，全都生了锈。在这个腐朽的门上撬一个洞，似乎是可能的。

他仔细查看这个门，发现这原来不是门。它既无铰链，亦无门锁，中间也没有缝隙。那几根铁条横穿过去，中间没有断开。从木板裂缝中，依稀可见用水泥粗糙黏合的砾石和石头；十年前，经过这里的人还能看到。他沮丧之极，只得承认，这个外表像门的东西，不过是它背后一座建筑物的护墙板。撬开木板不难，但木板后面还有一堵墙。

五　幸亏不是煤气路灯

这时，不远处响起了沉闷而有节奏的声音。让·瓦让壮胆朝街角外看了看。七八个士兵列队出现在波隆索街上。他看见刺刀闪着寒光。他们朝他走来。

那些士兵小心翼翼，走得很慢。他看出，带头的人个子高高的，那是雅韦尔。他们走走停停。显然，他们在搜索每一个墙角，每一个门洞。

可以正确无误地猜到，那些人是巡逻队，雅韦尔路上遇见他们，就临时调用了。雅韦尔的两个手下也走在行列中。

根据他们走路的速度和所作的停留，差不多要一刻钟才能走到让·瓦让所在的地方。这真是惊心动魄的时刻。让·瓦让离这深渊只有几分钟之遥，它已第三次向他张开血盆大嘴了。现在，苦役牢不单纯是苦役牢，还将意味着永远失去珂赛特，也就是说，那将是一种坟墓里的生活。

只剩下一种可能。

让·瓦让可以说背着两个褡裢，这是他与众不同的地方。其中一个装着圣人的思想，另一个装着苦役犯的可怕才能。他视情况，在不同的褡裢中搜索。

他在土伦苦役牢里多次越狱逃跑过。大家记得，他爬墙的技术无与伦比，不用梯子，不用铁钩，只靠肌肉的力量，用后颈、肩膀、臀部和膝盖顶着，即使墙上很少有凹凸可供利用，也能顺着两面墙构成的直角，一直爬到七层楼上。二十年前，有个叫巴特莫尔的囚犯，就是靠这个本领，从巴黎法院附属监狱院子的墙角逃跑的，那个角落从此遐迩闻名，但也令人毛骨悚然。

让·瓦让看见墙上有菩提树枝，便目测一下墙的高度。大约有十八尺高。它和大楼的山墙形成一个凹角，下部有个三角形台基，大概因为这凹角太方便，砌这个台基可防人称粪虫的行人在此方便。这种保护墙角的三角形台基在巴黎屡见不鲜。

这台基约有五尺高。从台基高处到墙顶的距离，差不多只有十四尺。墙顶上是一块石头，没有人字架。

伤脑筋的是珂赛特。珂赛特不会爬墙。扔下她不管吗？让·瓦让想都不会想。可又无法带她走。像这样的爬墙非同寻常，需要付出一个人的全部力量。一点点负重，也会使他失去重心，坠落下来。

有根绳子就好了。可让·瓦让没有绳子。在波隆索街，到哪里去找绳子呢？让·瓦让要是有个王国，在这千钧一发之际，他肯定愿用它来换一根绳子。

任何危急关头，都会有闪光出现，或使我们目眩眼花，或使我们心明眼亮。让·瓦让绝望的目光落在让罗死胡同挂路灯的直角形杆子上。

那时候，巴黎街上的路灯还不是煤气灯。隔一段距离有一盏回光灯，天黑时，就把回光灯点燃。回光灯的升降用一根绳索牵引。绳索从空中横拉过街，嵌在杆子的槽里。收放绳索的绞盘锁在灯下面的小铁盒里，钥匙由点灯人保管。绳索的下半截套着起保护作用的金属套。

让·瓦让拼足力气，一个箭步跨过街，冲进死胡同，用刀尖拨开小铁盒的锁舌，不一会儿，又回到珂赛特身边。他有了绳子。与命运搏斗的人，情急生智，动作总是很麻利。

前面说了，那夜没点路灯。因此，让罗死胡同的路灯自然也是黑的，有人从它旁边经过，也不会发现它已不在原位。

可是，深更半夜，这样寂静，这样黑暗，让·瓦让神色忧虑，行为怪异，不停地跑来跑去，珂赛特开始不安起来。换了别的孩子，早就大叫大嚷了。可她只扯扯让·瓦让的衣襟。巡逻队的声音越来越近，越来越清晰。

"父亲，"她低声说，"我害怕。谁来了？"

"嘘！"那不幸人回答，"是泰家婆娘。"

珂赛特吓了一跳。他又说：

"别说话。我来对付。如果你叫，你哭，泰家婆娘就会守在那里。她是来把你抓回去的。"

然后，让·瓦让不慌不忙，然而果断准确、一步到位地干了起来，在这样的时刻，这尤其难能可贵，因为巡逻队和雅韦尔随时都可能出现，他解开领带，放在珂赛特胳肢窝下面，轻轻绕过身子，注意不碰伤她，然后把领带系在绳子的一端，打了个海员们所谓的燕子结，用牙齿咬住绳子的另一端，脱掉鞋袜，扔过墙头，登上台基，开始攀登两墙交会的凹角，那样稳健，那样自信，仿佛脚下和肘下有梯阶似的。不到半分钟，他已跪在墙头上了。

珂赛特呆呆地看着，一句话也不说。让·瓦让的嘱咐，泰家婆娘的名字，已使她吓得魂不附体。

突然，她听见让·瓦让压低嗓门喊她：

"背靠在墙上。"

她照吩咐做了。

"不要说话，不要害怕。"让·瓦让又说。

她感到自己离开了地面。她还没来得及弄明白，就已在墙头上了。

让·瓦让一把抓住她，放到背上，左手握住她的两只小手，匍匐爬到斜壁上。果不出他所料，那里有一个建筑物，屋顶从那木板门高处延伸出去，缓缓下降，屋檐离地面很近，屋顶挨着那棵菩提树。所幸的是，墙的这一边要比街那边高许多。让·瓦让瞧见地面离自己很远。

他爬到屋顶的斜面上，手还没脱离墙脊，就听见了喧闹声。巡逻队到了。雅韦尔雷鸣般的声音喊道：

"搜一下死胡同！直墙街有人把守，小皮克皮斯街也有人守着。我敢保证，他躲在死胡同里。"

士兵们扑向让罗死胡同。

让·瓦让扶着珂赛特，顺着屋顶滑下去，滑到菩提树旁，纵身跳到地上。也许是恐惧，也许是勇敢，珂赛特没有出声。她的两只手擦破了一点皮。

六　谜的开始

让·瓦让到了一个园子里。园子很大，形状怪异，阴森凄然，似乎专门造来供冬天和夜间观赏的。这是个长方形的园子，尽头有一条小径，两旁有参天杨树，角角落落长着乔木，中间是一片没有阴影的空地，孤零零长着一棵大树，还有几棵歪歪扭扭的果树，犹如一丛丛荆棘，还有几块菜地，一块甜瓜地，瓜秧的培育罩在月光下闪烁，还有一口排污水渗井。四处散布着几张石凳，黑乎乎的，好像长着苔藓。几条笔直的小

径，两旁有黑幽幽的小树。小径半边长满杂草，没有杂草的地方，覆盖着青苔。

让·瓦让身旁有座房子，他刚从那屋顶上滑下来。还有一堆柴禾，后面靠墙有尊石像，面部残缺不全，成了丑陋的怪面饰，在黑暗中若隐若现。

那房子像是个废墟，可见几间拆毁的房间，其中一间堆满了东西，似乎用作仓棚了。

那幢临直墙街并在小皮克皮斯街那头高出来的大楼，在园子里展开两个成直角的门面。园内的这两个面比临街的两个面更悲惨。所有的窗户都装了铁条。看不见任何灯光。上面几层有监狱里那样的通风口。其中一个门面的阴影投射到另一个门面上，又如一块巨大的黑布，落在园子里。

看不见其他房屋。园子深处隐没在雾霭和夜色中。不过，仍依稀可辨一些墙头，相互交错，似乎园外还有园子。还隐约看见波隆索街的矮屋顶。

很难想象出比这更荒野更僻静的园子了。园中一个人也没有。这很自然，因为是半夜。不过，这地方似乎生来就不是供人行走的，哪怕是大中午。

让·瓦让首先做的，是找到他的鞋子，把鞋穿上，然后，和珂赛特一起躲进那个仓棚。逃亡中的人总觉得藏身之地不够安全。珂赛特心里老想着泰家婆娘，和他一样，本能地缩成一团。

珂赛特索索发抖，紧紧靠着他。只听见巡逻队搜索死巷和街道的喧闹声，枪托敲击石头的当啷声，雅韦尔对布置在路口的密探的吆喝声，以及他模糊不清的咒骂声和说话声。

过了一刻钟，这种暴风雨般的嘈杂声渐渐消失。让·瓦让仍不敢呼吸。

他的手一直轻轻按在珂赛特的嘴上。

此外，他周围是那样荒凉，那样幽静，尽管喧闹声震耳欲聋，而且近在咫尺，这里却丝毫没受到惊扰。仿佛这些高墙是用《圣经》中讲到的隔音石建成。

蓦然，在这幽静中升起了另一个声音，一种柔和美妙、难以描绘的声音，多么悦耳动听，正如刚才的喧闹声多么可怕。那是一曲圣歌，从黑暗中袅袅升起，在万籁俱寂的黑沉沉的深夜，祈祷声与和声汇成炫目的光辉；那是女人的声音，但可以辨出贞女们纯洁的声调和女孩们幼稚的声调；那不是尘世间的声音，像是初生婴儿仍听得见、垂死者已经听见的声音。歌声是从俯瞰园子的黑洞洞的大楼里传出来的。当魔鬼的咆哮声渐渐远去时，仿佛天使的合唱声在黑暗中渐渐靠近。

珂赛特和让·瓦让跪下祈祷。

他们不知道是什么声音，也不知道在哪里，但这个男人和这个孩子，这个忏悔者和这个无辜者，都感到应该跪下来祈祷。

奇怪的是，那歌声尽管响起，大楼却依然荒凉。仿佛是一种超自然的歌声在一幢无人居住的房屋里响起。歌声继续。让·瓦让什么也不想了。他看到的不再是黑夜，而是蔚蓝的天空。他感到他内心中人所皆有的翅膀展开了。

歌声停止了。它也许持续了很久。让·瓦让说不清楚。心醉神迷的人，时间再长，也感到很短很短。

四周复归岑寂。街上寂寂无声，园里悄无声息。令人恐惧的和令人放心的，全都沉静了。风儿吹拂墙头的枯草，发出温和而凄凉的声音。

七　谜在继续

起风了。这表明已是凌晨一两点了。可怜的珂赛特一声不吭。她坐在他身边,头靠在他身上。让·瓦让以为她睡着了。他低头看她。珂赛特眼睛睁得大大的,像有满腹心事。让·瓦让很难过。她一直在哆嗦。

"你想睡吗?"让·瓦让问。

"我冷。"她回答。

过了一会儿,她又说:

"她还在吗?"

"谁?"让·瓦让问。

"泰家婆娘呀。"

这本是用来吓唬珂赛特的,让·瓦让早把这事忘了。

"啊!"他说,"她走了。不用再怕了。"

孩子出了口气,仿佛一个重物从她的胸口呼了出去。

地上很潮湿,棚子四面透风,北风越来越凛冽。老人脱下大衣,裹在珂赛特身上。

"这样暖和一些了吗?"他说。

"是的,父亲!"

"那好,在这里等我一会儿。我去去就来。"

他走出废墟,顺大楼而行,想找一个更好的藏身地。他遇见好几个门,但都关着。楼下的窗子全都装着栅栏。

他刚走过大楼靠里的墙角,就到了几个拱形窗下面。他看见里面有亮光。他踮起脚尖,从一扇窗子往里瞧。那几扇窗都朝向一间大厅。大厅相当宽敞,铺着大石板,内有连拱廊和石柱。只见灯光幽暗,到处是阴影。在一个角落里,有盏长明灯,亮光就是从那里发出的。大厅里阒

无一人，毫无动静。可是，仔细看过后，他好像看见石板地上有个东西，形状像个人，似乎盖着一块裹尸布。那东西趴在地上，脸朝石板，双臂平伸，身体构成十字，就像死了那样，一动不动。那阴森可怕的形体，脖子上似乎有根绳子，像蛇一样拖在地上。

整个大厅灯光幽暗，朦朦胧胧，更增加了恐怖的气氛。

从那以后，让·瓦让常说，他一生见过多少凄惨可怖的景象，但都比不上这个谜一般的形体阴森可怕；在这幽暗的地方，深更半夜，隐约望见，这形体多么神秘莫测。设想那可能是死人，会感到毛骨悚然，如果设想那可能是活人，就更是魂飞魄散了。

让·瓦让鼓足勇气，将额头贴在玻璃上，观察那东西动不动。他待了一会儿，以为待了很久，可那僵卧的东西一动不动。突然，他感到一种莫名的恐怖，慌忙逃跑了。他奔向仓棚，不敢往后看一眼。他觉得一回头，就会看见那形体挥动双臂，大步跟在他后面。

他气喘吁吁，跑到了仓棚。他双膝发软，汗流浃背。

他在哪里？谁能想象在巴黎市中心，会有这样一处坟墓？这所奇怪的房屋究竟是什么？这座充满了黑夜奥秘的大楼，在黑暗中用天使的歌声招引灵魂，等招来灵魂，又突然展现这种恐怖的景象，既已允诺打开灿烂的天国之门，却又陡然敞开凄然的地狱之门！可这确确实实是一座建筑，一座房屋，在一条街上明明有门牌号码！这绝非梦境！他要摸摸墙上的石头，才能相信这是现实。

寒冷、忧惧、不安、一夜的惊吓，使他浑身燥热，各种想法在他脑际互相冲撞。

他走到珂赛特身边。她睡着了。

八　谜上加谜

孩子头枕石头睡着了。

他在她身边坐下，默默地注视她，渐渐恢复了平静，头脑也不像刚才那样乱了。

他清楚地看到一个现实，那是他今后生活的根本：只要她在，只要有她在身边，他所需要的，都是为了她，他所担心的，也是因为她。尽管他已脱下大衣盖在珂赛特身上，却不感到寒冷。

他在沉思中，听到一种奇怪的声音，已响了一会儿了。好像有人在摇铃铛。是从园子里发出的。尽管很微弱，但听得很清楚。像是夜间牧场上牲畜脖下挂的小铃铛发出的悠忽的乐声。让·瓦让闻声回过头去。他定睛细看，见园子里有人。

好像是一个男人，在瓜田的育秧罩之间走动，时而直起身，时而弯下腰，走走停停，动作很有规律，好像在地上拖曳或铺开什么东西。那人好像是瘸子。

让·瓦让打了个哆嗦。不幸的人风吹草动都会颤抖。在他们看来，一切都与他们为敌，一切都很可疑。他们怕白天，因为白天会被看见；他们怕黑夜，因为黑夜会被抓住。刚才他发抖，是因为园子里寂无一人，现在他发抖，是因为园子里有个人。

他从虚幻的恐惧掉进了真正的恐惧。他想，雅韦尔和密探们可能没有离开，留人在街上继续监视，如果这个人发现他在园子里，就会大喊捉贼，把他交出去。他轻轻抱起熟睡的珂赛特，放到最靠里角落的一堆废家具的后面。珂赛特一动不动。

他从里面观察瓜田里那个人的行动。奇怪的是，那人一动，铃铛就响。那人走近，铃铛声也走近，那人远离，铃铛声也远离；他动作急

促,铃铛声也急促,他停下来,铃铛声也停下来。很显然,铃铛系在那人身上。可这意味着什么呢?这个像羊或牛那样脖子挂着铃铛的人究竟是谁?他想着这些问题,一面摸了摸珂赛特的手。她的手冰凉冰凉。

"啊,上帝!"他说。

他低声喊她:

"珂赛特!"

她不睁开眼睛。

他拼命摇她。她依然不醒。

"她死了吗?"他说。他站起来,浑身颤抖。

各种极其可怕的想法乱糟糟地从他脑海中闪过。有时候,可怕的假设会像一群疯子,将我们团团围住,扰得我们脑袋不得安宁。如果是我们所爱的人,我们会格外小心翼翼,就会无端生出种种疯狂的想法。他忽然想到,在寒冷的夜里,睡在露天会招致死亡。

珂赛特脸色苍白,躺在他脚边,一动不动。他听听她有没有气息。她在呼吸。但那是极其微弱的呼吸,随时都会停止。

怎样使她暖和过来呢?怎样唤醒她呢?所有与此无关的想法,全都从他头脑中消失了。他发疯似的冲出破屋。一刻钟之内,必须让珂赛特躺到一堆火前,一张床上。

九 系铃铛的人

他径直朝他望见的园子里的那个人走去,手中捏着从背心兜里掏出的一卷钱。

那人正低着头,没看见他过来。让·瓦让几步跨到他跟前。让·瓦让大声对他说：

"一百法郎！"

那人吓了一跳，抬起头来。

"今天夜里您让我借宿的话，"让·瓦让又说，"您可以挣一百法郎！"

月光照亮了让·瓦让惊慌失措的脸。

"呀！是您，马德兰老伯！"那人说。

这个名字在这幽黑的深夜，在这陌生的地方，被这陌生人这样喊出来，吓得让·瓦让连连后退。

他什么都预料到了，就没想到会这样。同他说话的，是个腰驼腿瘸的老头，衣着像个农民，左膝盖上绑着皮护膝，挂着一个相当大的铃铛。他的脸背着月光看不清。

可那老头已摘掉帽子，哆哆嗦嗦地嚷道：

"啊，上帝！您怎么会在这里，马德兰老伯？您从哪里进来的，耶稣上帝？您是从天上掉下来的！这没什么，假如您哪天掉下来，那一定是从天上。瞧您这个样子！不结领带，不戴帽子，不穿礼服！您知道吗？不认识您的人看到您这副样子，会吓坏的！不穿礼服！天哪！难道圣人现在都疯了！可是，您到底是怎么进来的？"

那老头一句接一句，像连珠炮似的，带着乡下人的特点，听来让人快慰。语气中夹杂着惊愕和纯朴。

"您是谁？这是一幢什么房子？"让·瓦让问。

"啊！老天！您太过分了！"老头嚷道，"是您把我安顿在这里的，这房子是您介绍我来的。怎么！您认不出我了？"

"认不出。"让·瓦让说，"可您怎么会认识我的？"

"您救过我的命。"那人说。

他转过身，一道月光照亮他的侧面，让·瓦让认出是福施勒旺老头。

"啊！"让·瓦让说，"是您？对，我认出来了。"

"总算认出来了！"老头用埋怨的语气说。

"您在这里干什么？"让·瓦让又说。

"瞧！我在盖我的甜瓜秧呀！"

的确，让·瓦让上前同他说话时，福施勒旺老头手里正提着一张草席，准备盖在瓜地上。他来园子里已有个把钟头，盖了相当不少了。让·瓦让从仓棚里看到的那些奇怪的动作，正是他盖瓜秧的动作。

那老头接着又说：

"我心里想：月亮很亮，快下霜了。是不是该给我的甜瓜盖件大衣了？"他爽朗大笑，看着让·瓦让，继续说道："老天！您也该披件大衣了！可是，您怎么会在这里的？"

让·瓦让感到这个人认识他，至少知道他叫马德兰，便格外小心。他拼命提问。这似乎是反宾为主了，有点不合情理。他，一个不速之客，反倒盘问起主人。

"您膝头上挂个铃铛干什么？"

"这个？"福施勒旺回答，"为了让人避开我。"

"什么？让人避开您？"

福施勒旺老头以不可描绘的神态眨了眨眼。

"嗨！这幢房子里都是女的，好多是姑娘。好像我是个危险人物。铃铛是为了告诉她们我来了。我一来，她们就躲开。"

"这幢房子是干什么的？"

"嗨！您是知道的。"

"我不知道。"

"不是您叫我到这里来做园丁的吗！"

"回答我，只当我不知道。"

"好吧，这里是小皮克皮斯女修院！"

让·瓦让想起来了。两年前，福施勒旺老头被大车压断了腿，经他

推荐,到圣安托万区的这个女修院当了园丁。是运气,也就是天意把他扔进了这个修道院。他像是自言自语地跟着说:

"小皮克皮斯女修院!"

"是啊,不过,"福施勒旺又说,"您怎么能进来的,您,马德兰老伯?您尽管是圣人,但您是男人,男人是进不来的。"

"可您在这里呀。"

"就我一个男人。"

"不过,"让·瓦让又说,"我得留下来。"

"啊,上帝!"福施勒旺惊叫起来。

让·瓦让走近老头,严肃地对他说:

"福施勒旺老爹,我救过您的命。"

"是我首先想起来的。"福施勒旺回答。

"那好,我从前为您做的,今天您可以为我做一次。"

福施勒旺用颤颤巍巍满是皱纹的双手,握住让·瓦让那双健壮的手,几秒钟说不出话来。最后他大声说:

"啊!如果我能回报您一次,那是仁慈的上帝对我的恩宠。我!救您的命!市长先生,您要我这老头干什么,尽管吩咐!"

老头高兴得眉开眼笑。从他的脸上,仿佛发出了一道光芒。

"您要我干什么?"他又说。

"我会告诉您的。您有房间吗?"

"我有一个孤立的木板屋,在那边,老修院废墟的后面,一个谁也看不见的角落里。有三个房间。"

果然,那木板屋藏在那废墟后面,藏得那样隐蔽,谁也看不见,让·瓦让也没看见。

"好,"让·瓦让说,"现在我要您做两件事。"

"哪两件,市长先生?"

"第一，不要把您知道的关于我的情况告诉任何人。第二，不要问更多的情况。"

"我依您。我知道，您不会做坏事，您从来都是替上帝行事。再说，是您把我安顿在这里的。这与您有关。我听您的吩咐。"

"一言为定。现在，跟我来。我们去找孩子。"

"啊！"福施勒旺说，"有个孩子！"

他没再多说一句，就像狗跟着主人，跟让·瓦让走了。

不到半小时，珂赛特就睡在老园丁的床上了。屋里有旺旺的炉火，珂赛特脸色转红了。让·瓦让重新结上领带，穿上大衣，从墙上扔进来的帽子，他也找到了，并捡了回来。当让·瓦让穿大衣的时候，福施勒旺解下带铃铛的护膝，挂在背篓旁的一个钉子上，现在，它成了墙上的装饰物。福施勒旺在一张桌上摆了一块奶酪、一块黑面包、一瓶酒和两只玻璃杯，两人胳膊肘支着桌子，烤起火来。老头把手放到让·瓦让的膝头，对他说：

"哈！马德兰老伯！您一上来没有认出我！您救了别人的命，过后就忘了！啊！这不好！人家都还记着您！您没心肝！"

十　雅韦尔为何扑空

刚才我们看到的事，其实内情非常简单。

那天夜里，雅韦尔在芳蒂娜垂死的床前逮捕了让·瓦让，当天夜里，让·瓦让就从滨海蒙特勒伊市监狱逃跑了。警方猜测，在逃苦役犯可能去了巴黎。巴黎是个吞没一切的大漩流，进了这个人的漩流，如同进了海的漩流，一切都消失得无影无踪。任何森林都不如这个人流藏得

住一个人。对此，形形色色的亡命之徒都十分清楚。他们逃到巴黎，犹如跳进无底深渊；有些无底深渊确实是避难之所。警方也深知这点。别处丧失的线索，就到巴黎来寻找。于是，他们来这里寻找前滨海蒙特勒伊市长。雅韦尔被召来巴黎，负责侦查。果然，他为重新抓获让·瓦让立下了汗马功劳。雅韦尔在此案中表现出来的热忱和智慧，受到了夏布耶先生的注意，此人在昂格莱伯爵主管的巴黎警察局里任秘书。再说，夏布耶先生原本就提携过雅韦尔，这次又把滨海蒙特勒伊的警探调到了巴黎警察局。在巴黎，雅韦尔各个方面都表现得很出色，而且，我们要说，——尽管对于从事这种工作的人，这样说是多此一举——，他办事光明正大。

此后，他也就不再想起让·瓦让了，正如天天围猎的狗，看到今天的狼，便会忘掉昨天的狼。直到一八二三年十二月，他读了一张报纸，才又想起他。雅韦尔从不读报，他是保王党人，一天，他想知道"亲王大元帅①"凯旋进入巴荣讷城的详细情况，鬼使神差般地看起报来。他读完有关报道后，某页下端的一个名字，让·瓦让的名字，引起了他的注意。文章说，让·瓦让死了，说得有根有据，雅韦尔深信不疑。他只说了句："真是个好下场！"他扔掉报纸，不再想这事了。

过了段时间，巴黎警察局收到塞纳-瓦兹省警察厅关于拐骗儿童的通告，据说，案子发生在蒙费梅镇，案情比较特殊。通告说，一个被母亲寄养在当地一家客店里的七八岁的小女孩，被一个陌生人拐走了。小女孩名叫珂赛特，是一个名叫芳蒂娜的妓女的孩子，那妓女已在医院里去世了，时间和地点不详。雅韦尔看了这份通告，感到困惑不解。

芳蒂娜的名字他很熟悉。他记得，让·瓦让曾请求他宽延三天，去找那女人的孩子，他，雅韦尔，听后哈哈大笑。他记得，让·瓦让在巴

---

① 这里，亲王大元帅指昂古莱姆公爵。一八二三年四月，他率十万法军入侵西班牙，镇压那里的资产阶级，回国第一站便是与西班牙为邻的法国小城巴荣讷。

黎被捕时，正要上一辆开往蒙费梅的马车。当时，有迹象表明，他是第二次乘这趟车，前一天，他就到过蒙费梅村周围的地方，因为没有人看见他到过村里。他去蒙费梅干什么？谁也猜不到。雅韦尔现在明白了。芳蒂娜的孩子在那里。让·瓦让去找那个孩子。可是，那孩子现在被一个陌生人拐走了。这陌生人会是谁？是不是让·瓦让？可让·瓦让明明死了呀。雅韦尔谁也没告诉，便到小木板死胡同，乘坐锡盘车行的双轮公共马车，直奔蒙费梅。

他本以为到那里便可弄个水落石出，不料如堕烟海。

最初几天，泰纳迪埃夫妇非常恼火，就把事情说了出去。百灵鸟失踪的消息，传得满村风雨。很快就出现了好几种说法，传来传去，竟变成了拐骗孩子。于是，塞纳-瓦兹省就送交了那份通告。可是，泰纳迪埃发过火后，凭着他令人赞叹的本能，很快意识到惊动检察官绝无好处，要是他就"拐骗"珂赛特起诉，会引火烧身，会把法院晶亮的眼睛，引到他做过的许多不清不白的事情上。猫头鹰最忌讳的，便是有人把点燃的蜡烛放到它跟前。首先，他收了人家一千五百法郎，如何自圆其说。于是，他来了个急转弯，并把老婆的嘴堵住，再有人同他谈"拐骗孩子"一事，他便故作惊讶。他说，他自己也不清楚；当然，那人把他心爱的孩子这样快就"带"走，他曾抱怨过，他喜欢她，想再留她住两三天；可人家是祖父，来接他的孩子天经地义。他加了个祖父，这大有好处。雅韦尔来蒙费梅时，听到的正是这个故事。出了个祖父，让·瓦让便摆脱了干系。

不过，雅韦尔就泰纳迪埃编造的故事提了几个问题，以探虚实。"这祖父是谁？叫什么名字？"

泰纳迪埃爽快地回答：

"是个有钱的种地人。我看过他的身份证。我想，他叫纪尧姆·朗贝尔先生。"

朗贝尔是个善良而令人放心的名字。雅韦尔便回巴黎了。

"让·瓦让肯定死了,"他想,"我是个傻瓜。"

他又把这件事抛置脑后。直到一八二四年三月,他听人谈起一个怪人,住在圣梅达教区,外号叫"乐善好施的乞丐"。传说此人靠年息生活,谁都不知道他的真名实姓,和一个八岁的小女孩住在一起,那孩子只知道自己来自蒙费梅,其他一无所知。蒙费梅!这个名字经常听见,引起了雅韦尔的警觉。有个做密探的老乞丐,曾是教堂的杂役,常受到那人的施舍,他提供了一些细节。"这个靠年息生活的人非常孤僻""只在晚上出门""不和任何人说话""偶尔和穷人谈几句""不让人接近""穿一件破破烂烂的黄色紧腰大衣,价值数百万,因为里面缝满了钞票"。这些传说显然引起了雅韦尔的好奇心。为了从近处看看这个靠年息生活的怪人又不至于惊动他,一天,他向那教堂杂役借了破衣服,去蹲在那人每晚蹲着的边念祷文边侦探的地方。

那"形迹可疑"的人果然走到乔装打扮的雅韦尔面前给他施舍。此时,雅韦尔抬起头,让·瓦让一惊,以为看到了雅韦尔,雅韦尔也一惊,以为认出了让·瓦让。

可那时天色已黑,可能会认错人;让·瓦让的死是官方公布的;雅韦尔心存疑虑,且是重大疑虑。雅韦尔是个一丝不苟的人,没有把握决不抓人。

他跟踪这个人直到戈博旧宅,向那"老婆子"了解情况。这不是难事。老婆子向他证实,那人大衣里面缝了百万法郎,还讲了那一千法郎的故事。她亲眼看见了!她亲手摸到过!雅韦尔租了个房间。当晚就住了进来。他到那神秘房客的门口偷听,希望听到他的声音,可让·瓦让从锁孔中发现了烛光,没有吭声,密探的阴谋归于失败。

第二天,让·瓦让便溜走了。可那枚五法郎银币掉在地上,引起了老婆子的警觉:她听到银币滚动的声音,心想他要搬家,马上报告了雅韦尔。夜里，当让·瓦让出门时，雅韦尔已带了两个人，躲在马路的树后面等候他了。

雅韦尔向警察局请求派人协助，但没告知要抓的那个人的姓名。这是他的秘密，他保守这秘密有三个理由：首先，稍有不慎，便会打草惊蛇；其次，让·瓦让是个在逃的老苦役犯，大家都以为他死了，法院案底曾把他归入"最危险的坏人"，抓住这样一个罪犯，无疑是了不起的功绩，巴黎警局的资深探员决不会把功劳留给雅韦尔这个新来的人，他担心别人会把他的苦役犯抢走；最后，雅韦尔是个艺术家，喜欢给人意外。他不喜欢事先就把可能的成绩张扬出去，谈得久了，就会失去新鲜感。他喜欢暗中设计自己的杰作，而后突然公布于众。

雅韦尔跟在让·瓦让后面，从一棵树到另一棵树，从一个街角到另一个街角，一刻也没失去目标。即使让·瓦让自以为最安全的时候，也没能逃脱雅韦尔的视线。

为什么雅韦尔不逮捕让·瓦让呢？因为他还有些疑惑。

应该回想一下，那时候警察不能为所欲为，新闻自由使他们的行动受到束缚。报界曾揭露过几起随意的逮捕，在议会里引起强烈反响，致使警局畏首畏尾，缩手缩脚。侵犯人身自由，可是件严重的事。警察怕抓错了人，警局会降罪于他们；一出错便会砸掉饭碗。请想象一下，一条小新闻，被二十家报纸转载，会是怎样的后果："昨天，一位白发苍苍的老祖父，靠年息生活的可敬老人，同八岁的孙女散步时被捕，作为在逃苦役犯，送至警局拘留所！"

此外，前面已说过，雅韦尔自己也有顾虑，除了警察局长再三叮嘱要小心谨慎，他自己的良知也嘱咐他不要莽撞。他的确没有十分的把握。

让·瓦让背朝着他，走在黑暗中。

忧愁、不安、焦虑、疲惫，加之今天又遭不幸，被迫夜里逃跑，在巴黎乱走乱撞，为珂赛特和自己寻找藏身之地，而且必须放慢脚步，使珂赛特能跟上，这一切，使让·瓦让不知不觉改变了步态，变得老态龙钟，致使雅韦尔所代表的警察可能产生错觉，而且，也确实产生了错觉。另一方面，他不可能走得很近，那人的衣着像个流亡家庭教师，泰纳迪埃说他是祖父，还有，相信让·瓦让已死在苦役牢里，这一切，使雅韦尔头脑中的疑惑越来越多。

有一会儿，他真想突然上前查看证件。可转念一想，这个人也许不是让·瓦让，也不是善良正直靠年息生活的老人，而很可能是一个深深地巧妙地参与策划巴黎所有罪行的坏人，是某个黑帮的老大，给人施舍是为了掩人耳目，这是强盗们的老伎俩。他有同党，同谋，有备用住宅，可能会躲到那里去。他在街上迂回而行，说明他不是一个简单的老头。过早逮捕他，无疑是"杀鸡取蛋"。等一等再下手，有什么不好？雅韦尔确信他逃不了。于是，他困惑地跟在后面，心里对这个谜一般的人物提出一百个问题。

只是到了很晚的时候，在蓬图瓦兹街，多亏一家小酒店射出的亮光，他才真正认出让·瓦让。

在这世界上，只有两种生物激动起来心都会颤抖：失而复得孩子的母亲和失而复得猎物的老虎。雅韦尔高兴得心头发颤。

当他肯定那人是可怕的苦役犯让·瓦让之后，发现自己只有三个人，就去蓬图瓦兹街警察分局求援。

在抓有刺的棍子之前，先得戴上手套。

这样就耽搁了一会儿，加之在罗兰街口停下来和手下人商量，他差点失去目标。但他很快就猜到，让·瓦让一定想过塞纳河，把追捕的人甩在河这边。他低头沉思，有如猎犬，将鼻子贴到地上，以便嗅出踪迹。雅韦尔凭着他正确无误的本能，径直朝奥斯特里茨桥走去。问了收税员一句话，他心里便踏实了："您见过一个男人和一个小女孩吗？""我让他付了两苏。"收税员回答。雅韦尔来到桥上，正好看见河对面让·瓦让拉着珂赛特的手穿越明月照亮的空地。他见他拐进了圣安托万绿径街。他想到那里有让罗死胡同，就好像部署了陷阱，想到只有直墙街到小皮克皮斯街的唯一出口。他像猎人说的那样"抢先一步"，连忙派人绕到前头，守住出口。有支夜巡队回兵工厂驻地，从他面前经过，他就调来协同追捕。在这样的行动中，有了士兵，就能稳操胜券。再说，要战胜野猪，必须让猎人劳心，猎犬劳力，这是条原则。部署完毕后，他感到让·瓦让右边是让罗死胡同，左边有埋伏，后面有他雅韦尔，谅他插翅也难逃，得意地闻起了鼻烟。

于是，他开始玩起游戏来。有一刻，他简直得意忘形，变得非常恶毒。他知道猎物逃不出他的手掌，任其在他前面信步而行，想尽量推迟下手的时刻，感到猎物身陷重围，却看着他自由行动，心里有说不出的高兴，乐滋滋地看着他，犹如蜘蛛看着苍蝇乱飞，猫儿看着老鼠乱跑。禽兽的爪子都有一种可怕的肉欲，捕获之物在它们爪中挣扎，会带来不可言喻的快感。让猎物窒息致死，其滋味妙不可言！

雅韦尔品味着这种快乐。他的网结得很牢。他有十分的把握，现在只需握紧拳头了。

他撒下了天罗地网，让·瓦让再坚强，再有劲儿，再拼命，也别想反抗。

雅韦尔缓缓而行，一路上探查和搜索每一个角落，如同搜查小偷的衣兜。

当他走到自己织的蜘蛛网的中心，却不见了苍蝇。

他气得七窍生烟。

他问直墙街和小皮克皮斯街路口的暗哨。那警察一直没离开岗位，根本没见那人经过。

有时候，一头陷入猎犬重围的牡鹿，也会蒙着头混过去，也就是说，会逃脱围猎，这时，再老的猎人也无可奈何。迪维维耶、利尼维尔、德普雷也有过这种不知所措的时候。有一次，阿通日遇到这种情况，沮丧地喊道："这不是牡鹿，而是巫师！"雅韦尔也很想这样大喊一声。

他那种失望，竟一时达到近乎绝望和愤怒的程度。

毫无疑问，拿破仑在对俄国的战争中犯了错误，亚历山大在对印度的战争中犯了错误，恺撒在对非洲的战争中犯了错误，居鲁士①在对斯基泰②的战争中犯了错误，而雅韦尔在对让·瓦让的围捕中犯了错误。他当初也许不该迟疑不决，不敢肯定那就是从前的苦役犯。他第一眼就该把他认出来的。千不该，万不该，他不该在旧宅里不把他逮捕，不该在蓬图瓦兹街认出他来时不把他抓获，不该在罗兰街口在月光下同他的助手商量。当然听听大家的意见是有用的，对于值得信赖的狗，应该了解和征求他们的意见。可是，在追捕像狼和苦役犯这样惶恐不安的猎物时，猎人就不能过于谨慎。雅韦尔只想到在路上布置密探，殊不知，这反而打草惊蛇，让它溜走了。他尤其不该的是，当他在奥斯特里茨桥上重新发现目标时，却无知地玩起了可笑的游戏，将这样一个人系于绳子的一端。他过高地估计了自己，以为能同一头狮子玩抓老鼠的游戏。同时，他又过低地估计了自己，认为有必要找几个助手。这一防备措施，使他浪费了宝贵的时间。雅韦尔尽管犯了这些错误，仍不失为一个空前绝后的最聪明、最正派的警探。用猎人的行话来说，他不愧为一只"聪明的狗"。况且，谁又是十全十美的呢？

伟大的兵法家也有黯然无光的时候。

最大的蠢事，和最粗的绳子一样，是由无数股细绳组成的。把缆绳一股股剥离，将导致蠢事的决定性因素一个个分开，然后逐个把它们拉断，你会说："不过如此！"可你把它们编在一起，拧成一股，那就异

---

① 居鲁士，公元前六世纪波斯王。
② 斯基泰，欧洲东北、亚洲西北一带的旧称。

乎寻常了,那便成了在东征马西安①和西讨瓦伦提尼安②之间犹豫不决的阿蒂拉③,在卡普阿④流连忘返的汉尼拔⑤,在奥布河畔阿尔西⑥高枕无忧的丹东。

不管怎样,当雅韦尔发现让·瓦让已逃之夭夭时,并没乱了方寸。他相信在逃苦役犯不可能走远,于是布置暗哨,设置陷阱和埋伏,在周围搜索了整整一夜。他首先注意到的是,那盏路灯一片狼藉,绳子已被剪断。这是很宝贵的线索,可他却被引入歧途,全力以赴搜索让罗死胡同。那里有一些矮墙,矮墙那边是园子,园墙外面,是大片的荒地。让·瓦让想必是从那里逃跑的。事实上,假如当时让·瓦让朝让罗死胡同多走几步,他肯定会越墙逃跑,那样他也就完了。雅韦尔像寻找细针一般,把那些园子和荒地搜了个遍。

天快亮了,他留下两个精明强干的人继续监视,自己回警署了。他像个挨了偷的密探,羞愧得无地自容。

---

① 马西安(396—457),东罗马帝国皇帝。
② 瓦伦提尼安(419—455),西罗马帝国皇帝。
③ 阿蒂拉(406—453),公元五世纪入侵罗马的匈奴王。
④ 卡普阿,意大利城市名,位于罗马东南。
⑤ 汉尼拔(前247—前183),迦太基将领,公元前三世纪率军入侵罗马帝国,攻占卡普阿后,一度沉湎于酒色。
⑥ 奥布河畔阿尔西,法国地名,法国资产阶级革命家丹东的故乡。

第六卷　　小皮克皮斯区

一　小皮克皮斯街六十二号

五十年前，小皮克皮斯街62号那道马车门，是最普通不过的了。这道门通常半开半掩，十分引人注目。从门缝里望去，可见两样不大凄凉的景色：一个是四周墙上爬满葡萄藤的院子，另一个是无所事事的门房的面孔。对面墙头上探出几棵大树。当一道阳光照得院子眉开眼笑，一杯酒喝得门房笑逐颜开，此时，若有行人从小皮克皮斯街62号门口经过，很难不以为那是个明媚欢快的地方。然而，那却是个阴沉凄凉的地方，前面我们隐约看到了。

大门脸露笑容，屋子却在祈祷哭泣。

假如你能通过门房这一关（这是极其困难的，几乎所有的人都不可能，因为必须知道开门咒），假如你过了门房这一关后，向右走进一个小门厅，看见两堵墙之间夹着一道只容一人通过的窄楼梯，假如你没被楼梯鹅黄色的墙壁和深褐色的墙基吓坏，而是信步爬上楼梯，走过第一个平台，继而第二个，就来到二楼的过道里，发现墙壁的鹅黄色和墙基的深褐色对你紧追不舍，不动声色地跟你到了二楼。楼梯和过道被两扇漂亮的窗户照亮。过道拐了个弯，就变得阴沉沉了。你跟着转弯，走不了几步，便来到一扇门前，那门没有关上，就更显得神秘。你推门进去，只见一个六尺见方的小房间，铺着瓷砖，用水冲刷过，干干净净，冷冷清清，墙上裱着十五苏一卷的黄底绿花的墙纸。一扇小方格大玻璃窗占据了左边那面墙，透进暗淡苍白的光线。举目看看，看不见一个人，侧耳听听，听不见一点儿脚步声和说话声。墙上毫无装饰，房内毫无家具，连一张椅子都没有。

再仔细看看，就会看到门对面的墙上，有个一尺见方的洞口，装着黑色铁栅栏，疙疙瘩瘩、非常坚固的铁条交叉成方格，差不多像网眼，对角线的长度不到一寸半。糊墙纸的小绿花平静而有序地延伸到铁栅栏，与阴沉沉的铁栅栏接触，丝毫不感到惊恐，没有吓得四下飞舞。假如有个身材瘦小的人，企图从这个方洞里进来或出去，铁栅栏就会把他挡住。它不让身体进出，却让眼睛，也就是让思想通过。似乎有人考虑到了，因为在墙壁稍为靠后的地方，加嵌着一个白铁板，戳了无数个小孔，比漏勺孔还要小。在这块铁板的下端，开着一个信箱口大小的眼。那栅栏洞口右侧，垂下一根用来拉铃的带子。

你扯扯这绳子，小铃就会叮当响，你身边会响起一个人的说话声，吓得你魂飞魄散。

"谁呀？"那声音问。

那是个女人的声音，一个温和的声音，温和得近乎凄切。

在这里，也有一个开门咒。如果你不知道，那声音就会沉默，那墙壁又复归寂静，仿佛墙那边是黑暗骇人的坟墓。

假如你知道开门咒，那声音会接着说：

"从右边进。"

于是，你会发现，在你右边，与窗面对面，有一个漆成灰色的玻璃门，门框上方镶着玻璃。你提起碰锁，跨进门里，顿然觉得仿佛进入了

装着栅栏的剧院包厢里,而栅栏尚未放下,吊灯尚未点燃。其实,你所在的地方,真有点像剧院包厢,只从玻璃门透进一点暗淡的光线,屋子很小,有两张旧椅子,一个破破烂烂的擦鞋垫,此外,正面齐肘高的地方,有一块黑木台板,真是个地地道道的包厢。这间小屋装着栅栏,只是不像巴黎歌剧院里那样是金漆木栅栏,而是可怕的铁栅栏,乱七八糟砌入墙内,封口有拳头般大。

过了几分钟,眼睛对这种地窖的幽暗渐渐适应了,便试图越过铁栅栏,但只能望过去六寸远。那里,又有一排黑色遮板,横里用漆成蜜糖面包色的横木加固。这些遮板由几片可以开合的长长薄薄的木条连成,遮住了整个铁栅栏。它们关闭着。

过了一会儿,你听到遮板后面有个声音在喊你,对你说:

"我在这里。我能为你做什么?"

这是一个令人喜爱,有时是令人爱慕的声音。看不见人。几乎听不见气息。仿佛有个亡灵隔着墓壁在同你说话。

如果你具备某些规定的条件(实属罕见),一扇遮板的窄木条会在你面前打开,于是,亡灵向你显形。在栅栏后面,在遮板后面,你可以尽栅栏所允许,看见一个脑袋,其实只看见嘴和下巴,其余的被黑面纱遮住了。你隐约看见黑头巾,勉强辨出裹着黑尸布的模糊身影。这个人同你说话,但不看你,也不向你微笑。

光线从你身后射来,你看见她是白色的,她看见你是黑色的。这光线是种象征。

这时,你会从这打开的洞口,贪婪地审视这与世隔绝的地方。幽深的空间将这个穿丧服的身影包围。你的眼睛在里面搜索,想看清楚这幽灵周围是什么。不一会儿,你会发现什么也看不见。你看到的是黑夜,是空荡,是昏暗,是冬天的轻雾,夹杂着坟墓的迷雾,是骇人的静谧,什么都听不见,甚至听不见叹息声,是昏暗幽冥,什么都看不清,甚至

看不清幽灵。

你看见的,是一个隐修院的内景。

这是那座森严肃穆的房子的内景,而那座房子,叫永敬会圣伯尔纳女修院。你所在的包厢,是接待室。那第一个同你说话的人,是这修道院值外勤的修女,她总是坐在墙那边有铁栅栏和千孔板双重保护的一尺见方的洞口旁,一动不动,默默无声。

这装铁栅栏的小屋之所以幽暗,是因为接待室朝尘世的一边有窗,而通往修道院的一边没有窗。这神圣的地方,丝毫不能让世俗的眼睛看见。

然而,在这黑暗之外,存在着光明;在这死气沉沉之中,存在着生命。尽管这座女修院比任何女修院都封闭,我们试着进去看一看,也让读者进去看一看,有分寸地谈一谈鲜为人知的因而从未有人讲过的东西。

二　马丁·维尔加修会

一八二四年,这个女修院已在小皮克皮斯街存在多年了。它是圣伯尔纳教派的一个修女团体,属于马丁·维尔加修会吧。

因此,这些修女和圣伯尔纳会修士不同,不属于明谷修会[①],而和本笃会修士一样,属于西多修会[②]。换句话说,她们不是圣伯尔纳的门徒,而是圣本笃的弟子。

只要是读过一些对开本书的人,都会知道,马丁·维尔加于

[①] 明谷,法国北部小镇。一一一五年,圣伯尔纳(1091—1153)在此创建圣伯尔纳隐修会。
[②] 西多,法国地名。一〇九八年,罗贝尔在此创建了西多隐修院。

一四二五年创建了伯尔纳－本笃修道会，总部设在萨拉曼卡[1]，分部设在阿尔卡拉。这一修会的分支遍布欧洲所有天主教国家。

　　一个修会归并到另一个修会，这在拉丁教会中并非罕见。就拿这里所讲的圣本笃修会来说，归并到这一修会的，除了马丁·维尔加修会外，还有四个团体：意大利两个，一个是蒙特卡西诺，另一个是帕多瓦的圣查斯丁；法国两个，克吕尼和圣莫尔。另外还有九个修会：瓦隆布罗萨会、格拉蒙会、则肋司定会、卡马尔多利会、查尔特勒会、受辱者会、橄榄树会、西尔维斯特会，以及西多派，因为西多虽是其他几个修会的主干，但对圣本笃修会来说，不过是一棵新芽。西多会由圣罗贝尔创建，一〇九八年，圣罗贝尔是朗格勒主教区莫莱斯姆修道院院长。而那隐居在苏比亚科神洞里的魔鬼[2]（他老了。是不是成了隐修士？），则是在五二九年被逐出阿波罗神庙的；他十七岁时，就是阿波罗神庙的住持了，法名为圣本笃。

　　马丁·维尔加创建的伯尔纳－本笃修会的教规很严厉，仅在加尔默罗修会之下。加尔默罗会的修女们光脚走路，脖子上挂一根藤条，从不坐下。伯尔纳－本笃会的修女们穿黑袍，还有一块头巾，遵照圣本笃的明确规定，头巾要遮住下巴。一件宽袖哔叽黑袍、一块羊毛大面罩、一条遮住下巴、方方正正垂在胸口的头巾、一块齐眼的扎额巾，这就是她们的服饰。除扎额巾是白色外，其他全是黑色。新修女穿一样的服装，不过都是白的。发愿修女腰际挂一串念珠。

　　马丁·维尔加的伯尔纳－本笃修会的修女们，和被称作圣体嬷嬷的伯尔纳修会的修女们一样，修行永敬教规。本世纪初，圣体嫂嫂在巴黎有两个修院，一个在圣殿街，另一个在新圣热纳维埃芙街。此外，我

---

[1] 萨拉曼卡和下文的阿尔卡拉均为西班牙城市。
[2] 这里，"魔鬼"指圣本笃（480—547）。为了躲避惩罚，圣本笃来到意大利苏比亚科的神洞里，开始过隐修士生活。五二九年，他离开苏比亚科，来到蒙特卡西诺，创建了圣本笃修会。

们所讲的小皮克皮斯修道院的伯尔纳－本笃会的修女们，与隐居在新圣热纳维埃芙街和圣殿街的圣体嬷嬷，绝对不属于同一个修会。不仅教规上有诸多不同，服装也不一样。小皮克皮斯修道院的伯尔纳－本笃修会的修女们戴黑头巾，新圣热纳维埃芙街的本笃会修女和圣体嬷嬷们戴白头巾，胸前还佩戴一个三寸多长的镀金的银圣体或铜圣体。小皮克皮斯修院的修女们不戴这种圣体。小皮克皮斯修院和圣殿街的修院，都修永敬教规，但这是两个截然不同的教会。圣体派的伯尔纳会修女和马丁·维尔加的伯尔纳会修女，只在永远崇敬圣体这一点上是相同的，正如两个完全不同的甚至互相敌对的修会，即菲利普·德·内里在佛罗伦萨建立的意大利奥拉托利会，和皮埃尔·德·贝律尔在巴黎建立的法国奥拉托利会，在研究和颂扬有关耶稣基督童年、生平和死亡的奥秘及圣母的奥秘方面，却是相同的。巴黎的奥拉托利会声称比意大利的高一等，因为菲利普·德·内里不过是圣人，而贝律尔却是红衣主教。

　　言归正传，再来谈谈马丁·维尔加西班牙式的严厉教规。这一支伯尔纳－本笃会的修女常年食素，封斋节及其他许多特定的日子还要守斋禁食，夜里小睡片刻，就得起来念日课经和唱晨歌，从凌晨一点唱到三点。一年四季睡麦秸，盖布被单，不洗澡，不生火，每星期五自我惩戒，遵守缄默不语的教规，中间休息时才能说话，且休息的时间很短。一年六个月穿棕色粗呢衬衣，从九月十四日，即圣十字架瞻礼日，一直穿到复活节。穿六个月已是照顾了，按规定得一年穿到头。这种粗呢衬衣，夏天穿在身上简直无法忍受，让人发烧，让人烦躁不安。因此，只得缩短穿的时间。即使这样，当九月十四日开始穿这衬衣时，修女们总要发三四天烧。服从、清贫、贞洁、安心修道生活，这就是她们发的宏愿，严厉的教规使这些誓愿变得更加艰难。

　　院长由嬷嬷们选举产生，任期三年。选举院长的嬷嬷叫"参事嬷嬷"，因为她们有发言权。院长只能再连任两届，因此，一个院长的最长任期是九年。

她们从来看不见主祭神甫，因为她们和主祭神甫之间，总是隔着七尺高的布幔。讲道时，当讲道师在小教堂内，她们便放下面纱遮住脸。她们任何时候都必须低声说话，走路时必须低着脑袋，眼睛看着地面。只有一个男人可以进这个女修院，那就是本教区的大主教。

还有另一个男人，那就是园丁。不过，总是一个老头。园丁的膝头上系一个小铃铛，以便他在园子里时，永远只有他一个人，修女们闻声避之夭夭。

她们对院长的服从是盲目而绝对的。这是教规要求的完全忘我的服从。如同服从基督的命令（ut voci Christi①），看到一个动作，一个手势，都要立即服从（ad nutum, ad primum signum），要做到高高兴兴，坚持不懈，盲目服从（prompte, hilariter, perseveranter et coeca quadam obedientia），就像工人手中的锉刀（quasi limam in manibus fabri），而且不经明确允许，不得读，也不得写（legere vel scribere non addiscerit sine expressa superioris licentia）。

她们每个人轮番做她们所谓的"赎罪"。所谓赎罪，即为尘世间的一切罪孽、一切过失、一切放荡行为、一切侵害行为、一切不公、一切罪行祈祷。连续十二个小时，从下午四点到早晨四点，或从早晨四点到下午四点，进行"赎罪"的嬷嬷跪在圣体前的石头上，双手合十，脖子上套着绳索。实在累得不行了，就趴在地上，脸贴地面，双臂伸开，与身体成十字。这是减轻疲倦的唯一办法。她们在这样的姿势中，为天下所有的罪人祈祷。这是何等伟大，何等高尚！

因为她们是在一根顶端燃着一支蜡烛的木柱前祈祷，便不加区别地把这称作"赎罪"或"绑木柱"②。修女们出于谦恭，甚至更喜欢后一种

---

① 拉丁语，意思同前面一句话。此注也适合于后文括号中的拉丁文字。
② 耶稣曾被绑在柱子上。

说法，因为它使人想起耶稣受的刑罚和屈辱。

"赎罪"需要全身心投入。即使响雷落在后面，"绑木柱"的嬷嬷也不能回头。

此外，圣体前总跪着一个修女。一跪就是一小时。她们像士兵站岗，轮流守卫。这就是"永敬"的含义。

院长和参事嬷嬷几乎人人都有一个特别庄严的名字，使人想到的不是圣女和殉道者，而是耶稣基督生命的各个阶段，如圣诞嬷嬷、圣孕嬷嬷、献堂嬷嬷、受难嬷嬷。但也不禁止用圣女的名字。

人们看见她们时，从来只看见嘴巴。她们的牙齿黄黄的。修院里从没见过牙刷。在量罪的梯子上，刷牙位于最顶端，而在这梯子的底部，便是丧失灵魂。

她们从不说"我的"。她们没有属于自己的东西，也不能依恋任何东西。她们对什么都说"我们的"。因此，她们说我们的面罩，我们的念珠。哪怕讲她们的衬衫，也得说"我们的衬衫"。有时，她们也会喜欢上某个小东西，如一本日课经，一件纪念物，一枚圣牌，但一旦发觉爱上这东西时，就立即送人。她们牢记圣特雷萨的一句话：一位贵妇人在加入她的修会时，对她说："嬷嬷，请允许我叫人去取一本我心爱的《圣经》。"圣特雷萨回答："啊！您还有依恋的东西！那您别进来了。"

任何人都不得关起门来，不能有"自己的家""自己的房间"。她们的小室永远敞开。她们相遇时，一个说："愿祭台上的圣体受到赞美和崇敬！"另一个回答："永远！"敲另一个修女的房门时，也是这一套。房门刚敲响，里面有个温和的声音忙说："永远！"就像所有的宗教仪式那样，这已成为习惯性的下意识的行为。有时，一个还没来得及说"愿祭台上的圣体受到赞美和崇敬"（这句话也实在太长），另一个就已说"永远"了。

在圣母往见会那里，进屋的修女说："赞美马利亚"，屋里的那个则说：“万分感谢”。这是她们互相问候的方式，的确"万分优雅"①。

每到整点，这座修院教堂的钟楼都要多敲三下。院长、议事嬷嬷、发愿修女、杂务修女、初学修女、预备修女，都要将正在说、正在做、正在想的事停下，比如敲响五点钟时，大家一齐说：“在五点钟及任何时候，愿祭台上的圣体受到赞美和崇敬。”如是八点钟，则说：“在八点钟及任何时候……”根据钟点，依此类推。

这一习俗，旨在打断修女的思想，使之回到上帝身上来。不少教会都有这个习俗，只是说的话不同。比如，在圣婴耶稣会里这样说：“此时此刻，和在任何时刻，愿对耶稣的爱在我心中燃烧！"

马丁·维尔加的伯尔纳-本笃会修女，幽居在小皮克皮斯修道院里已有五十年了。她们唱日课经时，调子非常庄重，是地道的单旋圣歌，自始至终嗓音饱满。每每唱到经本上有星号的地方，她们就停下来，低声说：“耶稣-马利亚-约瑟"。若是追思祭礼，她们就用很低的音调，低到女人的嗓门不能再低的程度。这样就能产生一种动人和悲凉的效果。

很久以前，小皮克皮斯女修院的修女们，在主祭坛下面，为本修院的人建造了一个墓穴。据她们说，"政府"不准在这墓穴里放灵柩。因此，她们死后，都得离开修院。这使她们像犯了教规那样沮丧难过。

她们聊感安慰的是，她们获准在特定的时候，葬在沃吉拉公墓一个特定的角落。那公墓的地盘，原本是她们教会的属地。

每礼拜四，和礼拜日一样，修女们要做大弥撒、晚祷和所有日课。此外，所有小的节日，她们都一丝不苟地做祈祷。这些节日几乎世人鲜知，从前，教会在法国乱加推行，现在，仍在西班牙和意大利流行。她们在小教堂待的时间没完没了。至于她们祈祷的次数和时间，最好还是引用她们中的一个曾率直地说过的话："预备修女的祈祷多得吓死人，

---

① 这里作者玩了个文字游戏。法语中，grâce 既可作"感谢"解，又可作"优雅"解。

初学修女的祈祷更多，发愿修女的祈祷还要多。"

她们一周开一次教务会，院长主持，参事嬷嬷参加。每个修女依次跪在石头上，当着大家的面，大声忏悔这星期内犯下的过错和罪孽。议事嬷嬷们听完后进行商议，然后大声宣布给予的惩罚。

比较严重的过失，必须当众忏悔。除此之外，对于轻微的过失，按她们的说法，要"伏地认罪"。所谓伏地认罪，就是在做日课时，趴在院长面前，直到院长嬷嬷——修女们从来只称她"我们的嬷嬷"——轻轻敲一下祷告席的木头，赎罪的修女才能起立。为一点点小事，就要伏地认罪。比如，打碎一只玻璃杯，撕破一块面罩，做日课时不小心迟到几秒钟，在教堂里唱错了一个音符，等等，就这点小事，她们就要伏地认罪。这完全是自觉的，是"罪人"（从词源上说，这词用在这里适得其所）自己审判自己，自己惩罚自己。每逢节日和礼拜日，四个唱诗嬷嬷在有四个乐谱架的唱诗台前诵唱圣诗。一天，一位唱诗嬷嬷唱一首圣诗，本应以"看哪"开头，她却大声唱出了"1、7、5"三个音符，为这一疏忽，她在整个日课中伏地认罪。因为她唱错了音符，引得哄堂大笑，也就加重了她的过错。

大家记得，当修女，哪怕是院长，被叫到接待室去时，都必须把面罩拉下，只露出嘴巴。

惟有院长嬷嬷可同外人接触。其他人只能接见最亲的亲人，而且极其难得。如果外面有个人不期而至，想看望他在社交界所认识或喜欢的一个修女，就必须几经交涉。如来人是个女的，有时还能获准，那修女来到接待室，隔着遮板同她说话。那遮板只向母亲或姐妹打开。不言而喻，男人来访，一概拒绝。

这便是圣本笃定下的清规戒律，后被马丁·维尔加改得更加严厉。

其他修会的修女常常很快乐，脸色红润，精神饱满；这里的修女截然不同，她们面色苍白，神情严肃。一八二五年到一八三〇年之间，有三个修女精神失常。

三　严　格

预备修女至少要当两年，常常四年，初学修女是四年。二十三四岁之前，是很少能正式发愿的。马丁·维尔加的伯尔纳－本笃会修女绝不接纳寡妇入修会。

她们在修室里的苦行名目繁多，闻所未闻，且绝不能对外人讲。

初学修女发愿那天，伙伴们给她穿上她最漂亮的衣服，给她戴上白玫瑰，把她的头发梳得亮光光，卷成一圈圈，然后，她就匍匐在祭台前。人们在她身上盖一块大黑纱，举行追思祭礼。于是，修女们分排两列，一列从她身边经过，悲哀地唱道："我们的姐妹死了。"另一列响亮地回答："她在耶稣基督身上复活！"

本故事发生的时候，小皮克皮斯修道院有一个附属寄宿女校。那是一所贵族寄宿女校，大部分学生家里很有钱，其中有德·圣奥莱尔小姐和德·贝利桑小姐，还有一个英国姑娘，姓德·塔尔波，是天主教的名门望族。这些姑娘关在修道院里，受修女们的教育，在仇视尘世和这个世纪中长大。一天，她们中的一个对我们说："看见街上的铺路石，我就浑身战栗。"她们穿蓝色服装，戴白色软帽，胸前佩戴一枚银质镀金或铜质的圣灵像。遇到重大节日，特别是圣玛尔泰节，她们可以一整天穿上修女的衣服，做圣本笃规定的日课。这对她们来说，是最高的待遇和最大的幸福。起初，修女们把自己的黑袍借给她们。但这似乎是亵渎圣衣，院长禁止了。只有初学修女才可以借。值得注意的是，在修道院里，容许和鼓励女孩子穿修女服参加仪式，本是出于一种广收新信徒的隐秘想法，使她们提前对圣衣感兴趣，可对于那些女孩子来说，却是一种真正的幸福和娱乐。她们不过是觉得好玩罢了。"这很新鲜，可以使她们换换口味。"这是孩子们天真的想法。我们这些世俗之徒，很难明白手拿一个圣水刷，连续几小时站在乐谱架前唱圣诗，有什么快乐可言。

这些女学生，除了苦修以外，也要遵守修道院里的一切清规戒律。有个少妇，回到了尘世间，结婚好几年了，仍改不了习惯，每当有人敲她房门，总是急忙说："永远！"

同修女们一样，寄宿生也只能在会客室里接待父母。她们的母亲想拥抱她们也不成。我们来看一下这方面的规定是何等严格！一天，一位姑娘的母亲来访，同来的还有她三岁的妹妹。那姑娘哭了，因为她很想拥抱她的妹妹。那是决不允许的。她恳求至少让她妹妹将小手从铁栅栏里伸进来，让她吻一吻。人家几乎是气愤地拒绝了她。

四　快　乐

尽管如此，这些少女仍给这肃穆的修道院留下了许多美好的记忆。

有些时候，这个修院闪烁着天真烂漫。课间的钟声敲响，一扇门吱呀打开。鸟儿们说："好！孩子们出来了！"一群朝气蓬勃的孩子，拥入这被一个裹尸布似的十字形建筑切开的园子。一张张容光焕发的脸孔，一个个白白净净的额头，一双双天真质朴、喜气洋洋的眼睛，宛若一缕缕曙光，洒落在这阴郁昏暗的园子里。继圣诗歌声、报时钟声、铃声、丧钟声、日课经声之后，突然响起少女们的喧闹声，比蜜蜂的声音还要悦耳动听。欢乐的蜂箱打开，每个人带来一份蜜。她们玩呀，互相呼唤呀，几个人围在一起呀，奔跑呀。她们在角落里叽叽喳喳，露出了漂亮的小白牙。头戴面纱的修女远远监视着欢笑，黑暗在监视光明，可这有什么关系！她们照样欢欣雀跃，酣畅大笑。这四堵死气沉沉的高墙，也有灿烂夺目的时刻。它们被这无限的欢乐照射得微微发白，看着一群群蜜蜂怡然飞旋。这好比是荡涤哀伤的玫瑰雨。少女们在修女的监视下尽情嬉戏，严厉的目光并不妨碍她们的天真情趣。多亏这些孩子，在无尽的严肃中，有了天真的一刻。小女孩蹦蹦跳跳，大女孩蹁跹起舞。在这修道院里，少女们的嬉戏受到了上苍的赞许。没有什么能比这群纯洁欢乐的少女更迷人更庄严了。荷马也会来这里和贝洛①一起欢笑。在这忧郁的园子里，有青春，有健康，有喧哗，有呼喊，有眩晕，有欢乐，有幸福，可以让所有的老外婆眉开眼笑，无论是英雄史诗中的，还是童话故事里的，宫廷中的，还是茅屋里的，赫卡柏②，还是老外婆③。

在这个修院里，孩子们说的话，也许比其他地方的孩子们说的话更优美，更能让人发出梦幻般的笑声。就在这阴森森的四堵高墙中，一天，一个五岁的小女孩大声说："我的嬷嬷！一个大女孩刚才对我说，我还要在这里待九年零十个月。多么幸福啊！"

还是在这里，有过一段令人难忘的对话：

一位参事嬷嬷："我的孩子，您怎么哭啦？"

那女孩（六岁）抽抽噎噎地说："我对阿丽克斯说，我已背熟法国史了。她说我不会背，可我就是会背嘛。"

阿丽克斯（大女孩，九岁）："不对，她不会背。"

嬷嬷："怎么回事，我的孩子？"

阿丽克斯："她叫我随便翻开书，就书上的内容向她提个问题，让

---

① 贝洛（1628—1703），法国诗人和童话作家。
② 赫卡柏，希腊神话中人物，特洛伊国王普里阿摩斯的妻子。
③ 贝洛童话作品中的人物。

她回答。"

"怎样?"

"她回答不上来。"

"给我讲讲,您问她的是什么?"

"我照她说的,随便翻开书,碰到哪个问题,就问了她。"

"是什么问题?"

"是:'后来发生了什么?'"

有个寄住在这里的夫人,带着个女孩子,那个爱多嘴的女孩子还有点贪吃,于是,引来了一番深刻的评论:

"瞧她那乖劲儿!爱吃面包片上抹的果酱,像大人似的。"

就在这修道院的石板地上,捡到了一张忏悔词,是一个七岁的小罪人怕忘记事先写好的:

"我的主啊,我控告自己犯了吝啬罪!"

"我的主啊,我控告自己犯了通奸罪!"

"我的主啊,我控告自己犯了偷看男人罪!"

就在这园子的一张长凳上,一个六岁的孩子用红润的小嘴,临时编了个故事,讲给一位四五岁的蓝眼睛听:

"从前有三只小公鸡,住在一个开满花的地方。他们采了花,放进衣兜里。接着,他们又采了叶子,放进玩具里。那地方有只狼,还有好多好多树林。狼在树林里,把这些小公鸡吃了。"

还有这样一首诗:

  有人打了一棍,
  是波利希内儿①在打猫。

---

① 波利希内儿,法国木偶戏中的丑角,鸡胸驼背,嗓音尖细。

这对猫没好处，这使猫很疼痛。

一位太太将波利希内儿投进监狱里。

就在这里，一个被遗弃的小女孩，一个被修道院出于慈悲收养的弃儿，说了一句动人而心酸的话。她听到别人谈论她们的母亲，就在一旁嘟哝：

"我呀，我出生的时候，母亲不在。"

有个值外勤的胖修女，叫阿加特嬷嬷，总见她带着一大串钥匙，在楼道里匆匆奔走。那些大孩子——十岁以上的孩子——便叫她阿加索克利斯[①]。

食堂是个长方形大屋子，只从与园子相平的圆拱回廊透进一些阳光，因此屋里又暗又潮，而且，如孩子们所说的，到处是虫子。周围的地方都向这食堂供应虫子。寄宿生们给四个角落各起了一个生动形象的名字。有蜘蛛角、毛毛虫角、土鳖角、蟋蟀角。蟋蟀角挨着厨房，是最受青睐的。那里比其他角落暖和。这些名称又从食堂转到了学校，用来区别四个学区，就像马扎兰学院[②]那样。每个学生吃饭时坐在什么位置，就属于什么学区。一天，大主教先生前来视察，经过一个教室，看见一位脸色红润、长着迷人金发的漂亮小女孩走进教室，便问身旁一个精神饱满、长着可爱褐发的学生：

"那小女孩是谁？"

"她是蜘蛛，大人。"

"行！这一个呢？"

[①] 阿加索克利斯（约前361—前264），叙拉古暴君。Agathoclès的读音与Agathe aux clés（带钥匙的阿加特）的读音一样。

[②] 马扎兰（1602—1661），法国红衣主教，路易十三和路易十四的首相。他创建了马扎兰学院，并将学院分成四个学区：法兰西学区、庇卡底学区、诺曼学区和日耳曼学区。

"她是蟋蟀。"

"那一个呢？"

"她是毛毛虫。"

"确实，那么您呢？"

"我是土鳖，大人。"

这类修院都各有特色。本世纪初，埃库安修道院就是这样一个优雅而肃穆的地方，少女们就是在近乎庄严的阴沉环境中度过童年的。在埃库安的圣体仪式行列中，可区分出童贞女和献花女。还有"华盖队"和"香炉队"之分，有的人拿华盖的绳子，有的人给圣体奉香。鲜花理所当然拿在献花女手中。四个"童贞女"走在前列。在这盛大日子的早晨，在修道院的寝室里，会听到有人问：

"谁是贞女？"

康庞夫人引过一个七岁"小"女孩的话，在一次仪式中，那小女孩走在队伍后面，她对一个十六岁的走在队伍前列的"大"女孩说：

"你是童贞女，而我不是。"

五　消　遣

食堂的门楣上，用粗黑体字写着祷文，叫"白色主祷文"，旨在把人直接引入天堂：

"小小白色主祷文，天主所创，天主所讲，天主置于天堂。晚上我去睡觉，发现床上睡着三个天使，一个在脚边，两个在枕旁，仁慈的圣母马利亚在中间，她叫我快躺下，千万别怀疑。仁慈的天主是我父亲，仁慈的圣母是我母亲，三位使徒是我兄弟，三位贞女是我姊妹。天主降世时穿的衬衣，现在裹在我身上；圣玛格丽特十字架画在我胸前；圣母夫人在田野上奔跑，想着天主在哭泣，遇见了圣约翰。圣约翰先生，您从哪里来？我刚念完圣母经。您见到仁慈的天主了，是不是？他在十字树上，双脚垂下，双手钉住，头戴一顶白色小荆冠。谁晚诵三遍，早诵三遍，最后便能进天堂。"

一八二七年，这个别具一格的主祷文已被涂了三层石灰浆，从墙上消失了。现在，也正要从当年的几位少女，如今的几位老妪的记忆中抹去。

前面好像说过，食堂只有一个门，对着园子，墙上挂着巨大的耶稣受难十字架，为食堂的装饰增光添彩。两张狭窄的长餐桌，两旁各放一个长板凳，平行地从食堂的一端伸向另一端。墙壁为白色，餐桌为黑色。这两种丧服的颜色，是修道院唯一可互相替换的。饭菜很粗劣，伙食很简单。只有一盘菜，或是加了点肉的蔬菜，或是咸鱼，就算是打牙祭了。这种简单的伙食，惟有寄宿生才能享受，算是特殊照顾。孩子们吃着饭，谁也不敢说话，值星的嬷嬷在一旁监视，常有苍蝇违反规定，无所顾忌地飞来飞去发出嗡嗡声，嬷嬷便啪地打开一本木板书，又啪的一声将书合上。在耶稣受难十字架下，有一个带托书架的小讲台，有人站在那里大声朗读圣人传，仿佛要给这寂静加些作料。朗读者是高年级值星的学生。餐桌上没什么东西，间隔放着几个涂清漆的瓦罐，学生们在里面洗自己的金属杯和餐具，有人把吃不完的东西，如咬不动的肉或变了质的鱼扔在里面，便会受到惩罚。学生们把那些瓦罐叫"圆水池"。

吃饭说话的孩子，要用舌头画十字。画在哪？地上。她用舌头舔地面。尘埃——这个尘世间一切快乐的归宿——负责对这些可怜的玫瑰花瓣，叽叽喳喳的小罪人进行惩罚。

这修院里有本书，每版都是孤本，是禁止人读的。这是圣本笃的教规。那是世人的目光不准窥视的奥秘。**我们的教规或体制不得传给**

外人①。

一天,学生们终于偷出了那本书,贪婪地阅读起来,但她们提心吊胆,怕人看见,便看看停停,不时地合上书。她们冒着极大危险偷读此书,却只获得极少的乐趣。她们感到"比较有意思"的,是涉及对男孩子罪孽的惩罚,虽然看不太明白。

她们在园子的小路上玩耍,两旁有几棵瘦骨嶙峋的果树。尽管监视严密,惩罚严厉,但当风儿摇曳果树,有时,她们能偷偷地捡得一只未熟的苹果,或腐烂的杏子,或生虫的梨子。现在,我让大家看一封信,它就在我面前,是二十五年前的一个寄宿生写的,如今她已是某某公爵夫人,巴黎最风雅的贵妇之一。我将原文抄录如下:"我们尽量把梨子或苹果藏好。等到上楼去放面纱准备吃饭的工夫塞到枕头下,晚上睡在床上吃,不便的话,就在厕所里吃。"这是她们最大的一件乐事。

有一次,还是大主教视察修道院,有个女孩子,与蒙莫朗西家族沾点边的布夏小姐,打赌说她要向主教先生请一天假,在这戒规森严的修道院里,这简直是异想天开。有人同意和她打赌,但谁也不相信她会这样做。当大主教从寄宿生们前面经过时,布夏小姐出列,说:"大人,请准我一天假。"同伴们惊恐万状。布夏小姐身材高挑,生气勃勃,脸色红润,世间无双。德·凯朗先生笑容可掬地说:"亲爱的孩子,怎么是一天!为什么不是三天!我准三天。"院长嬷嬷无可奈何,因为主教发了话。这在修道院引起了愤怒,但学生们却乐开了怀。其后果是可想而知的。

这个阴郁的修道院尽管与世隔绝,但也不是密不透风,外界的情感生活、悲剧、惨剧,也会进入修道院。为证实这点,我们只消简单叙述一件确凿无疑的事实。那件事同我们所讲的故事毫无关联。我们举这个

---

① 原文为拉丁语。

例子，是要让读者对修道院里的寄宿学校有个全面的了解。

差不多就在那个时候，修道院里有个神秘的女人，她不是修女，大家对她很尊敬，称呼她阿尔贝蒂娜。对她的身世，人们一无所知，只知道她疯了，世人则以为她死了。据说，在这件事幕后，有一桩重大婚姻必不可少的交易，让她来这里是权宜之计。

这女人刚三十岁，头发褐色，容貌秀美，眼睛又大又黑，但眼神茫然恍惚。她看得见吗？很值得怀疑。她走起路来，与其说在走，不如说在滑；她从不讲话；很难说她在呼吸。她的鼻翼收缩，毫无血色，就像已呼出最后一口气。接触她的手，感到像雪一样冰冷。她有一种幽灵般的奇特的美。她到哪里，哪里便有一股冷气。一天，一个嬷嬷见她经过，对另一个嬷嬷说："她像死人一样。"另一个回答说："也许真的死了。"

对阿尔贝蒂娜夫人的传说层出不穷。她引起了寄宿生们无尽的兴趣。在小教堂里，有个廊台，叫"牛眼廊"。廊台上只有一个圆形窗洞，即"牛眼窗"，阿尔贝蒂娜就从这个看台上参加日课。她总是一个人待在那里，因为廊台在二楼，看得见讲道神甫或司祭，这对修女们是禁止的。一天，一个年轻的高级神甫来讲道，是罗安公爵，法兰西封臣，一八一五年，当他是莱昂亲王时，曾是红火枪队军官，一八三〇年去世，去世时是红衣主教和贝桑松的大主教。德·罗安先生这是首次来小皮克皮斯修道院讲道。通常，阿尔贝蒂娜夫人听讲道和做日课非常安静，一动也不动。那天，她一看见是德·罗安先生，便半站起身子，在鸦雀无声的小教堂里大声说："咦！奥古斯特！"在场的人都大吃一惊，回头看她，讲道神甫也抬起了头，可是阿尔贝蒂娜夫人又回到了木然不动的状态。刚才，外界的一股气息，生命的一缕微光，出现在她暗淡冰冷的脸上，但旋踵即逝，疯女人又变成僵尸。

可是，她喊出的那几个字，在修道院里引起了议论。这"咦！奥古斯特"包含了多少内容！泄露了多少秘密！德·罗安先生确实叫奥古斯特。显然，阿尔贝蒂娜夫人出身于上流社会，因为她认识德·罗安先生；她在那里举足轻重，因为她说这个显贵的名字时，语气那样亲热；她同他有一定关系，可能是亲眷，但肯定非常密切，因为她知道他的"小名"。

有两个非常严肃的公爵夫人常来探望修道院，一个是德·舒瓦瑟尔夫人，另一个是德·塞朗夫人，她们显然是以贵妇人的特殊身份来这里的，寄宿生们非常害怕。当这两个老夫人经过时，可怜的女孩子们一个个垂下双眸，浑身颤抖。

此外，德·罗安先生是女学生们注目的对象，可他自己并不知道。那时候，他刚晋升为巴黎大主教的代理主教，可望荣升为主教。他常到小皮克皮斯修道院的小教堂唱日课经，这是他的一个习惯。他和与世隔绝的女孩子们之间隔着一道帷幕，谁也看不见他，但他的声音温柔，有点儿尖细，到后来，她们一听便知是他的声音了。他当过火枪手，而且，据说他很会修饰自己，一头美丽的褐发梳成一卷卷，他有一条宽宽的黑皮带，极是漂亮，他的黑道袍的样子是世界上最优雅的。这使十六岁的花季少女心潮澎湃，想入非非。

外部的声音传不到修道院。然而有一年，修道院里却传进了笛子声。这引起了轰动。当年的寄宿生，现在还记忆犹新。

吹笛子的人就在附近。吹的是同一支曲调，那曲调距今已很遥远，名叫：《我的泽蒂贝，请来主宰我的心》。那笛声一天要响两三次。

少女们一听就是几个钟头。参事嬷嬷惊慌失措，她们绞尽脑汁，惩罚雨点般落下。笛声持续了好几个月。寄宿生们或多或少迷上了这位从未谋面的吹笛人。她们人人梦想做泽蒂贝。笛声来自直墙街；她们愿意献出一切，尝试一切，身败名裂也在所不惜，只要能看一眼，远远瞧一眼，远远瞥一眼——哪怕是一秒钟——那个把笛子吹得那样悦耳动听，也吹动了她们每颗心的"年轻人"。有的人从边门溜出去，

跑到临直墙街的四楼上，企图从临街的窗户往外瞧。什么也没看见。有一个甚至从铁栅栏伸出胳膊，高高举起，挥动一块白手绢。还有两个人更是大胆。她们设法爬到屋顶上，冒着生命危险，终于望见了那个"年轻人"。原来是个年老的流亡贵族，是个瞎子，且已破产，在自己的阁楼上吹笛解闷。

六　小修院

在小皮克皮斯大院内，有三座截然分明的建筑物，一座是大修院，住着修女，另一座是寄宿学校，住着学生，还有一座所谓的"小修院"。小修院是带园子的主楼，共同住着各种不同修会的老修女，是各修院被大革命摧毁后的幸存者。那是黑色、灰色和白色的大混杂，是形形色色、五花八门修会团体的大汇合，可以叫作大杂烩修院，如果允许这样搭配词的话。

从帝国时代起，这些颠沛流离、无家可归的可怜修女，可来这里寻求伯尔纳-本笃会修女们的保护。政府付给她们微薄的补助，小皮克皮斯修院的嬷嬷们热情接待她们。这是一个怪诞的大杂烩。各循各的教规。有时，作为一种课外活动，允许寄宿学生去拜访这些修女。这些年轻的学生至今还记得圣巴西尔嬷嬷、圣斯科拉斯蒂克嬷嬷和雅各嬷嬷。

在这些来这里避难的修女中间，有一个差不多回到了老家。她是奥尔会的修女，该修会唯一的幸存者。小皮克皮斯修道院的这幢房子，在十八世纪初，恰好是圣奥尔修院的旧址，后来才转交给马丁·维尔加的伯尔纳修会。那圣女太穷，穿不起奥尔修会华美的服装——洁白的长袍和朱红的肩衣，便虔诚地做了一套，让玩具娃娃穿上，喜欢在人前展示,临终时遗赠给了修道院。一八二四年,奥尔修会还剩下一个修女,如今只剩一只玩具娃娃了。

除了这些可敬的嬷嬷,还有几位上流社会的老妇,和阿尔贝蒂娜一样,获得院长许可,隐居在小修院。其中有德·博福·多波尔夫人和迪弗雷纳侯爵夫人。还有一个则以擤鼻涕声音响亮而闻名于小修院。学生们管她叫噪音夫人。

一八二〇或一八二一年左右,德·让利夫人请求到小皮克皮斯修院来独修。那时候,她是《勇士》期刊的编辑。奥尔良公爵介绍她来的。这下蜂窝里乱了起来,参议嬷嬷们惊慌失措,因为德·让利夫人写过几部小说。可她则声称最讨厌小说了,况且,她已到了虔信上帝的阶段。承上帝保佑,也多亏奥尔良公爵帮忙,她进了小皮克皮斯修道院。她待了六到八个月就走了,理由是园子里没有树荫。修女们额手称庆。她虽然年事已高,还常弹竖琴,且弹得很出色。

她走时,在她的修室里留下了印记。德·让利夫人一是迷信,二是拉丁语学者。这两句话清楚地勾画出了她的形象。她的修室里有一个小衣柜,她把钱和首饰都放在里面,几年前,有人还看见里面有张发黄的纸,上面有五行拉丁语诗,是她亲笔用红墨水写的,她认为这几句诗具有吓唬小偷的功效:

> 三个功罪不等的人吊死在树上:
> 迪斯马斯和热斯马斯,中间是万能的主。
> 迪斯马斯憧憬天国;热斯马斯尽想恶事。
> 祈求万能的主保佑我们和财物。
> 念念这首诗,财物不会被偷走①。

---

① 原文为拉丁语。

这首用六世纪的拉丁语写的诗，提出了这样一个问题：髑髅地的那两个强盗叫什么名字，是像通常认为的叫迪马斯和热斯塔斯，还是迪斯马斯和热斯马斯。上个世纪，热斯塔斯子爵自称是坏强盗的后裔，他见了这样的写法，可能会心头不悦吧。不过，仁爱会的修女们对这首诗的作用是深信不疑的。

修道院里的教堂，从建造的格局看，就像是要把大修院和学校隔开。当然，它是学校、大修院和小修院共有的。甚至外面的人也可来做礼拜，从临街的像是检疫站出口处的门里进来。但设计得很好，修道院里的人看不见外面人的面孔。请想象一下，一个教堂的唱诗台像是被一只巨手抓住，弯到了司祭的右侧，成为一间昏暗的厅堂或洞穴，而不像一般教堂那样，在祭台后面延伸一截。请再想象一下，这个厅堂，如前面所说的，挂着一道七尺高的帷幔；你把做礼拜的人堆在帷幔后面的祷告席上，唱诗修女挤在左边，寄宿生挤在右边，杂务修女和初学修女堆在最后面，这样，你对小皮克皮斯修女们做礼拜的情况就有了大致的印象。这个叫作唱诗台的洞穴，由一条走廊通往修院。教堂的光线来自园子。修女们参加日课时，照规矩要保持肃静，外面进来做礼拜的人，听到祷告席木椅垫板起落的碰撞声，才知道她们在教堂里。

七　黑暗中的几个身影

从一八一九到一八二五的六年间，小皮克皮斯修道院的院长是德·布莱默小姐，法名为纯洁嬷嬷。她和《圣本笃修会圣徒列传》的作者玛格丽特·德·布莱默属同一家族。她这是连任。她六十开外，又矮又胖，前面提到的那封信上，说她"唱起诗来像破罐"。不过，她人非常好，性格快乐，这在修院中独一无二，因此深受敬爱。

纯洁嬷嬷继承了她的直系尊亲玛格丽特——修会中的达西埃夫人[①]的遗风。她精通文学，博学多才，学贯古今，脑袋里装满了拉丁文、希腊文和希伯来文，虽是修女，却有修士之才气。

副院长是西内尔嬷嬷，一个年迈的西班牙修女，双目几乎失明。

在参事嬷嬷中，最重要的有：圣奥诺里娜嬷嬷，任司库；圣热特吕德嬷嬷，初学修女的主任导师；圣安琪嬷嬷，副主任导师；圣母领报嬷嬷，管理圣器室；圣奥古斯丁嬷嬷，护士，修道院里唯一的坏女人。还有圣梅克蒂德嬷嬷（戈万小姐），非常年轻，有一副好嗓门；天使嬷嬷（德鲁埃小姐），先后在圣女－上帝修院和位于吉索尔与马尼之间的宝藏修院里待过；圣约瑟嬷嬷（德·科戈吕多小姐）；圣阿代莱德嬷嬷（奥韦内小姐）；慈悲嬷嬷（德·西菲安特小姐，没能经得住苦修）；怜悯嬷嬷（德·拉米蒂埃小姐，非常富有，尽管不合教规，六十岁上进了修道院）；天命嬷嬷（德·洛迪尼埃小姐）；圣母献堂嬷嬷（德·西古安扎小姐），一八四七年任院长；最后，还有圣塞利涅嬷嬷（雕刻家塞拉奇的姐妹），圣尚塔尔嬷嬷（德·苏宗小姐），后来发疯了。

在最漂亮的姑娘中，有一个二十三岁的可爱姑娘，生在波旁岛，是罗兹骑士的后裔，出家前叫罗兹小姐，法名叫圣母升天嬷嬷。

圣梅克蒂德嬷嬷负责唱诗和唱诗队，常常选用学生。通常取一个完整的音阶，即取七人，限于十岁到十六岁，声音和身材都要协调。她让她们站着唱，按年龄大小顺次排队，看上去有如少女组成的芦笛，天使组成的排箫。

学生们最喜欢的杂务嬷嬷，有圣厄弗拉齐嬷嬷、圣玛格丽特嬷嬷、

[①] 达西埃夫人（1647—1720），法国女古典学家、翻译家。荷马史诗《伊利亚特》和《奥德赛》的译者。

老小孩圣玛尔泰嬷嬷，还有圣米歇尔嬷嬷，她的长鼻子令人发笑。

所有这些女人，对所有的孩子都很好。修女们只对自己严格。只有学校里才生火，而且，她们的伙食，与修院的伙食相比，算是讲究的了。此外，对她们的照顾无微不至。不过，当孩子从一个修女面前经过，同她讲话，从来听不到回答。

院规规定不准说话，因此，有生命的人不说话，无生命的物反而说话。一会儿，教堂的钟在说话，一会儿，园丁的铃在说话。传达嬷嬷身旁放一个声音响亮的铃，全院都能听到，就像是有声电报，用各种不同的铃声，表示物质生活中的所有活动，必要时，还可把这个或那个修女喊到会客室里来。每个人，每件事，都有一定的铃声。院长是一下加一下；副院长是一下加两下。六下加五下表示上课，所以，学生们从不说去上课，而是说去六加五。四下加四下是唤德·让利夫人。经常可以听到。"这是四声魔鬼。"一些刻薄的修女如是说。十下加九下表示有大事。这意味着"修道院的大门"要打开，那令人生畏的铁板大门，唯大主教来访时才启开。

我们说过，除了大主教和园丁，任何男人不得入内。寄宿学生还能见到另外两个，一个是又老又丑的指导神甫——巴莱神甫，可以在唱诗室隔着栅栏瞧他；另一个是图画老师昂西奥先生，前面读到过几行的那封信称他为昂席奥先生，说他是"又老又丑的驼背"。

可见所有这些男人都是精挑细选来的。

这便是这座奇特的修道院。

八　心在前，石在后①

上面，我们勾画了修道院的内心，现在说一说它的外形，这并非没有用处。读者已经有所了解。

小皮克皮斯－圣安托万修道院几乎占据了四街交会而形成的很大一个梯形地带。这四条街是波隆索街、直墙街、小皮克皮斯街及在旧地图上叫奥马雷街的死胡同。这四条街有如一条壕沟，将这个梯形环绕。修道院由好几座建筑物和一个园子组成。从整体上说，主楼是由风格相异的几座楼房并列而成，鸟瞰下去，活像一个直角形支架平放在地上，长臂占据了位于小皮克皮斯街和波隆索街之间的整条直墙街，短臂是高大的正面，临小皮克皮斯街，装着铁栅栏，灰暗而肃穆；62号通马车的大门是这条短臂的终端。在这正面的中间，有一道年代久远的拱形矮门，白乎乎的沾满了尘土，结满了蜘蛛网，只在礼拜天开一两个小时，或是偶尔一位修女去世，从这门里运出尸体。外面的人就从这道门进入教堂。直角形支架的折角是用来配膳的正方形厅堂，修女们称之为食品储藏室。长臂那一边是参事嬷嬷和杂务修女的修室，以及初修院。短臂那边有厨房、带回廊的饭厅和教堂。学校坐落在62号大门和奥马雷死胡同角之间，外面看不见。梯形的其余部分便是园子，地势比波隆索街低许多，因此，围墙从里面看要比从外面看高许多。园子微微隆起，中间有个小土丘，顶上有棵很尖很尖、秀美挺拔的圆锥形枞树，四条大道从这里伸展出去，有如从插了根标枪的盾牌圆心伸展出去一样。此外，每条大道又分出两条小径，共有八条小径。假如园子是圆形的，那么，这八条小径的平面图，就像是放在一个轮子上的十字架。条条道路通向围墙，围墙很不规

---

① 原文为拉丁语。

则，道路也就长短不一。路两旁种着醋栗。尽头，有一条参天白杨环抱的小道，从直墙街角的老修院废墟，通达奥马雷死胡同角的小修院。从小修院往前走，有一个所谓的小花园。你再加上一个天井、各正屋千变万化的拐角、监狱般的围墙、波隆索街那一边与修道院相邻又相望的一长排黑屋顶，这样，你对四十五年前小皮克皮斯的圣伯尔纳女修院的面貌就有了完整的概念。这个修道院是在一个网球场上建造起来的，那网球场在十四到十六世纪赫赫有名，被叫作"一万一千个魔鬼网球场"。

此外，那几条街是巴黎最古老的街道。直墙和奥马雷等名字久已存在，叫这些名字的街存在的时间则更久。奥马雷小巷原叫莫古小巷，直墙街叫犬蔷薇街，因为在人开始凿石造房之前，上帝早已让百花怒放了。

九　百岁修女

既然我们在详谈小皮克皮斯修道院从前的情况，并已大胆地开了一扇窗子，窥视这隐蔽的地方，望读者允许我们再离题谈件事，虽与本书无关，但很有特点，也能使我们了解这修院本身有其与众不同的地方。

在小修院内，有个百岁老人，来自丰特弗罗修道院。大革命前，她甚至常出入上流社会。她常谈起路易十六的掌玺大臣德·米罗梅尼和一位过从甚密的迪普拉法院院长夫人。她把这两个名字常挂在嘴边，一是出于乐趣，二是为了满足她的虚荣心。她把丰特弗罗修道院吹得天花乱坠，说它像个城市，里面街道纵横。

她讲的是庀卡底方言，逗得学生们直乐。她每年都要郑重其事地发一次愿。在宣誓时，她对神甫说："圣方济各大人对圣朱利安大人发过这个愿，圣朱利安大人对圣厄塞伯大人发过这个愿，圣厄塞伯大人对圣普罗科普大人发过这个愿,等等,因此,我的神甫,我要对您发这个愿。"逗得学生们忍俊不禁,暗暗窃笑,但不是在斗篷下,而是在面纱下。那是压低声音的娇媚的笑,惹得参事嬷嬷们紧蹙双眉。

还有一次,那百岁老人讲故事。她说,在她年轻的时候,圣伯尔纳会的修士与火枪手不分高低。这是一个世纪在说话,不过那是十八世纪。她常讲,在香槟和勃艮第,有敬四种酒的习俗。大革命前,若有大人物如法兰西元帅、亲王、公爵或封臣经过勃艮第或香槟的某个城市,官员们要来致词,并用四只舟形银杯,敬献四种不同的美酒。在第一只酒杯上,刻着"猴酒",第二只刻着"狮酒",第三只刻着"羊酒",第四只刻着"猪酒"。这四个铭文表达四种不同程度的醉酒状:第一种是快乐,第二种是愤怒,第三种是迟钝,最后一种是傻呆。

在她的衣橱里,锁着一件神秘之物,她十分珍爱。丰特弗罗教规并不禁止这样做。她从不拿给别人看。每当她想凝视这东西时,就关起门来偷偷欣赏(这也是她的教规允许的)。听到走廊上有脚步声,她就用那双枯手尽快关上橱门。她平时很爱说话,可是有人问起这事,她总是缄口不语。再好奇的人,遇到她闭口不言,也无可奈何,再锲而不舍的人,在她的顽固不化面前,也甘拜下风。这也成了修道院里闲极无聊之辈说三道四的议题。这位百岁老人如此珍爱,如此保密的宝贝究竟是什么?莫非是一本圣书?或是一串独一无二的念珠?要不,就是一件经过验证的圣物?叫人百猜不得其解。可怜的老人死后,大家急不可耐,立即跑去打开了衣橱。人们找到了那东西,包了三层布,好像是一只圣盘。原来是一只法恩扎①瓷盘,画着几个小爱神,在一群手拿大针管的药房学徒的追逐下,展翅飞翔。追逐者神态和姿势各不相同,引人发笑。一个可爱的小爱神已被针头扎入。他挣扎着,拍打着小翅膀想飞走,但那

---

① 法恩扎,意大利北部城市,文艺复兴时期,意大利彩陶的著名产地。

小丑在邪恶地狂笑。这画面的寓意是：爱神被肠绞痛战胜了。这只盘子，确是稀罕之物，可能曾荣幸地给过莫里哀灵感，一八四五年九月它还存在于世，放在博马舍林荫大道的旧货店里等待出售。

这个老人不愿接待外界任何来访，她说，会客室太凄凉。

十　圣体永敬会溯源

刚才我们讲了，小皮克皮斯修道院的会客室像坟墓般阴森，但这只是局部现象，其他修道院并非如此。特别是圣殿街修道院。说实话，它属于另一个修会，会客室不用黑色遮板，而用褐色帷幔，镶木地板，窗上挂着非常雅致的白纱帘子，墙上挂着各种各样的镜框，一幅露着脸的本笃会修女的画像，几幅花卉画，甚至还有一个土耳其人头像。

那棵被认为法国最大最美的印度栗树，就在圣殿街修道院的花园里。它被十八世纪善良的人民誉为"法兰西王国栗树之父"。

我们说过，圣殿街修道院住着永敬会的本笃会修女，她们和西多的本笃会修女不同。永敬会的资历并不长，不超过二百年。一六四九年，在两个教堂里，圣体两次遭亵渎，前后仅相差几天，一次在圣絮尔皮斯教堂，另一次在河滩广场的圣约翰教堂。这一史无前例、令人发指的渎神行为，在全巴黎引起了震动。圣日耳曼－德－普雷修道院院长兼代理主教先生组织了一次庄严的宗教游行，修道院全体教士参加，并由罗马教廷大使主持祭礼。可是，有两个可敬的女人对这一赎罪活动感到不满足，一个是库坦夫人，即布克侯爵夫人，另一个是夏多维厄伯爵夫人。这种对"祭坛上无比庄严的圣体"的亵渎行为，虽是偶然发生，但这两个圣女耿耿于怀，感到有必要在某个女修院里对圣体进行"永久的崇敬",才能补罪赎过。她们二人分别于一六五二年和一六五三年,向一个叫卡特琳·德·巴尔嬷嬷,又叫圣体嬷嬷的圣本笃会修女捐了一大笔钱,让她创建一座圣本笃会修道院。第一个批准卡特琳·德·巴尔嬷嬷建造这个修道院的,是圣日耳曼修道院院长德·梅茨先生,"条件是,每个申请入院的姑娘,必须每年交纳三百利弗的膳宿费,即六千利弗的本金"。继圣日耳曼修道院院长之后,国王也给议会下了诏书。一八五四年,院长的批准件和国王的诏书在财政部和议会获得认可。

这就是本笃会修女们在巴黎建立圣体永敬会的缘由和法律认可过程。第一个修院建在卡塞特街,是用德·布克和德·夏多维厄两位夫人捐的款将旧房"翻修一新"。

正如大家看到的,这一修会与所谓西多的本笃会根本不是一回事。它受圣日耳曼-德-普雷修道院院长管辖,正如圣心会的嬷嬷受耶稣会会长、仁爱会的嬷嬷受遣使会会长管辖一样。

它与小皮克皮斯修院的圣本笃会修女也截然不同,小皮克皮斯修院的内部情况,刚才我们已讲过了。一六五七年,亚历山大七世教皇特下诏书,批准小皮克皮斯修院和圣体修院一样,永久崇敬圣体。不过,这两个修会仍存在着明显的区别。

十一 小皮克皮斯女修院的结局

从王朝复辟时期开始,小皮克皮斯女修院就渐渐衰落,因为和其他修会一样,十八世纪以后,本笃修会已成了落花流水,走向死亡。静修和祈祷一样,都是人类的需要,但是,和所有被革命触及过的事物一样,也发生了变化,从反对社会进步,一跃而变成赞成社会进步。

小皮克皮斯女修院的人数迅速减少。一八四〇年，小修院已不复存在，寄宿学校也不复存在。不再有老妇，也不再有少女；老的已死去，小的已离开。**全都飞走了**①。

圣体永敬会的教规非常严厉，让人望而生畏。它的感召力越来越小，没有人愿意进来。一八四五年，还能在这里那里找到几个杂务嬷嬷，却找不到一个唱诗嬷嬷了。四十年前，差不多有一百个修女，十五年前，只剩下二十五个。今天有多少呢？一八四七年，小皮克皮斯女修院的院长是个年轻人，不到四十岁，说明选择的范围缩小了。人员减少，疲劳也就增加。每个人的工作变得更艰巨。不久，只剩下十二副佝偻痛苦的肩膀，扛着本笃会的沉重教规。重担一成不变，人少人多一个样。它沉重地压下来，把人压垮。于是，她们被压死了。本书作者住在巴黎时，就死了两个。一个二十五岁，一个二十三岁。二十三岁那个，可以效仿朱利亚·阿尔庇努拉的墓志铭：**我在此安息，享年二十三岁。**②小皮克皮斯修院既然如此衰败，只好放弃对女孩子的教育。

我们从这神秘莫测、世人不知、与众不同的修道院门口经过，怎能不进去看一看，并让一路伴随我们，听我们讲让·瓦让悲惨故事的人也进去看一看，这也许对有些人不无益处。我们已朝这个修院睃了一眼，它的教规是那样陈旧，但今天的人看来，也许感到挺新鲜。这是封闭的园子。Hortus conclusus③。我们详细介绍了这个奇特地方，但怀着崇敬的心情——至少，在崇敬和详细可以调和的范围内。我们并不完全理解，但不侮辱任何东西。我们既不像约瑟·德·迈斯特尔④，竟然对刽子手也歌功颂德，也不像伏尔泰，连耶稣受难十字架也冷嘲热讽。

---

① 原文为拉丁语。
② 原文为拉丁语。
③ 拉丁语，意思与本页注释②相同。
④ 约瑟·德·迈斯特尔（1753—1821），法国作家和哲学家，反对资产阶级大革命，拥护国王和教皇统治。

顺便说一下，伏尔泰这样做缺乏逻辑，因为他本该像为卡拉斯①辩护那样，为耶稣辩护的。在否认降生说的人看来，耶稣受难像代表什么？一个被杀害的哲人。

十九世纪，宗教思想发生了危机。忘记一些东西，这样很好，因为忘记这个，却学会那个。人的心是不会空的。应该拆毁一些东西，只要拆毁之后又重建。

现在，让我们来研究不复存在的东西。哪怕是为了避免重蹈覆辙，也有必要了解它们。明明是对过去拙劣的模仿，却美其名曰"未来"。过去这个幽灵，很会为自己制造假护照。我们要提防陷阱，切莫轻信。过去有一副真面孔，那就是迷信，它还有一副假面具，那就是伪善。我们要揭露真面孔，揭去假面具。

至于修道院，这是个复杂的问题。有文明的问题，它们是谴责的对象；也有自由的问题，它们是保护的对象。

---

① 卡拉斯（1698—1762），法国图卢兹商人，信奉新教，被诬告杀害想脱离新教、皈依天主教的儿子而被处死。死后三年，伏尔泰为他昭雪。

第七卷　　题外话

一　修道院——一个抽象的概念

这部书是出戏，主角是无限。

人是配角。

既然如此，我们遇到了一座修道院，就应该走进去。为什么？因为修道院是人类瞄准无限的一种光学仪器，不仅西方有，东方也有，现代有，古代也有，基督教有，异教、佛教、伊斯兰教也有。

这里丝毫不是大谈某些看法的地方，然而，应该说，我们每每在人的身上遇到无限，不管理解与否，总会肃然起敬，尽管会有所保留，有所迟疑，抑或感到愤慨。在犹太教堂、清真寺、佛庙、印第安神舍，既有令人憎恶的丑陋的一面，又有使人崇敬的高尚的一面。那是对神多么真挚的瞻仰，多么深邃的沉思啊！那是上帝的光辉照在人类这堵墙上发出的反光。

二 修道院——一个历史事实

从历史、理性和真理角度看，修道制度是应受谴责的。

一个国家修道院多了，就会循环受阻，流通受隔，本该是干活的中心，却成了闲散的中心。修道院对于大社会而言，不啻橡树上的瘤子，人体上的疣子。修道院繁荣了，丰腴了，国家却贫穷了。修道制度在人类文明初期是起到积极作用的，可以通过精神力量来减少人民的野蛮，却不利于人民的成熟。此外，当它放纵自己，进入毫无节制的阶段，由于它继续在为人师表，所有在它纯洁时期使它变得有益的理由，便成了有害的因素。

修道生活已然过时。修道院对于现代文明的初期教育功不可没，但却妨碍了现代文明的成长，现在又有害于它的发展。作为一个机构，一种教育人的形式，修道院在十世纪是积极的，十五世纪就有了问题，到了十九世纪，便令人生厌了。修道制度这个麻疯病，几乎将意大利和西班牙折磨得只剩一副骨架，而这两个令人赞叹的国家，在漫长的历史长河中，一个曾是欧洲的光明，另一个曾是欧洲的荣耀，可到了现代，这两个灿烂的民族，多亏了一七八九年那场健康而有力的卫生运动，才开始复苏。

修道院，尤其是古代的女修院，是中世纪一个最可悲的凝结物，而本世纪初意大利、奥地利、西班牙的修道院仍是这样。修道院，这一类修道院，是种种恐怖的集中地。严格意义上的修道院，充斥着死亡的黑光。

西班牙的修道院尤其阴森凄惨。那里，一个个高似大教堂的大祭坛高耸于黑暗中，升向烟雾弥漫的拱顶，升向黑暗重重、朦朦胧胧的圆顶；那里，黑暗中，一条条铁链上挂着耶稣受难白十字架；那里，乌木架上摆着巨大的基督裸体牙雕像；它们不只是血糊糊的，而且是在流血；它们既丑陋，又华丽，肘上露出骨头，膝盖骨露出皮膜，伤口露出血肉，头戴白银荆冠，钉着黄金钉子，额上流淌着一滴滴红宝石做成的鲜血，眼里含着用钻石做成的泪珠。钻石和红宝石看上去湿漉漉的，使得下面黑暗中头戴面纱的人放声痛哭，她们的腰部被粗麻衬衣和铁针头皮鞭折磨得青一块紫一块，胸部被柳条栏板压扁，膝盖因祈祷而磨破了皮；这是些自以为是基督之妻的女人，自以为是天使的幽灵。这些女人有思想吗？没有。她们有愿望吗？没有。她们有爱吗？没有。她们活着吗？不。她们的神经已变成骨头；她们的骨头已变成石头。她们的面纱由黑夜织成。她们在面纱下的呼吸像是死人的气息，惨不忍闻，难以言表。女修院院长是个鬼魂，使她们圣化，使她们恐惧。这里的纯洁野蛮不堪。这就是西班牙老修道院的概况。那是可怕的苦行窟，贞女们的魔窟，是冷酷无情的地方。

天主教的西班牙，比罗马还要罗马。西班牙修道院是典型的天主教修道院。里面散发着东方的气味。大主教是天国的大太监，用重锁锁住并密切窥伺着这个天主的御用后宫。嬷嬷是嫔妃，神甫是太监。信女们在梦里被选定，并占有基督。夜里，那位赤身裸体的英俊青年从十字架上走下来，使得静室里的人心醉神迷。耶稣基督是她们的苏丹，高墙深院使得这些神秘的后妃不能有丝毫人生欢愉。朝外面看一眼，都是不忠的表现。地牢代替了皮袋子。东方是把人扔进大海里，西方则把人扔进地牢里。两地的女人都在受煎熬；这边是波涛，那边是墓窟；这里是水淹，那里是土埋。惨绝人寰，不分高下。

今天，厚古的人们也不能否认这些事实，于是决定付之一笑。如今流行着一种方便而奇怪的做法，抹杀历史的揭露，削弱哲学的评论，取消所有令人不快的事实和阴暗的问题。狡猾的人说："这是可供高谈阔论的题材。"傻瓜跟着重复："高谈阔论的题材。"于是卢梭便成了夸张的演说家；狄德罗是夸张的演说家；伏尔泰为卡拉斯、拉巴尔和西尔旺①辩论，也是夸张的演说家。不知道是谁最近发现，塔西佗是一个夸张的演说家，尼禄②受到了中伤，并认为应该同情"可怜的奥洛费尔纳③"。

可事实是不容易被打败的，它顽强地坚持着。在离布鲁塞尔八里处，在维莱女修院，作者曾在一个草地（原先是修院的院子）中央，亲眼见过一个土牢洞，那是有目共睹的中世纪的见证。此外，在迪勒河畔，又看见了四个石砌地洞，一半在地上，一半在水下。这就是地牢。这些地牢都还残留着一扇破烂的铁门、一个茅坑和一扇装铁条的小窗，那小窗外面高出河面两尺，里面高出地面六尺。四尺深的河水沿墙流过。地面终年潮湿。地牢里的人以湿地作床板。在其中一个地牢里，墙上还嵌着一段铁颈圈；在另一个地牢里，可见一个类似方匣的东西，由四块花岗岩板做成，躺着嫌太短，坐着嫌太矮。那是用来关人的，上面还要加一块石盖。这是事实。人人看得见。人人摸得着。这些地牢，这些囚室，这些铁挂钩，这些铁颈圈，这个高高的河水齐窗流过的铁窗，这个盖着花岗岩盖，活像坟墓，不同的是只埋活人的石头匣子，这个烂泥地面，这个茅坑，这些渗水的墙壁，难道也都在夸张吗？

---

① 卡拉斯，见前注；拉巴尔（1747—1766），法国绅士，被指控折断了一个耶稣受难像，被判活活烧死；西尔旺（1709—1777），法国新教徒，被指控谋杀天主教的女儿而被判死刑。伏尔泰为他们三人作过辩护。
② 塔西佗（55—120），古罗马历史学家。尼禄（37—68），罗马暴君。
③ 奥洛费尔纳，《犹滴传》中的一位将军。该书叙述犹太烈女子犹滴为拯救祖国，引诱敌将奥洛费尔纳，最后将他杀死。

三　尊重过去的条件

　　修道制度，正如在西班牙和西藏所存在的那样，是文明所患的肺痨。它让生命骤然停止。简而言之，它使人口减少。送进修道院，等于将人阉割。它曾是欧洲的灾星。还要加上对信仰的粗暴干涉，强迫选择志向，修院成为封建势力的据点，长子权将家庭多余人口送进修院，上面谈到的残酷的清规戒律，地牢，不让说话，不让思想，多少聪明人被迫终身发愿，过着暗无天日的生活，入会修女着衣仪式，灵魂被活活埋葬。除了民族堕落，还得加上个人所受的折磨，不管你是谁，只要看到修士服和面纱，便会浑身战栗，那是人类发明的两种裹尸布。

　　然而，尽管已是十九世纪中期，出家修道的思想无视哲学，无视进步，仍在某些角落，某些地方横行霸道，现在，苦行的风气死灰复燃，这一奇怪的现象使文明世界瞠目结舌。老态龙钟的修道院顽固地想永远存在，就像变味的香水一心想往你头发上洒，腐烂的臭鱼妄想让你的嘴巴吃，小时候的衣服纠缠着想让成年人穿，尸体回来温柔地拥抱活人。

　　衣服说："忘恩负义！天气恶劣时我保护过你们。为什么不要我了？"

　　臭鱼说："我来自大海。"香水说："我是玫瑰。"尸体说："我爱过你们。"修院说："我教化过你们。"

　　对这一切，只有一个回答：已过去了。

　　梦想将死亡的东西无限延长，并用防腐香料来统治人类，重整腐朽的教义，在遗骸盒上重新涂金，在修院墙上重抹水泥，给圣物盒重新祝福，给迷信的东西重置家具，给狂热的事情重新加油，给圣水器和马刀重新装柄，重新建立修道制度和黩武主义，认为增加寄生虫便能拯救社会，将过去强加于现在，这看来是咄咄怪事。可是却有理论家支持这些理论。这些理论家——都是才华横溢的人——有一套极其简便的办法，他们给过去抹上一种涂料,即所谓的社会秩序、神权、道德、家庭、尊重祖宗、古代的权威、神圣的传统、合法性、宗教。他们大喊大叫:"喂!诚实的人们,接受吧。"这一逻辑古人家喻户晓。古罗马肠卜僧们就使用过。他们给一头黑牡犊抹上石膏粉,然后说:它是白的。Bos cretatus[①]。

至于我们,我们处处尊重过去,对过去持宽容态度,只要它肯承认已经死去。如果还想起死回生,我们就攻击它,竭力杀死它。

迷信、过分虔诚、伪善、偏见,这些丑恶的鬼魂,尽管是鬼魂,却不甘死亡,仍在烟雾中张牙舞爪;必须同它们肉搏,同它们战斗,一刻也不能停止,因为人类注定要同妖魔鬼怪进行永久的搏斗。鬼魂是很难扼住喉咙,很难击垮的。

十九世纪中叶正是太阳当空之时,法国的一座修道院,便是面对阳光的猫头鹰的巢穴。一座修院竟在一七八九、一八三〇和一八四〇年革命的发祥地,明目张胆地推行苦行主义,让罗马的幽灵在巴黎横行霸道,这是一种年代错误。在正常时期,要消除和清除一个年代错误,只须让它拼读一下所标的年份就行了。可是,现在根本不是正常时期。

让我们战斗吧。

让我们战斗,但要有所区别。真理的特点,是绝不要过分。它有必要夸大吗?有的应该摧毁,有的只须用阳光照一照,看一看。善意和严肃的审视,具有何等的力量!阳光充足的地方,千万不要送去火焰。

因此,既然已是十九世纪,我们总的论点是反对出家修行,不管是哪个国家的,欧洲的,还是亚洲的,土耳其的,还是印度的。修道院,便是沼泽。那里显然容易腐烂,那里淤塞静止,有损健康,那里发着酵,使人民发烧枯萎;修院的大量繁殖成了埃及的疮痍。那些国家里,行乞

[①] 原文为拉丁语,意为"牛擦上了白粉"。

僧、和尚、苦行僧、修士、隐修士、比丘和行乞修士触目皆是，泛滥成灾，一想起来就不寒而栗。

说归说，修道的问题依然存在。这一问题某些方面神秘莫测，近乎令人恐惧。让我们来仔细看一看。

四　修道院的原则

一些人聚集起来，共同生活。凭什么权利？凭结社的权利。

他们闭门幽居。凭什么权利？凭每个人都有打开或关闭家门的权利。

他们足不出户。凭什么权利？凭每个人都有来去的权利，当然也包括待在家里不出门的权利。

他们在家里干什么？

他们低声说话，他们低垂眼睛，他们干活。他们放弃尘世，放弃城市，放弃肉欲，放弃快乐，放弃虚荣、骄傲和利益。他们穿粗呢衣或粗布衣。他们没有一人拥有一样东西。走进修院，富人也变成穷人，拥有的东西，全分给大家。被称为贵族、绅士、老爷的人，和做农民的不分贵贱。每个人的修室都是一样。大家都行相同的剃发礼，穿相同的修士服，吃相同的黑面包，睡在相同的麦秸上，死在相同的灰烬上。背上背着相同的褡裢，腰上束着相同的绳子。假如决定赤脚走路，大家一律赤脚走路。假如中间有个王子，这王子和其他人有相同的影子。不再有封号。连姓氏也都消失。他们都只用名字。人人都在平等的教名下弯腰曲背。他们废除了骨肉的家庭，在共同体内建立了精神的家庭。除了全人类，他们不再有其他亲人。他们接济穷人，照看病人。他们选举自己服从的人。他们彼此称呼兄弟。

你会打住我的话头,嚷道:"这才是理想的修道院!"

只要是修道院,就足以让我重视了。

因此,在前一卷里,我以尊敬的口吻谈到了一个修道院。

撇开中世纪,撇开亚洲,暂时不谈历史和政治问题,站在必需的宗教论战之外,从纯哲学的观点出发,只要入修道院绝对出于自愿,不是强迫,那么,我永远会以一种严肃热忱,在某些方面还会以尊敬的态度对待修道共同体。哪里有共同体,哪里便有公社;哪里有公社,哪里便有权利。修道院是"平等、博爱"这一口号的产物。啊!自由是多么伟大!这是多么辉煌的改头换面啊!自由足以把修道院改变成共和国。

让我们继续往下讲。

可这些幽居在高墙内的男人或女人,他们身穿棕色修士服,他们彼此平等,他们互称兄弟;这的确不错,可他们还做别的事吗?

当然。

那么做些什么?

他们看着影子,他们双膝下跪,他们双手合十。

这意味着什么?

五 祈 祷

他们祈祷。

祈祷谁?

上帝。

祈祷上帝是什么意思?

在我们身外,是不是有个无限?这个无限是不是一体的、内在的、永恒的？既是无限，它是不是必然是物质的，哪里没有物质，它便在哪里终止？既是无限，它是不是必然有智力，哪里没有智力，它便在哪里结束？这个无限是不是唤醒了我们身上的本体观念，而我们只能赋予自身存在的观念？换句话说，它是不是就是绝对，我们却是相对？

我们身外有无限，那么，我们身上是不是也有个无限呢？这两个无限（多么可怕的复数！）是不是彼此重叠？第二个无限可不可以说是第一个无限的内里？它是不是第一个无限的镜子、反射、回声，有着同一个中心？这第二个无限也有智力吗？它有思想吗？它有爱吗？它有愿望吗？假如两个无限都有智力，那么它们各自都有一个能产生愿望的本源，上面那个无限有一个我，同样，下面这个无限也有个我。下面的我是灵魂；上面的我是上帝。

通过思想，让下面的无限同上面的无限接触，这就叫祈祷。

不要从人的思想中去掉什么；去掉东西是不好的。应该改革和改变。人的某些性能是面向未知世界的；思想，梦想，祈祷。未知世界是浩瀚的海洋。意识是什么？是未知世界的指南针。思想，梦想，祈祷，这是巨大而神秘的光辉。让我们尊重它们。灵魂的这些庄严的光辉照向哪里？照向黑暗。也就是说奔向光明。

民主之伟大，在于不否定、不放弃人类的一切。在人权的附近，至少在旁边，存在着灵魂的权利。

压制狂热，尊敬无限，这就是法则。我们不要仅限于拜倒在造物主这棵大树下，只顾敬仰群星繁盛的巨大枝丛。我们肩负着责任：教化人的灵魂，捍卫奥秘，反对奇迹，崇敬未知，唾弃荒谬，在无法解释的事物面前，只接受必然的东西，净化信仰，扫除宗教上的迷信，清除上帝身上有害的东西。

六　祈祷绝对是善

至于祈祷方式，只要真诚，任何方式都是好的。把你的书翻到反面，到无限中去。

我们知道，有一种哲学否认无限。按病理学分类，还有一种哲学否认太阳；这种哲学叫失明。

将我们没有的一种感官当做真理的起源，这完全是盲人的厚颜无耻。

奇怪的是，这种瞎子的哲学，面对看见上帝的哲学，采取妄自尊大、居高临下、悲天悯人的态度。我们仿佛听见有只鼹鼠在叫嚷：他们老说看见太阳，真让我可怜！

我们知道，有一些杰出的有力量的无神论权威。其实，这些人又被自身的力量拉回到真实，不大确信自己是无神论者，他们不过是下了个定义。不管怎样，即使他们不相信上帝，作为大智大慧的人，他们证明了上帝。

我们崇敬他们身上哲学家的风范，但对他们的哲学要无情地予以定性。

继续往下讲。

也有令人钦佩的地方，他们极有说空话的本领。北方有个形而上的派别，有点被迷雾蒙住了眼睛，以为用意志一词取代力量，就在人的悟性上进行了一场革命。

他们说：植物想要，而不说：植物生长。的确，如果加上"宇宙想要"，内容就更丰富了。为什么？因为从中可得出这样的结论：植物想要，它就有一个我；宇宙想要，它便有一个上帝。

至于我们，与这一派相反，我们不先验地拒绝一切，可我们认为，这一派所主张的植物有意志的说法，要比他们所否定的宇宙有意志的说法更难接受。

否认无限的意志,即否认上帝,这只有在否认无限的情况下才成立。这一点,我们已论证过了。

否认无限,会直接导致虚无主义。一切都变成"思想的一种产物"。

同虚无主义是无法争辩的。逻辑性强的虚无主义者怀疑交谈者的存在,当然也不相信自己的存在。

按照他们的观点,他们自己也只是"他们思想的一种产物"。

不过,他们丝毫没有发现,他们否定了的一切东西,只要一说到思想二字,就又被他们全盘接受了。

总之,一种把一切都归结为一个"无"字的哲学,是不可能为思想找到任何出路的。

对于"无",只有一个回答:有。

虚无主义毫无意义。

虚无是不存在的。零是不存在的。一切都意味着什么。没有任何东西是虚无的。

人生活中对肯定的依赖,比对面包的依赖更多。

看见和让看见,这甚至是不够的。哲学应该是一种能量,应以改善人类作为自己努力的方向和目标。苏格拉底应与亚当结合,产生马可·奥勒利乌斯①;换句话说,要从追求享乐的人身上,产生大智大慧的人。要把伊甸园变成吕克昂②。科学应该是一种强身剂。享乐,这是多么可悲的目的,多么卑微的志向!傻瓜才讲求享乐。思想,乃是心灵真正的胜利。人们饥渴时给他们送去思想,把上帝的概念当做琼浆供他们畅饮,使意识和科学在他们身上友善相处,让这种神秘的对照把他们变成正直的人,这就是真正哲学的作用。道德是真理的怒放。静思必导致行

---

① 马可·奥勒利乌斯(121—180),罗马皇帝,以贤明著称。
② 吕克昂,古希腊哲学家亚里士多德在雅典创办的学校。

动。绝对应当注重实际。理想对人的思想来说,应当是可呼吸、可饮用、可食用的。唯有理想才有权说:"吃吧,这是我的肉,这是我的血。"智慧是一种神圣的相通。只有这样,智慧才不再是对科学的徒劳的爱好,而是变成团结人类的唯一而至高无上的方式,并从哲学升华为宗教。

哲学不应当是建筑在神秘之上的空中楼阁,只让人自由观赏,除了满足人们的好奇心外,别无他用。

至于我们,以后有机会再来阐述我们的思想,目前只想说,如果没有相信和爱这两个力量作为动力,我们就认识不到人是出发点,进步是目的。

进步是目的;理想是典范。

理想是什么?是上帝。

理想、绝对、完美、无限,这都是意思相同的词。

七 指责当谨慎

历史和哲学肩负着诸多永恒的责任,同时也是些简单的责任;同该亚法①大祭司、德拉古②法官、特里马尔西翁③立法者、提比略④皇帝的斗争,那是清楚的,直接的,透明的,没有半点含糊。可是,隐居的权利,甚至它的缺陷弊端,却要予以确认,并慎重对待。苦行隐修是涉及人的问题。

---

① 该亚法,耶路撒冷大祭司(18—36)。
② 德拉古(活动时期约公元前七世纪),雅典立法者,所制定的法律十分残酷。
③ 特里马尔西翁,公元一世纪古罗马作家佩特罗马乌斯讽刺小说《萨特利孔》中的人物。
④ 提比略(前42—37),古罗马帝国第二位皇帝。

每每谈及修道院，谈及这谬误而无辜，失常而诚挚，愚昧而忠诚，充满着痛苦却是为了殉教而受苦的地方，几乎总是又肯定又否定。

修道院是一种矛盾。其目的是救苦救难，采用的手段是牺牲。修道院是以极端的忘我为结果的极端的个人主义。

以退为进，这似乎是修道制度的座右铭。

在修道院里，人们以苦为乐。人们签发由死亡兑付的支票。人们在尘世的黑暗中预支天国的光明。在修道院里，地狱是被作为进入天堂的生前赠与而接受的。

戴上面纱或穿上修士服，是一种以永生相报的自杀。

对于这样一个问题，我们认为是不应该冷嘲热讽的。不管是好是坏，一切都是严肃的。

正直的人皱起眉头，但从不恶意讥笑。我们能理解愤怒，却不能理解恶意。

八　信仰，戒律

还要啰唆几句。

当教会充满阴谋，我们便谴责教会，当教权热衷俗权，我们便蔑视教权。但我们处处敬重爱沉思的人。

我们向跪着的人致敬。

信仰，人所必需。毫无信仰的人实在可怜！

潜心沉思的人并非无所事事。有看得见的劳动，也有看不见的劳动。

静修，是耕耘；思想，是行动。双臂交叉，是在干活，双手合十，是在做事。双眸凝望上天，是一件工作。

泰勒斯①息交绝游整整四年。他创建了哲学。

在我们看来，苦行修士并非游手好闲之辈，幽居之士并非无所事事之人。

神游冥冥之乡，是件严肃的事。

我们坚持前面说的，同时，我们认为活着的人应念念不忘坟墓。在这一点上，神甫和哲学家的看法是一致的。人是必须死的。这是特拉普修道院②院长与贺拉斯桴鼓相应。

生不忘死，这是哲学家的戒律，也是苦行者的戒律。在这方面，苦行者和哲学家是一致的。

有物质的增长，这是我们需要的。也有道德的发展，这是我们珍视的。

不爱思索、信口开河的人说：

"那些一动不动地面朝神秘世界的人有什么用？他们能干什么？他们在做什么？"

唉！包围和等待我们的是茫茫黑暗，不知道这散向四方、寥无边际的黑暗会把我们怎样，因此，我们只有回答：也许任何事业都比不上他们从事的事业崇高。还要加上一句：也许没有比这更有用的工作。

总得有人来为从不祈祷的人祈祷。

在我们看来，问题的关键在于祈祷时思考多不多。

莱布尼兹③祈祷上帝，那是非常伟大的；伏尔泰崇拜上帝，那是非常美好的。**伏尔泰为上帝建了座丰碑**④。

我们信仰上帝，但反对各种宗教组织。

---

① 泰勒斯（活动期为公元前六世纪），古希腊哲学家，为古代七贤之一。
② 特拉普修道院建于公元十七世纪。实行节食忏悔，坚持缄默。
③ 莱布尼兹（1646—1716），德国自然科学家、数学家、哲学家。
④ 原文为拉丁语，刻在菲尔奈教堂的门楣上。这座教堂是伏尔泰于一七七〇年出资建造的。

我们认为经文是空洞的，祈祷是崇高的。

此外，在我们所处的这个时代——所幸它不会在十九世纪留下印记——多少人垂头丧气，缺乏高尚的灵魂，多少人行尸走肉，追求享乐，热衷于眼前丑恶的物质利益，在这样的风气下，有人隐居修院，离群遁世，我们认为是值得尊敬的。修道院是一种牺牲。尽管这种牺牲是站不住脚的，但总还是牺牲。将一种严重的错误视作责任，自有其伟大之处。

如果围绕着真理，将修道院，尤其是将女修院——因为在我们这个社会里，女人受苦最深，隐居修院，就是对社会的反抗——进行本质的、理想的、反复的分析，直至任何偏见消失殆尽，那么，我们会发现，女修院无可否认地有其庄严的一面。

这种极其严厉、极其阴沉的修道生活，我们刚作了概括的描绘；那不是生活，因为没有自由；那也不是坟墓，因为并不圆满；那是个奇特的地方，在那里，犹如置身于一座高山之巅，一边可以看见我们所在的深渊，另一边看得见我们将去的深渊；那是隔离两个世界的狭窄地带，薄雾笼罩，朦朦胧胧，既有一边的亮光，又有另一边的昏暗，交错着微弱的生命之光与朦胧的死亡之光；那是半明半暗的坟墓之光。

至于我们，我们并不相信这些女人所相信的，但和她们一样也有信仰。每当我们注视这些鞠躬尽瘁、战战兢兢却又充满自信的女人，看见这些谦卑而严肃的女人，敢于生活在神秘世界的边缘，在已关闭大门的世界和尚未启开大门的天国之间耐心等待，望着那看不见的亮光，仅在心里想想自己知道它在那里，便觉得非常幸福，憧憬着万丈深渊和未知世界，双眸凝望静止不动的冥冥黑暗，双膝跪地，狂热着，惊愕着，颤抖着，有时，来自永恒世界的深邃气息，把她们吹得飘飘欲起，每当这时，我们总会肃然起敬，也不免有恐惧之感，既觉得她们可怜可悲，又感到她们值得钦羡。

第八卷　　墓地来者不拒

一　入修院的门路

让·瓦让，按福施勒旺大爷的说法，"从天上掉下来"时，正是掉进了这家修道院。

他在波隆索街的拐角处翻墙进入了园子。他在深更半夜听见的天使的圣歌，是修女们唱的晨经；他在黑暗中窥视的大厅，是小教堂；那趴在地上的幽灵，是行补赎礼的嬷嬷；那使他深感意外的铃铛，是系在福施勒旺膝上的园丁的铃铛。

珂赛特一躺下，正如前面看到的，让·瓦让和福施勒旺便对着一堆旺火，吃起晚饭来。他们喝了一杯葡萄酒，吃了一块奶酪。然后，因为小屋唯一的一张床上躺着珂赛特，他们便各自躺到一堆麦秸上。让·瓦让在合眼之前说：

"以后我得待在这里了。"

这句话在福施勒旺的脑袋里翻腾了一夜。说实话，他们谁都没有睡着。

让·瓦让感到自己已经暴露，雅韦尔在追捕他，他明白，如果他和珂赛特回到巴黎城里，肯定会完蛋。既然刚才新起的一阵狂风把他刮到了这个修院里，他心里只有一个念头，那就是留在里面。然而，对于像他这样悲惨的人，这个修院既是最危险又是最安全的地方。说最危险，是因为任何男人不得入内，一旦被发现，便是现行罪犯，让·瓦让从修道院到监狱只差一步；说最安全，是因为只要能被接受，并能住在里面，谁会到这里来找他呢？住在一个不让住的地方，便能得救。

福施勒旺脑袋里也在翻腾。他开始纳闷这是怎么回事。围墙这么高，马德兰先生如何会在这里？修道院的围墙是不可逾越的。带着个孩子，他是怎么进来的？抱着孩子，如何翻得过一道陡墙？这孩子是谁？他们俩是从哪里来的？

福施勒旺来修道院后，从没听人谈起过滨海蒙特勒伊，对那里发生的事一无所知。马德兰老伯的神态让人不敢提问；况且，福施勒旺心想：对圣人是不能提问的。马德兰先生在他心中威望依旧。不过，从马德兰先生露出的几句话，这位园丁认为可以得出结论：由于时势艰难，马德兰先生可能已破产，债主们在追他。抑或他卷进了一桩政治纠纷中，要找个地方躲起来。对此，福施勒旺丝毫不觉得不高兴，他和许多北方农民一样，在他的内心深处，一直是拥护拿破仑的。马德兰先生既然想躲起来，并且选择了修道院作避难所，那他想留下来是很自然的事。但有一点福施勒旺百思不得其解，那就是马德兰先生如何能进来的，还带着这个小女孩。福施勒旺看得见他们，摸得着他们，同他们说话，但却难以置信。不可理解的事刚才降落到福施勒旺的陋屋里。福施勒旺试着作各种猜测，越猜越糊涂，不过，有一点他是清楚的：马德兰先生救过我的命。明确这一点就够了。他下了决心。他心里想道：该我报恩了。他还想道：马德兰先生钻到车子底下救我时，没有像我这样考虑再三。他决定救马德兰先生。

可他仍给自己提了各种问题，并找出答案。

"他救过我的命,可是,假如他是小偷,我要不要救他呢?当然。假如他杀了人呢,我还救他吗?当然。既然他是圣人,我要救他吗?当然。"

可是,让他待在修道院里,谈何容易!在这几乎是空想的企图面前,福施勒旺毫不退却。这个可怜的庇卡底农民,决心攀登修道院难以攀登的重重难关,以及圣本笃戒律的道道峭壁,他唯一的梯子便是他的忠心,他的诚意,还有一点儿这次是用来仗义救人的乡下人传统的精明。福施勒旺老爹已是风烛残年,生来为人自私,行将就木时,成了瘸子和残废,他在世上不再有任何利益,认为感恩图报是件好事,看到能做一件可歌可泣的事,就冲了上去,有如一个垂死的人,伸手碰到一杯从未饮过的美酒,便一饮而尽。还可以说,他来这修道院已有几年,他所呼吸的空气已摧毁了他的个性,最终使他认为有必要做一件好事。

于是他下了决心:要效忠马德兰先生。

刚才,我们称他为可怜的庇卡底农民。这样称他很正确,但不全面。故事讲到这里,有必要介绍一下福施勒旺老爹的相貌了。他是农民,但也是公证所事务员,这使他精明之外,多了点狡辩的才能,质朴之外,多了点洞察力。只因种种原因,他在事业上失败,从公证所事务员一下沦为车夫和苦力。可是,尽管他常常口出粗话,手挥鞭子(这对牲口似乎很有必要),但他身上仍有公证所事务员的特点。他生来有点小聪明;他说话从不出语病;他善于同人交谈,这在村里是凤毛麟角。乡亲们说他言谈像个戴礼帽的先生。的确,对于福施勒旺,可用上世纪粗野而轻浮的语言,把他称作"半绅士,半乡巴佬";也可用平民档案中贵族对穷人用的隐语,把他形容成:"有点像庄稼汉,有点像城里人,胡椒和盐。"尽管福施勒旺惨遭命运的考验和折磨,是一个走投无路的可怜老汉,可他做事却凭本能和直觉;这是能防止变坏的极其宝贵的品质。他的缺点和毛病(他也有过),那都是表面上的。总之,他的相貌能获得观察家的青睐。在他那张老脸的额头上，没有一条显示凶恶和愚蠢的令人厌恶的皱纹。

福施勒旺老爹想了很多很多，拂晓时分，他睁开眼睛，看见马德兰先生坐在麦秸上，凝视着珂赛特睡觉。福施勒旺坐了起来，他说：

"现在您人已在这里，怎么样才能从外面进来呢？"

这句话概括了当时的情况，并把让·瓦让从沉思中惊醒。

两位老人商量起来。

"首先，"福施勒旺说，"您要做的第一件事，就是不要离开这个屋子。不管是您，还是孩子。跨进园子一步，我们就完了。"

"对。"

"马德兰先生，"福施勒旺又说，"您来得正是时候，我是想说非常不幸的时候，有个嬷嬷病得很重。这样，人家就不大会注意我们这边了。她好像快死了。正在做四十小时的祈祷。整个修院乱成一团。她们全都为这事忙着。快要走的这个嬷嬷是个圣人。其实，这里人人都是圣人。她们和我之间只有一点区别，她们说'我们的修室'，而我说'我的窝。'马上就要给临终者做祷告了，然后是给死者做祷告。今天我们这里会太太平平，明天就难说了。"

"可是，"让·瓦让指出，"这间小屋缩在墙的凹角里，被一个破房子挡着，还有树木，修道院那边看不到。"

"而且，我还要补充一句，修女们从不走近这里。"

"好啊？"让·瓦让说。

他用疑问的口吻加强这句话，可以理解为：我觉得可以躲在里面了。针对这疑问语气，福施勒旺回答：

"可有那些小女孩呀。"

"什么小女孩？"让·瓦让问道。

福施勒旺正张嘴要解释他刚才说的话，一只钟敲了一下。

"那修女死了，"他说，"这是丧钟。"

他示意让·瓦让注意听。

那钟又敲了第二下。

"这是丧钟，马德兰先生。一分钟一次，要连续敲二十四小时，直到尸体从教堂里运出去。瞧，又敲了。课间休息时，只要有个球滚过来，她们就会不顾禁令，跑到这里来寻找。这些小天使，都是些淘气鬼。"

"谁？"让·瓦让问。

"那些小女孩呀。瞧吧，您很快就会被发现的。她们会大叫大嚷：哇，有个男人！不过，今天没有危险。今天没课间休息。一整天都要祈祷。您听见钟声了吧。正如我刚才说的，一分钟一次。这是丧钟。"

"我明白了，福施勒旺大爷。有寄宿生。"

让·瓦让心里却在琢磨：

"珂赛特可有地方受教育了。"

福施勒旺咋呼道：

"嘿！要是小女孩来到这里可就糟了！她们围着您叽叽喳喳！她们会逃跑！这里，男人就是瘟疫。您瞧见了，人家把我当猛兽，在我脚上绑了个铃铛。"

让·瓦让越来越陷入沉思中。

"这个修道院能救我们。"他喃喃自语道。接着，他抬高嗓门：

"是的，难就难在如何留下来。"

"不对，"福施勒旺说，"而是如何出去。"

让·瓦让顿觉血液涌回心脏。

"出去？"

"是的，马德兰先生，为了再进来，您得先出去。"

等一声丧钟过去后，福施勒旺才接着又说：

"不能让人在这里发现您。您是从哪里来的？对我来说，您是从天上掉下来的,因为我认识您。可嬷嬷们却需要别人从大门进来。"

忽然,另一只钟发出了更为复杂的响声。

"啊!"福施勒旺说,"敲钟召唤参事嬷嬷了。她们要去开教务会议了。有人死了,都要召开教务会议。她是拂晓时死的。一般都是在拂晓时死。您难道不能从进来的地方出去吗?不过,我问您从哪里进来的,并不是向您提问题。"

让·瓦让脸色顿然发白。一想到又要回到那条可怕的街上,他就不寒而栗。刚逃出到处是老虎的森林,没想到一个朋友又劝你回到那里去。让·瓦让想象中,看见整个街区布满了警察,暗探在密切监视,哨兵星罗棋布,可怕的拳头伸向他的领子,雅韦尔也许就躲在十字路口的角落里。

"这不可能!"他说,"福施勒旺大爷,就算我是从天上掉下来的吧。"

"这我相信,这我相信。"福施勒旺又说,"您没有必要同我说这个。仁慈的上帝可能抓住了您,仔细看了看,又把您放了。不过,他本想把您放进一个男修道院里,结果出了错。听,又响钟声了。这是通知看门人去通知市政府,让他们通知法医来确认人死了。这是人死后的一套繁文缛节。那些嬷嬷,不大喜欢医生来访。医生是什么也不信的。他把面纱揭掉,甚至把其他东西揭掉。这次,她们这么快就通知医生了!有什么事?您这孩子一直不醒。她叫什么名字?"

"珂赛特。"

"是您的女儿?看起来,您是她的祖父吧?"

"是的。"

"她从这里出去倒不难。我出去办事专门有道门,通向院子。我敲敲门。门房打开门。我背着我的背篓,小姑娘藏在里头。我出门去。福施勒旺大爷背着背篓出门,是最平常的事。您叫孩子安静地待在里面。上面盖着雨布。到时候,我把她放在一位卖水果的老婆婆家里,她是我的朋友，住在绿径街，是个聋子，她家有张小床。我对着她的耳朵大声说，这是我的侄女，叫她帮我看到明天。然后，小姑娘和您一起回来。因为我会设法让您回来的。必须这样做。可您怎么出去呢？"

让·瓦让点了点头。

"不能让人看见我。这是最关键的，福施勒旺大爷。想个办法让我出去，就像珂赛特躲在篓筐里盖着雨布出去一样。"

福施勒旺用左手搔了搔耳垂，这是十分为难的表示。

这时，响起第三次钟声，分散了他们的注意力。

"法医走了。"福施勒旺说，"他看过了，他说：她死了，好了。医生签发了去天国的通行证后，殡仪馆便送来一口棺材。若是一个参事嬷嬷死了，就由参事嬷嬷们给她入殓；如是一般的修女，就由一般的修女们给她入殓。然后，由我钉上棺材。这是我做园丁的事。园丁做一点掘墓人的工作。尸体放到教堂底层的一间屋子里，这屋子通向大街，除了法医，任何男人都进不来。我不把殡仪馆的送葬工和我算作男人。我就在楼下那间厅里钉棺材。送葬工来把棺材运走，车夫扬起鞭子！人就是这样上天国的。人们运来一个空盒子，抬走时里面装了些什么。这就是埋葬死人。**深深埋葬**[①]。"

一缕阳光横照在沉睡的珂赛特的脸上。她微微张开嘴巴，有如天使在喝饮阳光。让·瓦让已把眼睛移到她身上。他不再听福施勒旺说话。

没有人听，不是住口的理由。厚道的老园丁继续平静地唠叨着。

"在沃日拉公墓挖坑埋葬。这个沃日拉公墓，据说要取消了。这是个老公墓，没有章程，乱葬一起，不久就要退役了。这很遗憾，因为它很方便。那里有我一个朋友，梅斯蒂安大爷，是掘墓的。这里的修女们有一个特权，可以天黑时送到这个公墓。市政府特别为她们订了个法令。

[①] 原文为拉丁语。

可昨天以来发生了多少事！受难嬷嬷死了，马德兰老伯……"

"埋葬了。"让·瓦让苦笑着说。

福施勒旺转了话锋。

"天哪！您要是在这里待下去，那就真的埋葬了。"

第四次钟声响了。福施勒旺赶紧从钉子上取下带铃铛的皮带子，又把它绑到膝盖上。

"这次是叫我的。院长嬷嬷叫我去。哎哟，皮带的扣针扎了我一下。马德兰先生，不要动，等着我。有新情况。您饿的话，那里有酒、面包和奶酪。"

他走出小屋，边走边说："来啦！来啦！"让·瓦让看见他匆匆穿过园子，他的瘸腿能走多快，就走多快，边走边望着路边的瓜田。

福施勒旺大爷一路走去，铃铛声吓得修女们赶快逃跑。不到十分钟，他就来到一个门前，轻叩一下，一个温柔的声音答道："永远。""永远"即是"请进"。

这道门是专为园丁而设的会客室的门，有事便召他到这里。隔壁便是教务会议厅。院长嬷嬷坐在会客室唯一的椅子上，等着福施勒旺。

二　福施勒旺遇到难题

对于某些性格、某些职业的人，尤其是神甫和修女，在紧急关头显出不安和严肃的神态，这就很特别了。福施勒旺进来时，院长嬷嬷的脸上就露出了这样两种忧虑神色，而这位才貌双全的德·布莱默小姐平常总是高高兴兴的。

园丁诚惶诚恐地行了礼，站在修室的门口。院长嬷嬷手里拨着念珠，抬起头来说：

"啊！是您，福旺大爷。"

这个简称修院里叫惯了。

"是我，尊敬的院长嬷嬷。"

"我有话要对您说。"

"我也是，"福施勒旺内心害怕却壮着胆子说，"我也有事要对尊敬的院长嬷嬷说呢。"

院长看着他。

"啊！您有事要告诉我。"

"有事要求您。"

"那好，说吧。"

这位当过公证所事务员的福施勒旺老头，属于那种沉着镇静的乡下人。善于装聋扮傻，便是一种力量；你对他毫无提防，不觉上了他的当。福施勒旺在修道院已待了两年了，赢得了大家的信任。他孤身一人，成天忙着侍弄园子，除了好奇，几乎没有旁的事好做。他从远处望着头戴面纱来来往往的女人，仿佛一些幽灵在前面晃动。他不断注意，不断穿透，这些幽灵终于在他眼里都变成了血肉之躯，这些死人全变成了活人。他就像聋子，视觉更明了，就像瞎子，听觉更灵了。他用心分辨各种钟声的含义，最终了如指掌，于是，这个默默无声、谜一般的修道院便没有事能瞒得过他；这个斯芬克司①对着他的耳朵叨叨所有的秘密。福施勒旺知道一切，却装作一无所知。这是他的本事。全修道院的人都认为他傻里傻气。这在修道院里可是一大优点。参事嬷嬷们对福施勒旺很看重。这是个奇特的哑巴。他赢得了大家的信任。此外，他勤勤恳恳，足不出户，除非果园和菜园里有事要办。他谨慎小心，大家感激他。不

---

① 斯芬克司，希腊神话中的带翼狮身女怪，在底比斯城外叫过往行人猜隐谜，猜不出的人当场被它杀死。今常用斯芬克司暗喻谜一般的人物。

过，他仍能从两个人那里套出话来：一个是修院的门房，知道会客室里发生的事；另一个是公墓的掘墓人，知道墓地发生的事。因此，他有两盏灯照着修女们：一盏照着生，一盏照着死。但他从不滥用。修院里的人都很器重他。年迈，腿瘸，眼瞎，还有点耳聋，优点数不胜数！很难找到人替代他。

那老头自觉深受器重，非常自信，便以乡下人的唠叨，对尊敬的院长嬷嬷开始了一番长篇大论，拉拉杂杂，却非常深刻。他啰啰唆唆，讲他年事已高，身有残疾，年龄太大，往后更会力不从心，工作的要求越来越高，园子那样大，夜里还得起床干活，就像昨天，因为有月亮，不得不夜里起来给甜瓜盖草席，最后，他说，他有个兄弟（院长动了一下），年纪不轻了（院长又动了一下，但这是放心的表示），院长愿意的话，他这个兄弟可来同他一起住，帮帮他的忙，他是个出色的园丁，在修院里能派上用场，比他更有用；否则，假如院方不要他兄弟，他这个当哥哥的，感到年老体弱，干活力不从心，只好遗憾地离开这里了；他兄弟有个小女孩，他要带来，让她在修道院里，在上帝的身边成长，谁知道呢，也许有一天她会成为修女。

他讲完后，院长停止拨念珠，对他说：

"今晚以前，您能不能弄到一根粗铁棍？"

"干什么用？"

"做撬棍。"

"行，尊敬的院长嬷嬷。"福施勒旺回答。

院长没再说话，起身走进隔壁的屋子，那是教务会大厅，参事嬷嬷可能在里面开会。福施勒旺一个人待着。

三　纯洁嬷嬷

大约过了一刻钟。院长回来了，又坐到那张椅子上。

双方似乎都有心事。我们尽可能把他们的谈话速记下来。

"福旺大爷？"

"尊敬的院长嬷嬷？"

"您知道小教堂吧？"

"那里有我一个小室，用来听弥撒和日课的。"

"那您到唱诗室里干过活吗？"

"两三次。"

"现在要把一块石头撬开。"

"重吗？"

"就是祭坛旁边那块铺地的石头。"

"盖地窖的那块？"

"是的。"

"这种场合，有两个男人就好了。"

"耶稣升天嬷嬷会来帮您，她和男人一样有劲儿。"

"女人总比不上男人。"

"我们只有一个女人可以帮您。各尽所能嘛。我不会因为堂·马比荣神甫①编了四百一十七篇圣伯尔纳的书简，而梅洛努斯·奥斯提乌斯只编了三百六十七篇，就看不起梅洛努斯·奥斯提乌斯。"

"我也不会。"

"人的价值在于量力而行。隐修院不是工场。"

---

① 堂·马比荣（1632—1707），法兰西隐修院学者，文物研究家，史学家。参与编订圣伯尔纳的著作和本笃会圣徒《传记》。

"女人不是男人。我兄弟力气才大呢!"

"再说,您还有一根撬棍。"

"这是唯一能打开那种门的钥匙。"

"石头上有个铁环。"

"我把撬棍插进去。"

"那石头是可以转动的。"

"那好,尊敬的院长嬷嬷。我去打开地窖。"

"还有四个唱诗嬷嬷帮您。"

"地窖打开后呢?"

"还得再盖上。"

"就这些吗?"

"不。"

"请吩咐,极其尊敬的院长嬷嬷。"

"福旺,我们信任您。"

"我来就是什么都干的。"

"而且严守秘密。"

"是,尊敬的院长嬷嬷。"

"地窖打开后……"

"我再把它盖上。"

"但在盖上之前……"

"什么,尊敬的院长嬷嬷?"

"要把一样东西放进去。"

一阵沉默。院长下嘴唇撇了撇,好像有点犹豫,最后打破沉默。

"福旺大爷?"

"尊敬的院长嬷嬷?"

"您知道,今天早晨有个嬷嬷去世了。"

"不知道。"

"您没听见敲钟？"

"在园子最里头，什么也听不见。"

"是吗？"

"叫我的钟声，我也是勉强听见。"

"她是拂晓时去世的。"

"再说，今天早晨，风不是刮向我那边。"

"是耶稣受难嬷嬷。一个有真福的女人。"

院长停住了，她动了一会儿嘴唇，仿佛在默念经文，接着，她又说：

"三年前，有个扬申派教徒，德·贝蒂纳夫人，只因看见了耶稣受难嬷嬷祈祷，便皈依了正教。"

"啊，对，尊敬的院长嬷嬷，我现在听见丧钟了。"

"嬷嬷们已把她抬到教堂的停尸间去了。"

"我知道。"

"除了您，任何男人都不能，也不得进入那间屋。您得看严点。要是停尸间里进去个男人，那就好看了。"

"更经常！"

"嗯？"

"更经常！"

"您说什么？"

"我说更经常。"

"比什么更经常？"

"尊敬的院长嬷嬷，我没说比什么更经常，我是说更经常。"

"我不明白您的话。为什么说更经常？"

"像您那样说罢了，尊敬的院长嬷嬷。"

"我可没说更经常。"

"您是没有这样说,可我这样说,是为了像您那样说。"

这时,九点敲响了。

"上午九点,以及每时每刻,愿祭坛上的圣体受到赞美和崇敬。"院长说。

"阿门。"福施勒旺说。

钟声响得正是时候,一下打断了关于"更经常"的争论。没这钟声,院长和福施勒旺恐怕永远也争论不清。

福施勒旺擦擦额头。

院长又默诵了一会儿,可能是神圣的祷文,接着,抬高嗓门说:

"耶稣受难嬷嬷活着时感化了许多人,她死后会显灵的。"

"她会的!"福施勒旺回答,他亦步亦趋,努力不再犯前面那样的错误。

"福旺大爷,多亏耶稣受难嬷嬷,修院受到了上帝的祝福。当然,不是所有的人都像贝鲁尔红衣主教那样,在念弥撒的时候去世,一面魂归上帝,一面还在诵读**在此祭品中**……① 耶稣受难嬷嬷虽没有这么多幸福,可她的死却很可贵。直到最后一刻,她的神智仍很清楚。她同我们说话,接着又同天使说话。她对我们做了最后的告诫。假如您心更诚一些,能到她的修室去,让她摸一摸,您的腿就治好了。她面带笑容。我们感到,她在上帝身上复活了。在她的死中,是有极乐的。"

福施勒旺以为这是一次祷告的结束。

"阿门。"他说。

"福旺大爷,应该满足死者的愿望。"

院长拨了几颗念珠。福施勒旺沉默不语。她继续往下说。

"关于这个问题,我已请教过几位献身于耶稣基督的教士,他们从事神职工作,且硕果累累。"

---

① 原文为拉丁语。祝圣祷词开头语。

"尊敬的院长嬷嬷,这里听丧钟比在园子里清楚。"

"而且,她不只是死人,还是位圣人。"

"就像您,尊敬的院长嬷嬷。"

"二十年来,她一直在棺材里睡觉,是我们的圣父庇护七世特许的。"

"是给皇……给波拿巴加冕的那位?"

像福施勒旺这样精明的人,此刻提起波拿巴是不合时宜的。幸亏院长嬷嬷只想着自己的事,没有听见。她继续说:

"福旺大爷?"

"尊敬的院长嬷嬷?"

"卡帕多西亚的大主教圣迪奥尔多,想在自己的墓上只写一个词:Acarus①,意思是蚯蚓,这照办了。是吧?"

"是的,尊敬的院长嬷嬷。"

"阿基拉修院院长,享有真福的梅佐卡纳,想埋在绞刑架下。这照办了。"

"是这样。"

"台伯河入海处波尔港的主教圣泰伦斯,要求在他的墓碑上刻弑父者坟冢上的标记,希望行人朝他的坟墓吐唾沫。这照办了。应该听从死者的遗愿。"

"但愿如此。"

"贝尔纳·吉多尼斯生在法国的罗什-阿贝伊附近,却在西班牙蒂伊地区当主教,人们不顾卡斯蒂利亚国王反对,遵照他的遗愿,把他的尸体运到法国里摩日的多明我会②教堂。能说这不对吗?"

"当然不能,尊敬的院长嬷嬷。"

"普朗塔维·德·拉·福斯证实了这件事。"

---

① 拉丁语。这是在给圣体饼做祝圣仪式前主祭祈祷时开头说的话。
② 多明我会,又名兄弟布道会,天主教四大托钵修会之一。一二一七年由圣多明我创立。

院长又默默拨了几颗念珠。接着,她说:

"福旺大爷,耶稣受难嬷嬷将入殓在她睡了二十年的棺材里。"

"这样是对的。"

"这是一种继续睡眠。"

"那么,我得把她钉在那口棺材里吗?"

"是的。"

"把殡仪馆的棺材撇开不用?"

"一点不错。"

"我照万分尊敬的修院的吩咐办。"

"四位唱诗嬷嬷会帮助您的。"

"帮我钉棺材?用不着她们。"

"不是。帮您把它抬下去。"

"抬到哪里?"

"地窖里。"

"什么地窖?"

福施勒旺惊得一跳。

"祭坛下的地窖!"

"祭坛下的。"

"可是……"

"您会有根铁撬棍。"

"那是,不过……"

"您把铁棍插进铁环里,将石头撬开。"

"可……"

"得服从死者的遗愿。葬在小教堂祭坛下的地窖里,不去世俗的地下,死了仍待在活着时祈祷的地方,这是耶稣受难嬷嬷的临终遗愿。她请求我们,也就是命令我们这样做。"

"可这是禁止的呀。"

"人禁止,可上帝下了命令。"

"万一走漏风声呢?"

"我们相信您。"

"啊,我,我是您墙上的一块石头。"

"已开过教务会了。我刚才还召集过参事嬷嬷,她们进行了商量,决定遂耶稣嬷嬷的心愿,把她装殓在她的棺材里,埋在我们的祭坛下。福旺大爷,您想想,这里会出现圣迹该多好啊!这是上帝对修院的多大荣耀啊!圣迹出自坟墓。"

"可是,尊敬的院长嬷嬷,万一卫生部门……"

"在丧葬问题上,圣本笃二世就违抗过君士坦丁四世①的旨意。"

"可是,警察局……"

"肖诺德梅尔,君士坦斯一世②时代入侵高卢的七个日耳曼国王中的一个,曾明文承认修士有权埋在修院,即祭坛底下。"

"可是,警察局的督察……"

"在十字架面前,世界微不足道。查尔特勒修会的第十一任会长马丁,曾对他的修会说过这样一句格言:**地球转动,十字架岿然不动**③。"

"阿门。"福施勒旺说;他听到拉丁文,总是坚定地用这种方式来摆脱困境。

过久不说话的人,遇到什么,都会大说一通。雄辩术教师日姆纳斯托拉斯出狱那天,身体里积满了两刀论法和三段论法,遇到一棵大树,便停下来,对它高谈阔论,竭力说服它。院长嬷嬷平时被沉默堤坝挡住,话满得要溢出来了,她站起来,打开话闸,滔滔不绝地讲了起来:

---

① 君士坦丁四世(652—685),拜占廷帝国皇帝。
② 君士坦斯一世(约323—350),曾任罗马帝国皇帝(337—350)。
③ 原文为拉丁语。

"我右边有本笃,左边有伯尔纳。伯尔纳是谁?它是明谷修院的第一任院长。勃艮第的丰泰纳因是他的出身地而成为福地。他父亲叫泰斯兰,母亲叫阿莱特。他先在西多修院任职,最后到了明谷修院,是索恩河畔夏龙的主教威廉·德·尚波任命他当修院院长的。他有七百个初学修士,创建了一百六十所修道院。一一四〇年,在桑斯的主教会议上,他击败了阿贝拉、皮埃尔·德·布里及其弟子亨利,还有另一派叫作使徒派的旁门左道。他使阿诺·德·布雷斯无言以对,使屠杀过犹太人的拉乌尔惊慌失措,操纵了一一四八年在兰斯召开的主教会议,提议惩处了普瓦捷主教吉尔贝·德·拉波泰、埃隆·德·莱图瓦尔,调解过亲王间的纠纷,开导过小路易国王①,劝导过欧仁三世教皇,处理过圣殿骑士团问题,鼓吹过十字军,一生中显过二百五十次圣迹,甚至一天就显了三十九次。本笃是谁?是蒙卡森的教长,是修道院神圣性的第二创始人,是西方的巴西勒②。他的修会出过四十个教皇,二百个红衣主教,五十个教长,一千六百个大主教,四千六百个主教,四个皇帝,十二个皇后,四十六个国王,四十一个王后,三千六百个受封的圣人,已有一千四百年的历史。一边是圣伯尔纳,另一边是卫生机构的人!一边是圣本笃,另一边是路政机构的人!国家,路政局,殡仪馆,规章制度,行政当局,关我们什么事?任何过路人看见他们这样对待我们,都会义愤填膺。我们连把自己的遗骸献给耶稣基督的权利都没有!你们的卫生机构是革命的产物。上帝也得隶属于警察局,这是什么世道!别说话,福旺!"

福施勒旺挨了场倾盆大雨,不知所措。院长继续往下谈。

"修院有权处理丧葬问题,这不容置疑。只有偏执狂和信仰不定的人才会否认这点。我们生活在极其混乱的时代。该知道的事不知道,不该知道的事却知道。肮脏卑鄙,亵渎宗教。现在,竟有人把极其伟大的

---

① 小路易,即路易七世(1120—1180),法国国王。
② 巴西勒(330—379),希腊基督教神学家。

圣伯尔纳，同所谓穷苦天主教徒的伯尔纳混为一谈，那人不过是十三世纪的一个好教士。还有些人亵渎神明，竟把路易十六的断头台，同耶稣基督的十字架相提并论。路易十六不过是个国王。可别怠慢了上帝！现在已无所谓公道不公道了。人人知道伏尔泰，却不知道凯撒·德·比斯①。然而，凯撒·德·比斯是上帝降福的人，伏尔泰则是个不幸的人。前任大主教，德·佩里戈尔红衣主教竟然不知道查理·德·孔德朗接替贝鲁尔，弗朗索瓦·布古安接替孔德朗，让-弗朗索瓦·瑟诺接替布古安，圣玛特的父亲接替让-弗朗索瓦·瑟诺。大家知道科通神甫②的名字，并非因为他是创建奥拉托利会的三位倡议人之一，而是因为胡格诺派国王亨利四世用他的名字来诅咒。圣弗朗索瓦·德·萨尔之所以受上流社会青睐，是因为他玩牌时弄虚作假。此外，还有人攻击宗教。为什么？因为有坏神甫。因为加普的主教萨吉泰是昂布伦的主教萨洛纳的兄弟，两人都追随过莫莫尔。这有什么？这能阻止马丁·德·图尔成为圣人，把他的半件斗篷送给穷人吗？人们迫害圣徒。人们对真理闭眼不看。黑暗已成了习惯。最凶残的野兽是瞎了眼的野兽。没有人认真想想地狱。啊！凶恶的人民！在今天，以国王的名义，则意味着以革命的名义。人们不再知道对活人和对死人应负的责任。想死得圣洁也不让。坟墓成了俗事。真可怕。圣莱昂二世特意写了两封信，一封给皮埃尔·诺泰尔，另一封给西哥特人③的国王，反对和驳斥东罗马帝国的总督和皇帝在死人问题上的至高无上的权力。在这个问题上，夏龙的主教戈蒂埃同勃艮第公爵奥通作过斗争。前朝的司法官对此没有异议。从前，就是在俗事上，我们也有发言权。西多修院的院长，即西多修会会长，是勃

---

① 凯撒·德·比斯（1544—1607），法国传教士，创建天主教兄弟会。
② 科通（1564—1626），法王亨利四世的忏悔神甫。亨利四世原为法国新教徒首领，后皈依天主教。他诅咒的时候，常用"我否认天主"，后来，科通让他改用"我否认科通"。
③ 西哥特人，哥特人的一个分支，四世纪时，与东哥特人分离，不断侵犯罗马的领土，并在西班牙和高卢建立了庞大的王国。

艮第最高法院的当然顾问。我们的人死了，我们想怎么做，就怎么做。五四三年三月二十一日，圣本笃在意大利的蒙卡森仙逝，可他的尸体现在不照样放在法国的弗勒里修道院，即卢瓦河畔圣本笃修道院里吗？这都是铁的事实。我憎恶诵读诗经的人，我痛恨修院院长，我厌恶信奉异教的人，但我更讨厌和我意见不一致的人。只要读一读阿努尔·维翁、加布里埃·比斯兰、特里泰姆、莫罗里库斯和堂·达施里的作品，就都明白了。"

院长喘了口气，然后转向福施勒旺：

"福旺大爷，说定了吗？"

"说定了，尊敬的院长嬷嬷。"

"可以相信您吗？"

"我一定照办。"

"很好。"

"我对修院忠心耿耿。"

"就这样定了。您把棺材钉上。嬷嬷们把它抬到小教堂里，做追思祭礼，然后，大家回到内院。夜里十一点到十二点之间，您带着撬棍来。一切都在极其秘密的情况下进行。小教堂里只有四位唱诗嬷嬷、耶稣升天嬷嬷和您。"

"可是，绑木柱的那位嬷嬷不会看见吗？"

"她不会回头的。"

"可她听得见呀。"

"她不会听的。况且，修院里知道的事，不会传到外面。"

又沉默了一阵。院长继续说：

"到时您把铃铛解下。没必要让绑木柱的嬷嬷知道您在那里。"

"尊敬的院长嬷嬷？"

"什么事，福旺大爷？"

"法医来过了吗?"

"下午四点来。已敲过喊法医的钟了。您什么钟声都听不见吗?"

"我只注意喊我的钟声。"

"这很好,福旺大爷。"

"尊敬的院长嬷嬷,得有一根至少六尺长的铁棍。"

"您上哪里去弄这样长的铁棍呢?"

"有铁栅栏的地方,就有铁棍。园子里头,我有一堆废铁哩。"

"午夜前三刻钟左右,别忘了。"

"尊敬的院长嬷嬷?"

"什么?"

"往后您还有这样的力气活,我兄弟最合适了。他力大如牛!"

"您尽快把事做完。"

"我快不了。我是个残废。就因为这,我要个帮手。我的腿是瘸的。"

"瘸腿不是错误,说不定是福气。与假教皇格雷古瓦作斗争,并重新确立本笃八世为教皇的亨利二世就有两个绰号:圣人和瘸子。"

"有两件无袖外套当然不错①。"福施勒旺喃喃自语。事实上,他耳朵有点背。

"福旺大爷,我想,就用整整一个小时来干吧。这不算多。您带着撬棍,十一点准时到主祭坛来。追思祭礼午夜开始。在这之前一刻钟,一切都得做完。"

"我将不遗余力地证明对修院的忠诚。就这样说定了。我钉上棺材。十一点我准时到小教堂。唱诗嬷嬷将在那里,耶稣升天嬷嬷将在那里。有两个男人就更好了。算了,管它呢!我有铁撬棍。我们把地窖撬开,将棺材放下去,然后关上地窖。做完后,不留丝毫痕迹。官方不会怀疑。

---

① 法语中,绰号(surnom)和无袖外套(surtout)音相近。

尊敬的院长嬷嬷，一切就这样安排妥了？"

"没有。"

"还有什么？"

"人家抬来的那口棺材还是空的。"

两人沉默了一阵。福施勒旺在思考。院长嬷嬷在思考。

"福旺大爷，那口棺材怎么办？"

"把它埋到地里去。"

"空着？"

又一阵沉默。福施勒旺用左手做了个手势，似乎在打消一个令人不安的念头。

"尊敬的院长嬷嬷，是我在教堂底层那间屋子里钉棺材，除了我，谁也不进来，我在棺材上盖一块棺罩。"

"好的，不过，抬棺材的人把它抬到柩车上，放到坑里时，一定会感到里面是空的。"

"啊！见……"福施勒旺惊叫起来。

院长嬷嬷开始画十字，眼睛盯着福施勒旺。"鬼"字到了嘴边没有说出口。

他赶紧把话岔开，以便掩饰这个诅咒。

"尊敬的院长嬷嬷，我放些土在棺材里。人们会以为里面有人。"

"您说得对。土和人是一样的东西。空棺材就交给您办了？"

"这事我来办。"

院长那张忧心忡忡的脸，终于平静下来。她像上级打发走下级那样，向他做了个手势。福施勒旺朝门口走去。他正要出去，院长微微抬高嗓门说：

"福旺大爷，我对你很满意。明天葬礼后，把您的兄弟带来，叫他把他的女儿也带来。"

四　让·瓦让好像读过奥斯丁·卡斯蒂约的作品

瘸子走起路来，有如独眼人送秋波，不会很快到达目的地。况且，福施勒旺正不知所措。他走了差不多一刻钟，才回到园子里的那间破屋里。珂赛特已醒了。让·瓦让让她坐在火炉旁。福施勒旺进来时，让·瓦让正指着挂在墙上的园丁的背篓，对她说：

"我的小珂赛特，好好听我说。我们得离开这屋子，不过，我们还会回来，会在这里过得很好。住在这里的老头将把你放在这里面，背你出去。你在一位太太家里等我。我去接你。假如你不想让泰家婆娘把你抓回去，你就得听话，不要出声。"

珂赛特神情严肃地点了点头。

听见福施勒旺推门的声音，让·瓦让转过头。

"怎么样？"

"什么都安排好了，什么都没安排好。"福施勒旺说，"我被准许带您进来。可是，要让您进来，先得让您出去呀。难就难在这里。小家伙好办。"

"您把她带出去？"

"她能不出声吗？"

"这我保证。"

"可您呢，马德兰老伯？"

福施勒旺不无忧虑地沉默片刻，突然嚷道：

"您从哪里进来，就从哪里出去呗！"

让·瓦让还是和上次那样，只回答了句："不可能。"

福施勒旺嘟嘟哝哝，与其说在同让·瓦让说话，不如说在自言自语："还有件事让我搔头。我说了往里面放土。可现在想来，在里面放土，而不是尸体，是不一样的，这样不行，土在里面会移动，会晃动。抬的人会感觉出来。这您明白，马德兰老伯，政府会发现的。"

让·瓦让凝视他的眼睛，以为他在说胡话。

福施勒旺继续说：

"见……鬼，您怎么出去呢？这一切，明天都得办妥！明天我得带您进来。院长嬷嬷明天等着您呢。"

接着，他向让·瓦让解释，这是给他福施勒旺的报偿，因为他要帮修道院一个忙。帮办丧事是他分内的事，由他负责钉棺材，到墓地帮掘墓人安葬。早晨去世的修女要求装殓在她平时睡觉的棺材里，葬在小教堂祭坛下面的地窖里。这是违反治安条例的，可对这样一个死者又无法拒绝。院长和参事嬷嬷想照死者的遗愿办。不去理睬政府的规定。他，福施勒旺，将要去停尸间把棺材钉上，到小教堂去把地窖的石盖撬开，将死者下葬到地窖里。作为回报，院长同意他的兄弟来修院当园丁，他的侄女来学校寄读。他的兄弟，就是马德兰先生，他的侄女，就是珂赛特。院长叫他第二天晚上，等安葬结束后，把他兄弟带来。可是，如果马德兰先生不在外面，他就不可能把马德兰先生从外面带进来。这是第一件难事。他还有第二件难事：那口空棺材。

"什么空棺材？"让·瓦让问。

福施勒旺回答：

"政府部门的棺材。"

"什么棺材？什么政府部门？"

"一个修女死了。政府部门的医生来确认，并说：'有个修女死了'。政府就送来一口棺材。第二天，再派一辆柩车和几个殡葬工来，把棺材运走，运到墓地。殡葬工来后抬起棺材，发现里面是空的。"

"放点东西进去嘛。"

"一个死人？我可没有。"

"是没有。"
"那放什么？"
"放个活人。"
"什么活人？"
"我。"让·瓦让说。
福施勒旺是坐着的，一下跳了起来，仿佛椅子下面响了个爆竹。
"您！"
"为什么不呢？"
让·瓦让脸上露出难得的笑容，有如冬日天空射出一缕阳光。
"您知道，福施勒旺，您对我说，耶稣受难嬷嬷死了，我接过话说，马德兰老伯埋葬了。就这么办。"
"您是在开玩笑。您是瞎说的。"
"我可是认真的。不是要从这里出去吗？"
"当然。"
"我跟您说过，也帮我找一个背篓和一块雨布。"
"那又怎样？"
"背篓是松木的，雨布是块黑布。"
"首先，是白布。葬修女用的是白布。"
"白布就白布。"
"马德兰老伯，您和别人不一样。"

这种奇思异想，纯粹是苦役牢里野蛮而大胆的发明，福施勒旺生活在平静的环境中，现在看到这种奇想突然从平静的事物中冒出来，参与他所谓的"修道院日常事务"，便惊愕不已，就像行人看见一只海鸥在圣德尼大街的明沟里捕鱼那样。

让·瓦让又说：

"问题是既要出去，又不被人看见。这是个办法。您先得把情况同我说一说。事情是怎么安排的？那只棺材在哪里？"

"空的？"

"对。"

"在楼下，所谓的停尸间里。放在两个木架上，盖着棺罩。"

"棺材有多长？"

"六尺。"

"停尸间是什么情况？"

"是底层的一间屋子，朝园子有扇窗子，安了铁条，从外面关闭窗板。有两扇门，一扇通修院，另一扇通教堂。"

"什么教堂？"

"街上的教堂，大家的教堂。"

"您有两扇门的钥匙吗？"

"没有。我有通修院那扇门的钥匙。门房拿着通教堂那扇门的钥匙。"

"门房什么时候开那扇门？"

"殡葬工来抬棺材时才开。棺材一抬走，门又关上。"

"谁钉棺材？"

"我。"

"谁盖棺罩？"

"我。"

"就您一个人？"

"除了法医，其他男人不得进入停尸间。这都写在墙上了。"

"今天夜里，等修院里的人都睡着后，您能不能把我藏在停尸间里？"

"不能。不过，我可以把您藏在停尸间的储藏室里，是我放殡葬工具的地方，归我管，我有钥匙。"

"明天几点钟柩车来运走棺材？"

"下午三点。天快黑时，在沃日拉公墓里下葬。离得可不近。"

"我要在您那间工具室里待整整一夜和一上午。吃饭怎么办？我会饿的呀。"

"我给您送去。"

"您可以在下午两点来把我钉进棺材里。"

福施勒旺倒退了一步，把手指头捏得咯咯响。

"这不行的。"

"嗨！拿把铁锤，把几颗钉子钉到一块木板上不就行了。"

我们再说一遍，福施勒旺认为闻所未闻的事，对让·瓦让来说易如反掌。让·瓦让再危险的关口都闯过来了。当过囚犯的人，都有本事根据逃跑途径的大小，缩小自己的身体。囚犯越狱，无异于病人病情发作，要么得救，要么死亡。越狱意味着治好病。为了治好病，有什么不能接受呢？让人钉在木箱里，像包裹那样运走，在箱子里待很长时间，在没有空气的地方找到空气，连续几小时节省呼吸，善于屏住气而不致死去，这是让·瓦让的一个可悲的才能。

再说，棺材里装活人，不仅是苦役犯的应急办法，帝王也曾用过。据奥斯丁·卡斯蒂约修士记载，查理五世[①]逊位以后，想最后见拉普隆布一面，就用这个办法将她抬进圣茹斯特修道院，又用同样的办法把她送了出去。

福施勒旺稍稍镇静之后，大声说道：

"可您怎么呼吸呢？"

"我能呼吸。"

"在那个匣子里！我想一想都会透不过气来。"

"您肯定有螺旋钻吧，您在嘴巴所在的地方钻几个小孔，钉盖板的时候，不要钉紧。"

---

① 查理五世（1500—1558），神圣罗马帝国皇帝。一五五六年退位，九月底乘船赴西班牙，次年二月初，隐居于圣茹斯特修道院，一年后去世。

"好吧。可是，万一您要咳嗽或打喷嚏呢？"

"逃命的人是不咳嗽，不打喷嚏的。"

让·瓦让接着又说：

"福施勒旺大爷，得作决定了：要么在这里被人抓住，要么让柩车带出去。"

人人都注意到猫的一种习性，喜欢在一扇半开半合的门前徘徊不定。谁没对猫说过："进来呀！"有些人在若明若暗的意外事情面前，也会在进与退之间举棋不定，等到命运突然把冒险的大门关闭，而被命运压得粉身碎骨。过分谨慎的人，即使他们是猫，也正因为他们是猫，往往比敢于冒险的人有更多的危险。福施勒旺正是这种瞻前顾后的人。然而，让·瓦让的镇静不禁影响了他。他咕哝道：

"的确，也别无他法。"

让·瓦让又说：

"我唯一担心的，是墓地的情况。"

"这恰恰是我不愁的。"福施勒旺大声说。"您只要有把握出得了棺材，我就有把握让您出得了坟坑。掘墓工是我的朋友，他是个酒鬼。叫梅斯蒂安大爷。嗜酒如命。掘墓工把死人放进坟坑里，我把掘墓工放进我的口袋里。到墓地的情况，我来告诉您。我们在天快黑的时候，墓地关门前三刻钟到达。柩车一直开到坟坑旁。我跟着去，这是我的活。我兜里揣着铁锤、凿子和钳子。柩车停下来，殡葬工用绳索捆住您的棺材，将您放进坑里。神甫做祷告，画十字，洒圣水，然后溜之大吉。就我和梅斯蒂安大爷留下来。跟您说，他是我朋友。他要么喝醉了，要么没喝醉，二者必居其一。假如还没醉，我就对他说：'趁木瓜酒馆还没打烊，去喝一杯。'我把他带去，把他灌醉，不一会儿，梅斯蒂安大爷就会烂醉如泥，每次开始喝的时候就有些醉意了。我替你把他放倒在桌子底下，我拿着他的证件回墓地，我自己一个人回去。您就只跟我打交道了。假如他醉了,我就对他说:'你走吧,我来替你干。'他走了,我把您从坟坑里拉出来。"

让·瓦让伸出手,福施勒旺以乡下人令人感动的热忱,也赶紧伸出手去。

"就这样定了,福施勒旺大爷。一切都会顺利的。"

"但愿不出意外。"福施勒旺想道,"要是出什么意外,那就惨了。"

五　酒鬼照样会死

次日,夕阳西下,一辆饰有骷髅、胫骨和眼泪的老式柩车经过梅恩林荫大道,稀少的过往行人脱帽致敬。柩车上有口棺材,覆盖着白布,上面放着一个巨大的黑十字架,好像躺着一个身材高大、双臂下垂的死人。后面跟着一辆蒙黑纱的四轮轿式马车,里面坐着一个穿白法袍的神甫和一个戴红圆帽的侍童。柩车两旁,走着两个穿黑镶边灰制服的殡葬工。后面跟着一个穿工装的瘸腿老头。这一送葬行列向沃日拉公墓走去。

那人的口袋里,露出一把锤子的柄、一把钳工凿的刃和一把钳子的两个把手。

在巴黎的公墓中,沃日拉公墓与众不同。它有特别的习惯,比如,它有一个通大车的门和一个便门,附近一带的老人抱着旧称呼不放,仍喊作骑士门和步行门。前面已说过,小皮克皮斯街的伯尔纳-本笃修会的修女们,获准可以在傍晚时分,单独葬在一个角落里,因为那块地从前属于修院。那里的掘墓工若因为这个缘故,夏天黄昏时分,冬天天黑了,还要在墓地干活,就不得不遵守一条特别的纪律。那时候,巴黎各公墓日落时必须关门,这是市政府的规定,沃日拉公墓也不例外。骑士门和步行门是两个相连的栅栏门。旁边有个小屋，是建筑师佩罗内建造的，看公墓的人住在里面。因此，当太阳隐没在残老军人院的圆屋顶后面时，这两个栅栏门必须关闭。这时候，假如某个掘墓工还在公墓滞留，必须凭殡仪机构发给的掘墓工出入证方能出门。门房的窗板上开了个洞，挂了个类似信箱的盒子。掘墓工把出入证扔进盒子里，门房听见出入证落下的声音，便拉动绳子，步行门打开。假如掘墓工没带出入证，便自报姓名，有时，门房即使睡觉或睡着了，也得起来，先去确认一下，再用钥匙打开大门；掘墓工出去，但得付十五法郎罚金。

这公墓除了常规，还有自己的特点，影响了统一管理。为此，一八三○年后不久，它就被取缔了。蒙帕纳斯公墓即东公墓取而代之，并接管了与沃日拉公墓一墙之隔的那家远近闻名的小酒馆。那酒馆屋檐上顶着个木瓜，是画在一块木板上的，它位于拐角处，一边对着酒客的桌子，另一边朝向死人的坟茔，还有块写着"好木瓜"的招牌。

沃日拉公墓可谓是凋谢的墓地。它日益衰败。那里到处发霉，将花儿赶跑了。有产阶级嫌它寒酸，不大愿意葬在那里。拉雪兹神甫公墓，好极了！葬在拉雪兹神甫公墓，就好比拥有了红木家具。那里高雅优美。沃日拉公墓是一个古老的园林，树木的布局古色古香。笔直的幽径，黄杨，崖柏，冬青，古老紫杉下的古老坟墓，高草。每到黄昏，满目凄凉。一行行树木阴阴森森。

那盖着白棺罩、放着黑十字架的灵柩驶进沃日拉公墓的林荫大道时，太阳尚未落山。紧随其后的瘸子正是福施勒旺。

耶稣受难嬷嬷安葬在祭坛下面的地窖里，珂赛特被送出修道院，让·瓦让被带进停尸间，一切顺顺利利，畅通无阻。

顺便说一下，将耶稣受难嬷嬷安葬在修院的祭坛下，我们认为是完全可以谅解的。这种错误好比是一种责任。修女们做完后，不仅不感到不安，反而心安理得。在修道院里，所谓的"政府"，不过是对权力的一种干预，从来都是有争议的。教规最重要；至于法规，看着办吧。人哪，你们想定多少法律，就定多少吧，不过，留给你们自己享用。先得给上帝纳贡，剩下的才给国王。与原则相比，王公贵族半文不值。

福施勒旺一瘸一拐、得意洋洋地跟在灵柩后面。他的两个秘密，两个孪生诡计——一个与修女们一起密谋，另一个同马德兰先生一起策划，一个效劳修院，另一个背离修院——皆已获得成功。让·瓦让镇定自若，他这种镇静的态度具有极强的感染力。福施勒旺对成功已不再怀疑。剩下的事易如反掌。两年来，他不止十次灌醉过那位掘墓工，正直的梅斯蒂安大爷，一位胖嘟嘟的老头。他拿梅斯蒂安大爷寻开心。他随心所欲地摆布他。他把自己的意愿和奇想当帽子套到梅斯蒂安头上。梅斯蒂安的脑袋套上福施勒旺的帽子不大也不小。福施勒旺万无一失。

当送殡行列驶入通往公墓的林荫道时，福施勒旺喜不自胜，他看看柩车，搓搓粗大的手，低声说道：

"好一场玩笑！"

突然，柩车停下了：已到了铁栅栏门前。得出示安葬许可证。殡仪馆的人上前与看公墓的人接洽。总要等上一两分钟。这时，有个人，一个陌生人，来到柩车后面，站在福施勒旺身旁。好像是个工人，穿着一件有几个大口袋的上衣，夹着一把镐头。

福施勒旺看看那陌生人。

"您是谁？"他问道。

那人回答：

"掘墓的。"

假如有人当胸被炮弹击中，却侥幸活了下来，可能就是福施勒旺当时的神情。

"掘墓的！"

"是的。"

"您！"

"我。"

"掘墓工是梅斯蒂安大爷呀。"

"曾经是。"

"什么！曾经是？"

"他死了。"

福施勒旺想到了一切，就没想到这个：掘墓工可能会死。可这却是事实；掘墓工们也会死的。不断地给别人掘墓，也就掘开了自己的坟墓。

福施勒旺瞠目结舌。他勉强结巴了一句：

"这是不可能的！"

"这是事实。"

"可是，"他吃力地继续说，"掘墓工是梅斯蒂安大爷。"

"拿破仑之后，是路易十八。梅斯蒂安之后，是格里比埃。乡下人，我叫格里比埃。"

福施勒旺脸色苍白，打量着格里比埃。

此人高高瘦瘦，脸色惨白，神态阴郁。看上去就像个平庸的医生，转行当起了掘墓工。

福施勒旺哈哈大笑。

"哈！世上的怪事真多！梅斯蒂安大爷死了。可爱的梅斯蒂安大爷死了，但愿可爱的勒努瓦大爷永生不死！您知道勒努瓦大爷是什么吗？是地道的红葡萄酒，六法郎一壶。叙雷讷的红葡萄酒！棒极了！货真价实的巴黎叙雷纳！哈！他死了，梅斯蒂安老头。我很遗憾，他是个乐天派。您也是，也是个乐天派。是不是，老弟？一会儿，我们一道去喝它一杯。"

那人回答:"我念过书。我读完了四年级①。我从不喝酒。"

柩车重新上路,在公墓的大道上滚动。

福施勒旺放慢脚步。他一瘸一拐,与其说因为残疾,不如说因为忧虑。

掘墓工走在他前面。

福施勒旺又将突然出现的格里比埃打量了一番。

他是这样一种人,年纪轻轻,却老气横秋,瘦如干柴,却身强力壮。

"老弟!"福施勒旺喊道。

那人转过脸来。

"我是修院的掘墓工。"

"我们是同行。"那人说。

福施勒旺没有文化,却很精明,他明白在同一个厉害的人,一个能说会道的人打交道。

他咕哝道:

"梅斯蒂安大爷就这样死了。"

那人回答说:

"千真万确。仁慈的天主查了他的生死簿。该梅斯蒂安大爷了。梅斯蒂安大爷就死了。"

福施勒旺机械地重复:

"仁慈的天主……"

"仁慈的天主。"那人权威地说,"对于哲学家来说,是永恒的天主;对于雅各宾派来说,是至高无上的天主。"

"我们不要互相介绍一下吗?"福施勒旺结结巴巴地说。

"已介绍过了。您是乡下人,我是巴黎人。"

---

① 相当于中国的初中二年级。

"没在一起喝过酒,不能算认识。喝了酒,才会掏心掏肺。待会儿您和我一起去喝酒。这是不能推辞的。"

"先得干活。"

福施勒旺心里想:这下我完了。车轮再转几圈,就到葬修女的那个角落的小路上了。

掘墓工接着又说:

"乡下人,我要养活七个娃娃。他们要吃饭,所以我不能喝酒。"

接着,他又装出严肃的样子,得意地加了一句:

"他们的饥饿是我口渴的敌人。"

柩车绕过一丛柏树,离开大路,驶入小路,进入泥地,深入矮树丛中。这表明马上就要到墓地了。福施勒旺放慢脚步,却无法使柩车慢下来。幸亏泥地松软,加之冬天下了雨,土路湿漉漉的,车轮粘上了土,步履维艰。

他走近掘墓工。

"有阿尔让特伊产的一种酒,味道好极了。"福施勒旺悄声说道。

"乡下人,"那人又说,"我本不该当掘墓工的。我父亲曾是陆军子弟学校的门房。他打算让我从事文学。但他遇到了灾难。他在证券交易中惨遭失败。我只好放弃当作家。不过,我仍给人代写书信。"

"那您就不是掘墓工了?"福施勒旺抓住这根稻草又说道,尽管这根稻草不结实。

"干这一行不妨碍干另一行。我身兼二职。"

后面一句话,福施勒旺没听明白。

"我们去喝酒吧。"福施勒旺说。

这里,得做一点说明。福施勒旺尽管焦虑不安,他提议去喝酒,却没明确谁付钱。通常都是福施勒旺提议,梅斯蒂安大爷付钱。他这次提议喝酒,显然是因为换了个掘墓工,出现了新情况,他必须这样做,不过，这位老园丁避而不谈付账的时刻，他这样做并非无意。至于他，福施勒旺，尽管心里着急，却根本不想付钱。

那掘墓工高傲地微笑着，继续道：

"总得吃饭吧。所以，梅斯蒂安大爷死后，我同意接替他的工作。一个人读了点书，就变得达观了。我在用手的工作上，再加一个用胳膊的工作。我在塞弗尔街集市上，摆了个代写书信的摊头。您知道吗？雨伞市场。红十字会的厨娘们全来找我写信。她们要给大兵写情书，我就胡乱给她们编几句。上午，我写情书，晚上，我挖坟坑。乡下人，这就是生活。"

柩车继续前进。福施勒旺忧心如焚，四下张望。大滴汗珠从他额头落下。

"可是，"那掘墓工继续说，"一仆不侍二主。我得作选择，要么拿笔，要么拿镐。镐头会弄坏我的手。"

柩车停下了。侍童从挂着黑纱的车子上走下来，接着是神甫。柩车的一个前轮稍微压到一堆土上，土堆那边是敞开的坟坑。

"好一场玩笑！"福施勒旺沮丧地再次说了这句话。

六　在四块木板中间

棺材里是谁？大家是知道的。让·瓦让。

让·瓦让设法在里面活下来，几乎不呼吸。

奇妙的是，心境恬静，能使其他一切顺顺利利。让·瓦让预先策划的一整套办法，头天就开始运行，一切都很顺利。和福施勒旺一样，他寄希望于梅斯蒂安大爷。他对结局毫不怀疑。从没有像这样危急的处境，也从没有像这样恬静的心境。

棺材的四块板散发出骇人的宁静。让·瓦让的平静之中,仿佛掺进了死者长眠的意味。他躺在棺材里,一直在同死神演出一场可怕的悲剧,一步一步演得都很好,还在继续演下去。

福施勒旺钉完盖板不久,让·瓦让就感到被抬走了,接着滚动起来。后来震动变小,他感到已从铺石路走到压实的土路上了,也就是说,已离开大街,到了林荫大道上。他又听到一种沉闷的声音,他猜想正在通过奥斯特里茨桥。第一次停下来时,他知道已到了公墓;第二次停下时,他对自己说:到坟坑了。

突然,他感到有人在抓棺材,接着又听到刷刷的磨擦声。他明白是用绳子捆棺材,好把他放进坟坑里。接着,他感到有点眩晕。可能殡葬工和掘墓工在晃动棺材,让头比脚先下地。他感到放平了,不动了,便完全恢复了知觉。他已被放到坑底了。他觉得凉飕飕的。

上面响起一个声音,冷漠而又庄严。他听见了拉丁语,念得很慢很慢,他能分辨每个词,但不懂意思:

"**在尘土中长眠的人将醒来,有的获得永生,有的忍受耻辱,永远如此**。①"

一个孩子的声音说:

"**深深地埋葬**。②"

那庄严的声音又说:

"**主啊,让她安息吧**。③"

那孩子说:

---

① 原文为拉丁语。
② 原文为拉丁语。
③ 原文为拉丁语。

"愿永恒的光照耀她。①"

他听见好像有几滴雨轻轻打在棺盖上。可能在洒圣水。他想:"快结束了。再忍一忍。神甫就要走了。福施勒旺会带梅斯蒂安大爷去喝酒。把我一人留下。然后,福施勒旺独自回来,然后,我就可以出去。一个小时罢了。"

那庄严的声音又说:

"**让她安息吧。②**"

那孩子说:

"**阿门。③**"

让·瓦让竖起耳朵,仿佛听到离去的脚步声。

"他们走了,"他想,"就剩我一个人了。"

蓦然,他听见头上轰隆一声,就像是雷声。那是一铲土落在棺材上。第二铲土落下。他用来呼吸的那些小孔,有一个堵住了。第三铲土落下。接着第四铲。有些事连最强大的人也无可奈何。让·瓦让失去了知觉。

七 "别丢失证件"的由来

现在,我们来谈谈让·瓦让的棺材上面发生的事。

柩车离开了,神甫和侍童也上车走了,眼睛一直不离掘墓工的福施勒旺看见他弯下腰,抓起了插在土堆上的那把铁锹。

---

① 原文为拉丁语。
② 原文为拉丁语。
③ 原文为拉丁语。

于是，福施勒旺下了最后的决心。

他站到坟坑和掘墓工中间，交叉双臂，说道：

"我付钱！"

掘墓工惊讶地看着他，回答道：

"什么钱，乡下人？"

福施勒旺又说了一遍：

"我付钱！"

"什么钱？"

"酒钱。"

"什么酒？"

"阿让特伊。"

"在哪？"

"好木瓜酒店。"

"去你的吧！"掘墓工说。

他往棺材上扔了一锹土。

棺材咚地响了一声。福施勒旺觉得身体摇晃，就要掉进坑里。他大喊起来，紧张得声音都有些嘶哑：

"老弟，趁'好木瓜'还没关门。"

掘墓工又挖了一锹土。福施勒旺继续说：

"我付钱！"

他一把抓住掘墓工的胳膊。

"老弟，听我说。我是修道院的掘墓工。我是来帮您的。这活儿可以天黑了再干。我们先去喝它一杯。"

他明知无望，仍拼命坚持，一面说，一面忧郁地想：

"他喝了又怎么样！会醉吗？"

"乡巴佬，"掘墓工说，"如果您坚持，我就同意。我们去喝。不过得干完活，这之前绝对不行。"

他晃动铁锹。福勒勒旺不让他扔。

"六法郎一瓶的阿让特伊。"

"怎么搞的！"掘墓工说，"您是敲钟的。叮咚，叮咚，敲个没完。再这样，我要赶您走了。"

他扔下第二锹土。

福施勒旺已到了不知所云的地步。

"跟我去喝吧，"他喊道，"我付钱！"

"先安顿孩子睡了再说。"掘墓工说。

他扔下第三锹。

然后，他把铁锹插进土里，又说：

"您瞧，夜里会很冷，如果把死人撂在这里，不给她盖被子，她会跟在我们后面叫喊的。"

这时，掘墓工开始装第四锹土，他弯着腰，上衣的口袋微微张开。

福施勒旺迷惘的目光无意落到这口袋上，再也不移开了。

太阳尚未在地平线上消失，天色仍然相当明亮，可以辨出那微开的衣袋里，有一样白色的东西。

一个庇卡底农民的眼睛可能有的全部光芒，掠过福施勒旺的双眸。刚才，他脑海里闪过了一个念头。

趁掘墓工专心铲土不注意的时候，福施勒旺把手从他身后伸进他的衣兜，将那白东西抽出来。

掘墓工往坑里扔了第四锹土。

当回过头去挖第五锹土时，福施勒旺极其冷静地看着他，对他说：

"对了，新来的，您有出入证吗？"

掘墓工停下来。

"什么出入证？"

"太阳快下山了。"

"好啊,让它戴上睡帽吧。"

"公墓就要关门了。"

"关就关,这有什么?"

"您有出入证吗?"

"啊!我的出入证!"掘墓工说。

他在外衣兜里翻找。

翻完一只,又翻一只。他又在背心兜里翻寻,翻了一只又一只。

"没有,"他说,"我身上没有出入证。可能忘带了。"

"罚款十五法郎。"福施勒旺说。

掘墓工脸色发青。苍白的人脸色发白,就成了青色。

"啊,耶稣——我的——上帝——罗圈腿——打倒——月亮!"他喊道,"罚款十五法郎!"

"三个一百苏的银币哪。"福施勒旺说。

掘墓工的铁锹掉到地上。

这回轮到福施勒旺威风了。

"啊,"福施勒旺说,"新来的,不要绝望。又不是要寻短见的事,也用不着这坟坑。十五法郎就十五法郎。再说,也不是非付不可。我是老手,您是新手。各种办法、方法、窍门、诀窍,我都了如指掌。我要给您朋友的忠告。有件事是清楚的,太阳就要下山,它已接近那圆屋顶了,再过五分钟,公墓就要关门。"

"千真万确。"掘墓工回答。

"这坑深着呢。五分钟内,您是填不满的,也来不及赶在关大门前出去。"

"一点不错。"

"那么,就罚十五法郎吧。"

"十五法郎。"

"不过，还来得及……您住在哪里？"

"城门附近。离这里一刻钟。沃日拉街，87号。"

"您现在就跑，还来得及出去。"

"确实如此。"

"一出大门，您就奔到家里，拿上出入证，再回来，公墓的门房给您开门。有了出入证，一分钱也不要付了。您回来把您的死人埋上。我呢，我现在给您看着，等您回来，不要让他跑了。"

"乡下人，您救了我一命。"

"快给我滚吧。"福施勒旺说。

掘墓工感激涕零，抓住他的手摇晃着，然后拔腿便跑。

掘墓工消失在树林中。福施勒旺侧耳细听，直到听不见脚步声，然后，他朝坟坑弯下身子，低声说：

"马德兰老伯！"

没人答应。

福施勒旺打了个寒噤。他与其说是走下，不如说滚下了墓坑，扑到棺材头上，大声喊道：

"您在吗？"

棺材里毫无动静。

福施勒旺浑身颤抖，透不过气来。他拿起凿子和锤子，把棺盖撬开。让·瓦让的面孔出现在暮色中。他双目紧闭，脸色苍白。

福施勒旺的头发竖了起来。他站起来，又靠着坑壁瘫下去，差点儿倒在棺材上。他望望让·瓦让。

让·瓦让躺着，面色灰白，一动不动。

福施勒旺喃喃自语，声音低得像气息。

"他死了！"

他又站起来，用力交叉起双臂，由于用力过猛，两只拳头打到了肩膀上。他喊道：

"我就是这样救他的呀！"

于是，这个可怜的老头呜咽哭泣起来。他自言自语。可别以为自言自语并非人之本性。人在极其激动时，常常会大声地自言自语。

"全是梅斯蒂安大爷的错。这个蠢货，他干吗死呢？他有必要在人家没有料到的时候死吗？是他害死了马德兰老伯。马德兰老伯！他在棺材里。他归天了。他完了。——再说，这种事，难道有道理吗？啊！上帝！他死了！扔下他的孩子，叫我怎么办？卖水果的老婆婆会说什么呢？这样一个人，就这样死了，上帝，这怎么可能！没想到他会钻到我的车子底下救我！马德兰老伯！马德兰老伯！没错，他是给憋死的，我早说过。他不愿听我的。这下开了个大玩笑！他死了，这个正直的人，在好上帝创造的好人中，他是最好的！他的孩子！啊！我，我索性也不回那里去了。我待在这里。做了这样一件事！活到这把年纪，却是两个疯老头，真不值得。可他是怎么进修道院的呢？开头就不妙。这种事，是干不得的。马德兰老伯！马德兰老伯！马德兰老伯！马德兰！马德兰先生！市长先生！他听不见我喊他。现在您可是出来呀！"

他揪自己的头发。

远处的树林里响起了刺耳的嘎吱声。公墓的栅栏门关闭了。

福施勒旺向让·瓦让弯下身子，突然，他往后一蹦，拼命往坑壁靠。让·瓦让睁着眼在看他。

看见一个死人，是令人恐惧的，看见一个人死而复生，也同样是令人恐惧的。福施勒旺变成了石头，苍白，愕然，过度的激动使他惊慌失措，不知道对方是活人，还是死人。他望着让·瓦让，让·瓦让也望着他。

"我睡着了。"让·瓦让说。

他坐了起来。

福施勒旺跪了下去。

"公正仁慈的圣母！您可把我吓坏了！"

接着，他站起来，喊道：

"谢谢，马德兰老伯！"

让·瓦让不过是昏了过去。吸到新鲜空气，他便苏醒了。

恐惧过后，便是快乐。福施勒旺几乎和让·瓦让一样，过了好一会儿，才清醒过来。

"您没死呀！啊！您真会开玩笑，您！我喊了您多少次，您才醒过来。我看到您闭着眼睛，我就说：'好！他憋死了。'我都快疯了，变成要穿紧身背心的真正的疯子。会被送到比塞特疯人院。您死了，叫我怎么办？还有您那个孩子！卖水果的婆婆会感到莫名其妙！有人把孩子扔给他，可爷爷却死了！多么荒唐的事！我那些天国里的圣人，多么荒唐的事！啊！您活着，这太好了。"

"我冷。"让·瓦让说。

这句话将福施勒旺完全拉回到紧迫的现实中。这两个人，即使苏醒了，仍没意识到自己神志不清，仍有些怪怪的，那是这阴森的地方引起的精神恍惚。

"快离开这里。"福施勒旺喊道。

他在口袋里搜寻，把预先准备好的一壶酒拿出来。

"先喝一口！"他说。

酒壶完成了新鲜空气业已开始的事。让·瓦让喝了口烧酒，完全清醒过来。

他走出棺材，帮助福施勒旺重新钉上棺盖。

三分钟后，他们走出坟坑。

再说，福施勒旺放心了。他不慌不忙。公墓已关门，不必担心掘

墓工格里比埃会突然出现。这个"新手"正在家里寻找出入证,他在家里是找不到的,因为在福施勒旺的口袋里。没有出入证,他就不能回公墓。

福施勒旺拿起铁锹,让·瓦让拿起镐头,两人将空棺材掩埋。

坑填平后,福施勒旺对让·瓦让说:

"我们走吧。我拿铁锹,您拿镐头。"

夜幕渐渐降临。

让·瓦让步履维艰。他躺在这棺材里,身体已变僵直,差不多成尸体了。在这四块木板中,他的关节已像死人般僵硬。可以说,他得从坟墓状态中摆脱出来。

"您冻僵了,"福施勒旺说,"可惜我是瘸子,否则,我们可以互相蹬蹬脚底板取取暖了。"

"算了!"让·瓦让回答说,"走上几步,我的腿就活动开了。"

他们顺着柩车走过的路离开墓地。到了关闭的栅栏门和门房的小屋前,福施勒旺将手里的掘墓人的出入证扔进箱里,门房拉动绳子,门打开,他们走了出去。

"这一切太顺利了!"福施勒旺说,"马德兰老伯,您的主意真好!"

他们不费周折地通过沃日拉城门。在公墓附近,铁锹和十字镐是两张通行证。

沃日拉街上渺无人迹。

"马德兰老伯,"福施勒旺边走边说,并朝街两旁的房屋张望,"您的眼睛比我好。哪个是87号,给我指一指。"

"这正好是。"让·瓦让说。

"街上没有人。"福施勒旺说,"把十字镐给我,等我两分钟。"

福施勒旺走进87号,出于穷人的本能,一直走到阁楼上,摸黑敲了敲一间屋顶室的门。一个声音回答:

"进来。"

是格里比埃的声音。

福施勒旺推开门。同所有穷人的住所一样,掘墓工的家破破烂烂,没有家具,堆满杂物。一只旧货箱——可能是口棺材——充当衣柜,一只黄油罐充当水罐,一张草垫充当床,方砖地充当椅子和桌子。在一角的一块破地毯上,堆挤着一个皮包骨头的妇女和许多孩子。看来屋里被翻箱倒柜搜过了。好像"独自一家"发生过一场地震。锅盖移动了地方,破衣服满地都是,水罐已摔破,母亲哭过,孩子可能挨过打,这说明屋里被猛烈而粗暴地搜寻过。显而易见,掘墓工发狂似的寻找过他的出入证,把丢失出入证归罪于破屋里的一切,从水罐到他的妻子。他看上去垂头丧气。

可是,福施勒旺急于了结这场冒险,没有注意他的成功给别人造成的痛苦。

他进屋便说:

"我把您的铁锹和镐头送来了。"

格里比埃傻愣愣地看着他。

"是您,乡下人?"

"明天上午,您去公墓看门人那里取您的出入证。"

他把铁锹和镐头放在方砖地上。

"什么意思?"格里比埃问道。

"就是说,您的出入证从您衣兜里掉了出来,您走后,我在地上捡到了,我埋了死人,填了坑,我干了您的活,门房会把您的出入证还给您,您不用付十五法郎了。就这样,新手。"

"谢谢,乡下人!"格里比埃眉开眼笑,大叫起来,"下次我付酒钱。"

八　顺利通过盘问

一个小时后，在漆黑的夜里，两个男人和一个孩子来到小皮克皮斯街62号门口。年长的那位提起门锤敲门。他们是福施勒旺、让·瓦让和珂赛特。

两位老人已到绿径街卖水果的老婆婆家，把福施勒旺头天寄放的珂赛特接回来。珂赛特在那里度过了二十四小时，始终不明白怎么回事，一声不吭，浑身发抖。她只顾哆嗦，连哭都没哭一下。她没有吃，也没有睡。好心的婆婆问了她许多问题，除了始终不变的阴郁的目光，一无所获。两天来，珂赛特听见和看见的事，丝毫也没泄露。她猜到他们正在度过一场危机。她深感自己得"听话"。在一个受惊吓的孩子耳边，以一种特别的语气，说出"什么也别说"这句话，其威力谁没有感受过？害怕便是哑巴。再说，没有人比得上孩子能严守秘密。

只是，经历了这凄惨的二十四小时后，她一见让·瓦让，便高兴得大叫一声；假如爱思索的人听见了，会猜出这是脱离苦海的欢叫。

福施勒旺是修院的人，知道口令。一道道门打开了。于是"出去"和"进来"这两个令人望而生畏的问题终于解决了。

门房已接到指示，便将连接天井和园子的那道便门打开。二十年前，从街上还可看见这道门，开在天井靠里的墙上，与马车大门相望。门房让他们三人从这便门进去，他们来到院内那个会客室，前一天，福施勒旺在这里聆听过院长嬷嬷的命令。

院长嬷嬷手拿念珠，正等着他们。一位罩着面纱的参事嬷嬷站在一旁。一支闪着幽光的蜡烛照着，或者说佯装照着会客室。

院长嬷嬷仔细端详让·瓦让。没有比低垂的双眸看得更仔细了。接着，她开始盘问让·瓦让。

"您就是那位弟弟吗?"

"是的,尊敬的院长嬷嬷。"福施勒旺回答。

"您叫什么?"

福施勒旺回答:

"于尔蒂姆·福施勒旺。"

他的确有个叫于尔蒂姆的弟弟,已去世了。

"老家在哪?"

福施勒旺回答:

"在皮基尼,靠近亚眠。"

"多大年纪?"

福施勒旺回答:

"五十。"

"干什么的?"

福施勒旺回答:

"园丁。"

"是忠实的基督教徒吗?"

福施勒旺回答:

"全家都是。"

"这小女孩是您的吗?"

福施勒旺回答:

"是的,尊敬的院长嬷嬷。"

"您是她的父亲?"

福施勒旺回答:

"是祖父。"

参事嬷嬷悄声地对院长说:

"他回答得很好。"

让·瓦让没说一句话。院长仔细端详珂赛特,悄声对参事嬷嬷说:"她将来一定很丑。"

两位嬷嬷在会客室的角落里低声商量了几分钟,然后,院长转过身,说:

"福旺大爷,您再弄一个有铃铛的膝带。现在需要两个了。"

第二天,园子里果然响起了两个铃铛声,修女们禁不住掀起面纱的一个角。她们看见,在园子尽头的树底下,两个男人肩并肩地在翻地,福旺和另一个。这可是件大事。沉默打破了,大家互相议论:这是园丁的助手。

参事嬷嬷补充说:"这是福旺大爷的弟弟。"

果然,让·瓦让合法地安顿下来了。他有皮膝带和铃铛。从此以后,他是正式的园丁了。他叫于尔蒂姆·福施勒旺。

允许他们留在修院里的决定性因素,是院长嬷嬷对珂赛特的评语:她将来一定很丑。院长说完这预言,即刻对珂赛特友好起来,让她作为受接济的学生,到寄宿学校读书。

没有比这更合乎逻辑的了。尽管修院里没有镜子,女人们对自己的相貌却是一清二楚;然而,认为自己漂亮的姑娘,未必愿意当修女;既然出家当修女往往与美貌成反比,人们宁愿要长相丑的,也不要漂亮的。因此,对丑的女孩子尤感兴趣。

这场冒险提高了福施勒旺老头的威望。他一举三得:对让·瓦让来说,福施勒旺救了他,给了他安身之地;那位掘墓工想,多亏他,我才没罚款;修道院则认为,全亏他,耶稣受难嬷嬷的棺材葬在祭坛下这件事才能瞒过恺撒,并使上帝满意。在小皮克皮斯街,有一口装尸体的棺材,在沃日拉公墓,有一口没装尸体的棺材;公共秩序无疑深受干扰,但毫无察觉。至于修道院,它对福施勒旺感激不尽。福施勒旺成了最好的仆人,最可贵的园丁。最近,大主教来访,院长向大人叙述了此事,当然作了些忏悔，但也炫耀了一番。大主教离开修道院时，以赞许的口吻，悄悄地将此事告诉了查理十世的忏悔神甫拉蒂尔先生，后者日后将是兰斯大主教和红衣主教。对福施勒旺的赞佩越传越广，罗马也知道了。我们手头有当时的教皇莱昂十二世写给他的一位亲戚的信，该亲戚是教廷驻巴黎大使，和莱昂十二世一样，也叫代拉·让加。信上写道："据说，巴黎的那家修道院有个出色的园丁，他是位圣人，名叫福汪①。"所有这些赞词都未能传到福施勒旺的破屋里，他继续给他的甜瓜嫁接、锄草和加罩，对自己的出色和圣洁一无所知。他对自己的光荣业绩全然不知，正如达拉姆或萨里的一条牛，照片登在《伦敦新闻画报》上，并附有"该牛在有角牲口竞赛中获奖"之说明，可它自己却对这个殊荣一无所知一样。

九　隐　修

到了修道院，珂赛特依然沉默不语。

珂赛特自然认为自己是让·瓦让的女儿。再说，她什么都不知道，也就什么也不可能说，况且，即便知道什么，她也不会说的。前面讲过，什么也不如苦难更能教会孩子沉默。珂赛特受尽苦难，因而害怕一切，乃至说话，乃至呼吸。她常因一句话而招来毒打！自从她成了让·瓦让的孩子，她才不再提心吊胆。她很快就习惯了修道院的生活。只是她很想念卡特琳，但不敢讲。不过有一次，她对让·瓦让说："父亲，早知道，我就带她来了。"

---

① 教皇把"福旺"错写成"福汪"。

珂赛特成了修院的寄宿生，就得穿修院的学生服。让·瓦让获准收回她换下的衣服。那是珂赛特离开泰纳迪埃家时，他让她穿的丧服。衣服还不是很旧。他设法弄到一只小箱子，把这些旧衣服以及毛袜和鞋子放进箱子里，还放了些樟脑和各种香料。修道院里有的是香料。他把箱子放在床边的一张椅子上，钥匙总带在身上。一天，珂赛特问："父亲，这只箱子是什么呀，怎么这么香？"

福施勒旺大爷除了前面提到的他一无所知的殊荣外，还善行得到了善报。首先，他因做了好事，感到很幸福；其次，他的活有人分担，他的事就少多了。还有，他酷爱抽烟，马德兰先生来后，因为是马德兰先生付钱，他抽烟方便多了，比从前多抽了两倍，抽起来更觉得有滋有味。

修女们对于尔蒂姆这个名字毫不理会，她们管让·瓦让叫"另一个福旺"。

这些圣女若有雅韦尔的眼力，早就该注意到，园子里要买什么东西，总是又老又残又瘸的哥哥出去，另一个从不出门。可是，也许她们的眼睛只顾看上帝，不善于窥视旁人，或者她们宁可忙于互相窥视，因而根本不去注意。

幸亏让·瓦让沉默不语，足不出户。雅韦尔在这个街区足足监视了一个多月。

对让·瓦让来说，这修院好比是四周深渊环绕的孤岛。这四堵围墙从此成了他的世界。在里面看得见天空，这足以使让·瓦让心境恬静，使珂赛特幸福快乐。

让·瓦让重新过起了愉快的生活。

他和老福施勒旺一起，住在园子深处的破屋里。这间陋屋，一八四五年还在，是用残砖破瓦建成的。正如大家所知，它有三个房间，除了墙壁，空无一物。大房间硬被福施勒旺大爷让给了马德兰先

生,让·瓦让推也推不掉。那房间的墙壁上,除了用来挂膝带和背篓的两颗钉子外,还装饰着一张九三年制的保王党的纸币,贴在壁炉上方的墙上,我们把它准确无误地复制下来:

天主教王家军

奉国王御旨

发行十利弗信用券

购军用物资

和平时期兑现

第三套 第 10390 号

斯托弗莱

这张旺代信用券①是前任园丁钉在墙上的。那人曾是朱安党人②,死在修道院里,福施勒旺接替了他。

让·瓦让整天在菜园里干活,派上了大用场。他从前是修树工,现在当园丁心甘情愿。大家一定记得,他在种树方面,有一套秘诀和方法。他把这些都用上了。果园里的树木,几乎都是野生的,他进行芽接,使

---

① 信用券,一七八九至一七九七年间流通于法国的一种以国家财产为担保的证券,后当做通货使用。旺代位于法国西部,法国大革命时期,保王党和天主教徒曾在这里发动叛乱。
② 朱安党,指一七九三年在法国西部造反,并参加旺代保王党的一伙农民。

它们结出了鲜美的果子。

珂赛特获准每天到他身边待一小时。因为嬷嬷们总是面带忧容，而让·瓦让却非常和蔼可亲，经过比较，她便格外喜欢让·瓦让。规定的时间一到，她便奔向小屋。她一进破屋，屋里顿时充满了欢笑。让·瓦让心花怒放，看到自己给珂赛特带来快乐，便感到自己更快乐了。我们给予人的快乐有其可爱的一面，它不像任何反光，会渐渐衰弱，而是反回到我们身上时，会更光辉灿烂。课间休息时，让·瓦让远远望着珂赛特玩耍、奔跑，能从孩子们的笑声中分辨出珂赛特的欢笑。

因为现在珂赛特笑了。

珂赛特的面孔也有了某些变化。阴郁的神情已然消失。欢笑便是太阳，它驱散人们脸上的严冬。

珂赛特仍然不漂亮，但变得可爱了。她用甜美童稚的声音，娓娓说着合情合理的琐碎小事。

课间休息结束，珂赛特回到教室，让·瓦让便望着她教室的窗户。夜里，他会起来凝视她寝室的窗户。

此外，上帝自有其意图。和珂赛特一样，修院对维持并完善那位主教在让·瓦让身上所做的工作，起到促进作用。可以肯定，美德也有导致骄傲的方面。那里有魔鬼建造的一座桥。当天意将让·瓦让投进小皮克皮斯修道院的时候，他可能已不知不觉地离那个方面和那座桥相当近了。只要是同主教相比，他总是自叹弗如，也就保持谦卑的态度。可是，近来他开始同人相比，于是产生了骄傲情绪。谁知道呢？也许，他最后会渐渐恢复对人类的仇恨。

多亏了修道院，他没有从这条斜坡上继续下滑。

这是他看见的第二个囚禁人的地方。在他年轻的时候，在生活刚刚开始的时候，以及后来，不久前，他见过另一个囚人的地方，骇人听闻，惨不忍睹，他认为那里的严厉，正是司法的不公和法律的罪恶。

今天，继监牢之后，他看见了修道院。他想，他曾是监牢的囚犯，而现在可以说是修院的观众，他怀着忧戚不安的心情，默默地将它们进行比较。

有时，他会撑着铁锹，渐渐沉入那曲曲弯弯、深不见底的遐想。

他想起了旧时的伙伴，他们多么悲惨：他们天不亮起床，天黑才收工；他们很少睡觉；他们睡的是行军床，只准铺两寸厚的褥垫，屋子很大，隆冬腊月才生火；穿的是奇丑无比的红宽袖衣，最热的时候，才让穿布裤子，最冷的时候，才让罩毛外衣；只有在干苦活累活时，才让喝酒和吃肉。他们不再有姓名，只有号码，可以说，成了数字，低垂着眼睛，低声地说话，头发剪得很短，生活在棍棒下、耻辱中。

然后，他的思想又回到眼前这些人身上。

这些人也剪去头发，也低垂着眼睛，低声地说话，只不过不是生活在耻辱中，而是生活在世人的嘲笑中，不是背脊被棍棒打伤，而是肩膀被戒律撕裂。她们的名字也已不复存在，只有严肃的法名。她们从不吃肉，也从不喝酒，常常一天不吃不喝。她们不穿红上衣，而是穿裹尸布般的黑衣服，是毛料的，夏天太沉，冬天太轻，不能减去，也不增加，甚至不能根据季节，换上布衣或毛外套，一年中，有六个月穿着哔叽衬衣，使她们热得发烧。她们不是住在大冬天才生火炉的大屋子里，而是从不生火的修室里；不是睡在两寸厚的褥垫上，而是麦秸上。她们甚至不睡觉；每天夜里，劳累了一天，困得厉害，正要入睡，身子刚有些暖和，就得醒来，起床，到冰冷昏暗的小教堂去，双膝跪在石头上做祈祷。

在有些日子里，她们每个人都要轮流在石板地上跪十二小时，或者伏在地上，脸贴着地面，伸出双臂成十字。

那些人是男人；这些人是女人。

这些男人做了什么？他们偷盗、强奸、抢劫、凶杀、谋杀。他们是盗窃犯、造假币犯、下毒犯、纵火犯、杀人犯、弑父母犯。这些女人做了什么？她们什么也没做。

一边是抢劫、欺诈、偷盗、暴力、淫荡、凶杀，种种大逆不道，种种凶杀行为；另一边只有一样东西：纯洁。白璧无瑕的纯洁，几乎被神秘地带向天国，因为是美德，它仍属于尘世间，因其圣洁，它已属于天国。

一边，人们低声反省自己的罪行；另一边，人们高声忏悔自己的错误。那是怎样的罪行！又是怎样的过错！

一边是恶臭熏天的瘴气，另一边是难以形容的香气。一边是精神的瘟疫，在目光的看押下，在枪口的监视下，慢慢吞噬着这些瘟疫患者；另一边是圣洁的火焰，在同一个熔炉里，冶炼着所有的灵魂。那边是黑暗，这边是昏暗，但这是一种充满光明的昏暗，散发着万丈光芒。

两处都是奴役人的地方。但在第一个地方，却有解脱的可能，远远可望合法地获得释放，而且还可越狱逃跑。在第二个地方，那是永久的囚禁，唯一的希望，就是悬在悠悠岁月尽头的一点儿亮光，那是使人解脱的微光，人们称之为死亡。

在第一个地方，人们只被铁链锁住，在另一个地方，人们被自己的信仰禁锢。

从第一个地方产生什么呢？无穷的诅咒，咬牙切齿，仇恨，穷凶极恶，对人类社会狂怒的吼叫，对上苍冷嘲热讽。从第二个地方产生什么呢？祝福和热爱。在这两个十分相似又大相径庭的地方，这两种迥然不同的人完成着同一个事业：赎罪。

让·瓦让非常清楚第一种人的赎罪，那是个人的赎罪，为自己赎罪。但他不明白另一种人的赎罪，那些人无可指责，白璧无瑕，他不寒而栗地问自己：她们赎什么罪？是什么样的赎罪？

他内心有个声音在回答：人类最神圣的仁慈，是为他人赎罪。

这里，我们有任何理论，都只好保留，我们仅仅是叙述者。我们是站在让·瓦让的角度看问题，表达的是他的感受。

他看到的是尽善尽美的忘我，至高无上的美德；是恕人之过、代人赎罪的纯真；自己没有罪过，却为了有罪的人甘愿受奴役、受痛苦，主动要求受折磨；对人类的爱，沉浸到对上帝的爱中，可又清晰可辨，苦苦祈求；那是些温和而柔弱的人，有着受罚者的痛苦，受赏者的笑容。他想起自己从前竟然会怨天尤人！

半夜里，他常常坐起来，谛听这些受清规戒律束缚的纯洁女人的感恩歌声。他想起受到公正惩罚的人，却只会对上苍大声辱骂，想起他这个可怜虫，曾向上帝挥舞过拳头，想到这些，他会感到毛骨悚然，手脚冰冷。

有件事使他惊讶不已，仿佛上帝在对他轻声告诫，使他陷入了深思：他翻墙越狱、不顾生死、铤而走险、艰难攀登，他为脱离另一个赎罪之地而做的这些努力，全都是为了进入这一个赎罪之地。这难道是他命运的象征？

这修院也是座监狱，与他逃离的那座监狱可悲地相像，可他从未想过会有这样的事。

他又看见了铁栅栏、铁门闩、铁窗条，为了锁住谁？天使。他曾看见的用来禁锢猛虎的高墙，现在又看见用来禁锢羔羊。

这是个赎罪的地方，不是惩罚的地方，可它比另一个更森严，更凄凉，更冷酷。这些贞女比苦役犯更加弯腰曲背。一种凛冽的寒风，曾给他青年时代带来痛苦的寒风，吹过禁锢秃鹫的铁牢；一种更凛冽、更刺骨的寒风在鸽笼里呼啸。

为什么？

每当他想起这些，他身上的一切，便在这神秘而高尚的行为面前土崩瓦解。他的骄傲情绪，也在这些沉思中消失殆尽。他无数次抚躬自问；

他感到自己非常渺小，哭过多少次。六个月来他生活中的一切，珂赛特用她的爱，修道院用它的谦卑，把他重新引向主教的神圣教导。

有时，傍晚时分，园子里没有人了，他会跪在小教堂旁的小路上，面对他初来的那天夜里张望过的那扇窗子，他知道，赎罪的修女正在那里面伏地祈祷。他就这样跪在那修女面前祈祷。他似乎不敢直接跪在上帝面前。

他周围的一切，宁静的园子、芬芳的鲜花、欢叫的孩子、严肃朴实的女人、寂寂无声的修院，都渐渐深入他的内心，潜移默化，他的心灵逐渐变得和修院一样沉寂，和花儿一样芬芳，和园子一样宁静，和修女一样朴实，和孩子一样开心。他还想道，是上帝的两个圣所，先后在他生命的两个危急关头收留了他，第一次是在所有的大门向他紧闭，人类社会将他摈弃的时候；第二次是在人类社会再次追捕他，监牢再次向他打开的时候。没有第一个，他会再度犯罪，没有第二个，他会再度受刑。

他心中万分感激，他对上帝的爱与日俱增。

这样几年过去了：珂赛特一天天长大。

塞西尔·道布雷（1877—1903）饰演的珂赛特
艾蒂安·卡贾特（1828—1906）摄

1878年，塞西尔·道布雷扮演珂赛特的照片在戏剧评论《巴黎肖像》的封面上登出，宣布《悲惨世界》改编的戏剧将于1878年在圣马丁门剧院上演。

《悲惨世界》剧照，1900 年摄

1900 年在巴黎上演的《悲惨世界》中，安吉拉·亨利饰演珂赛特一角。珂赛特的经典形象是一个衣衫褴褛的小女孩，拎着一个对她来说太重的大桶。

作者简介

[法]维克多·雨果（Victor Hugo, 1802—1885）

法国19世纪前期积极浪漫主义文学的代表作家。代表作有长篇小说《巴黎圣母院》《九三年》和《悲惨世界》等。

绘者简介

[法]古斯塔夫·布里翁（Gustave Brion, 1824—1877）

法国插画家，1847年在巴黎的沙龙首次亮相，作品受到广泛关注，被米卢斯美术馆、法国南特美术馆、斯特拉斯堡美术馆等地收藏。

译者简介

潘丽珍

1943年生，现居上海。解放军外语学院法语教授，法语翻译家。代表作有：《追忆似水年华》（第三卷）《蒙田随笔全集》（合译）《巴黎圣母院》《悲惨世界》《屋顶轻骑兵》《海底两万里》等。

后浪微信	hinabook
总 策 划	银杏树下
出版统筹	吴兴元　编辑统筹　尚　飞
责任编辑	曹　波　特约编辑　郝晨宇　沈凌波
装帧制造	墨白空间·Yichen｜mobai@hinabook.com
后浪微博	@后浪图书
读者服务	reader@hinabook.com 188-1142-1266
投稿服务	onebook@hinabook.com 133-6631-2326
直销服务	buy@hinabook.com 133-6657-3072

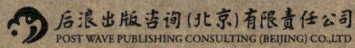